Aus Freude am Lesen

Karsten Lund

Der Mond über St. Croix

Roman

Aus dem Dänischen von
Roland Hoffmann

btb

Die Originalausgabe erschien 1996
unter dem Titel »Måne over St. Croix«
bei Gyldendal, Kopenhagen

Umwelthinweis:
Dieses Buch und sein Schutzumschlag wurden auf chlorfrei
gebleichtem Papier gedruckt.
Die Einschrumpffolie (zum Schutz vor Verschmutzung) ist aus
umweltschonender und recyclingfähiger PE-Folie.

btb Bücher erscheinen im Goldmann Verlag,
einem Unternehmen der Verlagsgruppe Bertelsmann.

1. Auflage
Copyright © 1996 by Karsten Lund
Copyright © der deutschsprachigen Ausgabe 1998 by
Wilhelm Goldmann Verlag GmbH, München
Satz: IBV Satz- und Datentechnik GmbH, Berlin
Druck: Presse-Druck, Augsburg
Bindung: Großbuchbinderei Monheim
Printed in Germany
ISBN 3-442-75010-5

Wie hingegossen liegt der Mond mit seinem Playboylächeln über dem Wendekreis des Krebses und sieht die völlig verdrehten Sternbilder an. Die Sterne lassen die Meeresoberfläche wie Zellophan erscheinen, während der Mond einen Streifen Licht zum Strandsaum schickt. In den Palmen flüstert der Wind, und weit draußen leuchtet das Riff weiß in der Nacht. Große Konchylien am Strand fangen die Brise ein und beginnen das Lied von einer fast vergessenen Geschichte zu erzählen.

Jetzt war der Traum fast vorbei. Es war jedes Mal derselbe, mit ein paar unerheblichen Variationen.

Ihr Radiowecker hatte sich eingeschaltet. Die ewigen Reggae-Rhythmen der Westindischen Inseln dröhnten aus dem kleinen Lautsprecher mit viel zuviel Diskant. Ihre Augen blieben geschlossen. Es war so schön, noch ein bißchen liegenzubleiben.

Und sich diesem Traum zu nähern, ihn kennenzulernen, ihm die Hörner auszureißen, sich selbst die Furcht zu nehmen, obwohl sie wieder sieht, daß es ein Mann ist, der am Strandsaum liegt.

Das Wasser umspült behutsam sein Haar, die kleinen Wellen streicheln seine Arme, die Sommersprossen, mit einem sanften Lächeln schaukelt er dahin, das Gesicht nach unten, und als der Strand in einem harten Blitz erleuchtet wird, kann man eine Blutschliere hinter ihm sehen.

Sie bekam die Augen nicht auf, wollte es auch nicht, sie versuchte diesen Zustand festzuhalten, wo der Schlaf in die Wirklichkeit hinübergleitet und eine besondere Klarheit bildet.

Mit einem inneren Lächeln ließ sie eine Menge von Menschen und Orten passieren und winkte ihnen zu, während sie sich wieder einmal fragte, an wieviel man sich erinnern kann im Alter von drei Jahren.

Schließlich öffnete sie die Augen, und es ging ihr auf, daß sie sich in ihrer Wohnung in Christiansted, U. S. Virgin Islands, befand und daß sie vor zehn Minuten eine Verabredung gehabt hatte.

Ärgerlich schaute sie auf die roten Ziffern des Radioweckers, setzte sich auf und streckte sich mit einem langen klagenden Laut. Sie fuhr sich durch die Haare und blieb eine Weile auf dem Sofa sitzen, um zu sich zu kommen.

Dann erhob sie sich und zog sich eine Bürste durch das graue, immer noch kräftige Haar, tupfte sich ein wenig Rouge auf die Wangen, schloß den breiten, silbernen Gürtel, schminkte sich die Lippen rot und warf sich eine knallgelbe Jacke über die Schulter. Sie nahm die Treppe in acht Schritten und hastete durch die staubige Hauptstraße, halb auf der Fahrbahn, um schneller voranzukommen.

Eine Gruppe von Touristen wartete an dem alten Fort auf sie, und während sie noch um die Ecke bog, erhob sich der Passat und strich um die alten Gemäuer. Ihr Haar bauschte sich auf, und der lose Stoff ihrer Jacke flatterte im Wind.

Sie registrierte, daß sie einen Kreis um sie herum bildeten, und begann zu sprechen, ohne sich an jemand Bestimmten zu wenden.

»Warum ist die Geschichte so interessant? Weil sie vergangen ist«, sagte sie. »Man kann alles haben auf der Welt, außer dem Moment, der eben vergangen ist.«

Die Touristen schwiegen.

»Warum sind Sie hierhergezogen?« hörte sie jemanden fragen. Die Stimme rief sie zurück in die Wirklichkeit, zurück zu den kleinen Glucksern von dem niedrigen Bollwerk und dem schwachen Säuseln des Passatwindes.

Sie schaute auf den Boden.

»Um den Letzten Lebewohl zu sagen. Bald sind alle tot aus der großen Zeit.«

Sie lauschte der Stille und dem Nachklang ihrer eigenen Worte, dann fuhr sie fort.

»Es herrschten hier einmal unglaublich dramatische Zeiten. Sie können sich dafür interessieren oder nicht, aber es gab sie, meine Damen und Herren.«

Ihre Erzählung sprang und tanzte, kam in Fluß und flog umher in Raum und Zeit.

Schließlich deutete sie auf Fort Christiansværn.

»Vor einundsechzig Jahren, in einer dunklen Nacht im Dezember 1932, wurde ein verwirrter junger Mann zu dieser Tür hier hereingelassen«, sagte sie, ging hinüber und öffnete sie. »Er war gerade auf die Insel gekommen und hatte eine Arztpraxis eröffnet.«

Sie schauten zum Fort hinauf, das plötzlich zum Leben erwachte. Langsam stiegen sie nach oben, die gelben Mauern dämpften die Geräusche der Stadt, und als sie gegen die dicke grüne Tür drückte, knarzte sie, als ob etwas in ihrem eigenen Inneren geöffnet würde.

»Das war damals, als das Fort noch als Polizeiwache diente. Er stand ganz ruhig da und nahm seine runde Brille ab und sah so sonderbar aus, daß die Wache nach dem Schaft ihrer Pistole griff. Dann sagte er, ich möchte einen Mord zur Anzeige bringen. Der Polizist schrieb jedes Wort, das er sagte, mit, zweifelte aber. Es ergab keinen Sinn. Später am selben Tag rief der junge Arzt an und zog seine Aussage zurück. Der Polizeichef atmete erleichtert auf.

So geht die Geschichte. Die, die dabei waren, haben sich vielleicht getäuscht. Die, die es erlebt haben, erinnern sich vielleicht nicht richtig. Der Mord ist niemals aufgeklärt worden.«

Sie setzte sich wieder in Bewegung, während die Touristen einander anschauten. Sie hörte ihre Schritte hinter sich, über den kleinen Vorhof, hinein in einen kühlen Rundbogengang und weiter hinaus in den Hof des Forts, wo die Luft stillstand.

In der nächsten halben Stunde führte sie sie mitten hinein in die Geschichte der Dänischen Westindischen Inseln. Sie hörten das Platschen der Ruder, als das erste dänische Schiff eine Jolle ins Wasser ließ und an Land ging, sie betasteten die Steine im Hof, die aus Flensburg als Ballast in den Schiffen ankamen, sahen die Zuckermesser während der Sklavenaufstände durch die Luft sausen, wunderten sich über die einstmaligen Entscheidungsträger in der Residenzstadt Kopenhagen und lachten darüber, daß es heute nicht viel anders war. Sie rochen die Zuckersiedereien und hörten die Trommeln der Farbigen in der Nacht, bis schließlich zum Schluß einer fragte, was genau es eigentlich war, das den Reiz dieser drei Inseln für die Dänen ausmachte.

»Ich weiß es nicht«, antwortete sie wie zu sich selbst und schwieg.

Dann suchte sie in ihrer Tasche nach einer Zigarette und spürte eine Träne im Augenwinkel. Niemand sagte ein Wort, aber sie spürten anscheinend, daß die Führung vorbei war, denn die Gruppe löste sich auf. Einige kamen zu ihr herüber, um sich zu bedanken. Ein älteres Ehepaar nahm seinen ganzen Mut zusammen und lud sie zu diesem und jenem in ihr Hotel an der Küste ein, aber sie lehnte mit einem abwesenden Blick ab.

In kleinen Gruppen standen sie um sie herum und unterhielten sich, ihre Stimmen schwirrten ihr im Kopf herum, sie hörte Satzfetzen, saß aber bloß da und starrte vor sich hin und versuchte, eine ferne Zeit einzufangen. Der eine oder andere bat um ein Autogramm, und während sie automatisch schrieb, hörte sie jemand weiteren fragen, was das für ein Mord gewesen wäre.

Sie nahm die Zigarette aus dem Mund, gab den Stift zurück, schaute weg und fuhr sich mit einer Hand durch das Haar. Die Gedanken schossen durch ihren Kopf.

Sie schaute auf die Gruppe, ohne die einzelnen Gesichter zu sehen. Dann wurde wieder gefragt, und sie kam langsam zu sich, als sie begriff, daß der Fragende wissen wollte, wer der Arzt gewesen war.

Sie antwortete immer noch nicht, aber die nächste Frage riß sie endgültig aus ihrer Versunkenheit.

»Warum wurde der Mord niemals aufgeklärt?«

Langsam drehte sie sich um. Zum ersten Mal sah sie die Menschen vor sich direkt an. Ihre Gesichter verschmolzen in der Hitze und dem weichen Licht. Dann antwortete sie mit leiser Stimme:

»Das wird er jetzt.«

Erster Teil

An einem rauhen und kalten Tag im April 1961 näherte sich die Motorfähre Seeland mit vier Knoten Fahrt ihrem Anlegeplatz in Nyborg. Laut Durchsage würde die Fähre in wenigen Minuten den Hafen erreichen. Während sie nach unten auf die unbewegte See starrte, preßte sie ihre Motorradhandschuhe zusammen. Dann zog sie sie an, schob die Finger ganz hinein und ging hinunter auf das Fahrzeugdeck, wo sich die meisten Autofahrer bereits eingefunden hatten. Die Herren legten die Mäntel auf den Rücksitz und krempelten die Ärmel der Nylonhemden hoch, während die Damen dasaßen und im Rückspiegel ihre Wasserdauerwellen richteten.

Langsam zwängte sie sich durch die Reihen zu einer nagelneuen Vespa Grand Lux mit schwarzem Sattel und verchromten Griffen, glänzendem hellblauen Lack und einem kreideweißen Sturzhelm, die ganz vorne auf dem Fahrzeugdeck stand, vor allen Autos. Sie spürte die Blicke, die zuerst auf den Roller fielen, dann auf sie selbst und ihre stramm sitzende winddichte Kleidung und die schwarzen glänzenden Rollerstiefel.

Dem Matrosen, der sich über ihre Anstrengungen, den Helm aufzubekommen, amüsierte, warf sie einen durchbohrenden Blick zu. Als er sie weiterhin anstierte, schnitt sie ihm eine Grimasse und streckte den Hintern raus. Dann packte sie den Roller, um ihn vom Ständer zu wippen. Der

Matrose war jetzt fast verzaubert, so sehr, daß es einem Dienstversäumnis gleichkam, denn während er selbstverloren dastand, ertönte eine scharfe Stimme aus der kleinen Lautsprecheranlage neben ihm.
»Mach das Tor auf. Hallo, hört mich jemand?«
Die Kommandobrücke hatte den Rückwärtsgang eingelegt. Da keine Antwort kam und die Bugklappe geschlossen blieb, wurden die Maschinen auf volle Kraft zurückgestellt. Das Schiff begann stark zu ruckeln, und im selben Moment bekam sie den Roller frei, einen kurzen Augenblick stand er auf zwei Rädern, dann ruckelte das Schiff noch mehr, sie verlor das Gleichgewicht, bis sie ihn schließlich mit einem Knall, der vom Maschinenlärm übertönt wurde, auf das Deck fallen ließ.

Der Matrose stürzte zur Anlage, drückte auf einen Knopf und gab, nachdem sich die Bugklappe zwei Zentimeter gehoben hatte, ein »Klappe gehoben« an die Kommandobrücke weiter, und eine Stimme antwortete irritiert: »Das war aber auch höchste Zeit, mein Freund.«

Aber das war nichts im Vergleich zu dem, was ihn noch erwartete. Als er ihr helfen wollte, den Roller wieder aufzustellen, bekam er einen Anpfiff von ihr, daß es durch den Lärm der rückwärtsfahrenden Maschinen drang: Er würde höchstpersönlich für den Kratzer haften müssen, außerdem würde sie gegen die Reederei und die ganze Beamtenschaft gerichtlich vorgehen, auf der Stelle müßte er gefeuert werden, so etwas hätte sie ja noch nie erlebt!

Der Matrose half ihr dennoch, doch als der Roller wieder stand und sie ihn selbst im Gleichgewicht halten konnte, stampfte sie so fest mit dem Stiefel auf das Deck, daß er ihr beinahe wieder entglitten wäre. Schließlich hatte sie ihn jedoch im Griff, während sich der Matrose beeilte, die Brückenklappe entgegenzunehmen. Die Fähre hatte angelegt. Trotzdem schlug sie mit der flachen Hand auf den Sitz und nannte ihn einen Bauernarsch, woraufhin die Geduld des Mannes anscheinend aufhörte, denn während er die Autofahrer heranwinkte, schrie er, daß er ihr am liebsten den Hintern versohlen würde, fügte aber noch hinzu, daß sie so süß aussehe, wenn sie zornig sei, besonders mit den Haarsträhnchen, die unter dem Sturzhelm hervorschauten ...

Sie startete, gab zweimal Gas, stieg auf und streckte noch schnell einem Mann in einem Volvo 544 die Zunge raus, dem der Unterkiefer herunterkippte, bevor sie den Gang einlegte und von Bord bretterte.

Sie drehte voll auf und überholte auf dem ersten kleinen Stück einen hellgrünen VW-Käfer und einen Linienbus mit Flügelrädern auf dem Kühler. Das Goldemblem verschwand zitternd im Rückspiegel, wurde kleiner und kleiner, so wie auch Nyborg. Sie wußte nicht, ob sie auf dem richtigen Weg war, hielt einfach den Gasgriff im Anschlag.

Die Nadel stand und wackelte bei hundert, und Leute in schwarzen Eisenbahnerjacken ließen die Rechen in ihren Schrebergärten los und starrten ihr nach.

Sie sah sich selbst im Rückspiegel, der schief stand, aber sie ließ ihn so. Sie konnte ihre Augen hinter der Motorradbrille erahnen. *Bis,* sagte sie sich, dann rief sie es laut, und es klang plötzlich völlig falsch.

Bis, so konnte doch niemand heißen. Diese Kosenamen, die Mütter ihren kleinen Kindern geben und die hängenbleiben, auch wenn man ein großes Mädchen geworden ist. *Bis,* die gemeinsame Kreation einer Mutter, die vor Stolz überquoll, und dem ersten Plappern eines Kindes.

Ein neuer sozialer Wohnungsbau mit Kränen und Mischmaschinen am Rande der Stadt verschwand hinter ihr.

Der Wind war rauh, die Luft klar, und das Licht blendete sie so, daß sie die Augen zusammenkneifen mußte. Jetzt konnte sie die Augen im Spiegel überhaupt nicht mehr sehen. Nur einen weißen Helm in einem aufblitzenden Sonnenstrahl, Haarspitzen, die unter dem Rand herauswuchsen, und die Jacke, die sich aufblähte und sie wie einen Michelin-Mann aussehen ließ. Es war beruhigend, sich so von außen zu betrachten. Vielleicht war man überhaupt nicht die, die man zu sein glaubte. Auch beunruhigend.

Wenn sie nicht Bis war, wer war sie dann? War sie Anne-Birgitte? Anne-Birgitte Hagensen? Die Lehrkraftvertretung A.-B. Hagensen. Geschichtslehrerin. Ohne Hauptfach. Sport als Nebenfach. Es klang immer schwachsinniger, je mehr sie es ausmalte. Die Schüler, die ihre langen Hosen und ihr nicht zu bändigendes Haar mit einer Mischung aus Entrüstung und Begeisterung anstarrten, nannten sie jetzt beim Vornamen. Einen Schüler, der darauf bestanden hatte, sie »Fräulein Hagensen« und »Sie« zu nennen, hatte sie lächerlich gemacht, indem sie ihn auf dieselbe Weise anredete. So hatte sie sich umgehend einen Feind geschaffen.

Bis biß sich auf die Unterlippe und rückte den Rückspiegel gerade. Sie bedauerte ihr loses Mundwerk oft, sie kannte einfach niemanden sonst, der irgendeine x-beliebige Gymnasialklasse mitschuldig an einer Identitätskrise gemacht hätte.

Mit all diesen persönlichen Zweifeln im Bauch, hielt sie in einem Dorf mit kleinen gewundenen Schotterstraßen an, um nach dem Weg zu fragen. Sie wirkte wie ein Astronaut, der in das erbuntertänige Dänemark hinabstieg. Die Leute versammelten sich mitten in den Samstagseinkäufen um sie herum.

Zunächst wurde sie wütend über die Kommentare, die so klangen, als ob sie sie aufziehen wollten, aber dann war da ein Junge, etwa vierzehn Jahre alt, mit braunen Knickerbockern, der so lange fragte, bis sie die langen Beine herunterschwang und ihm eine Spritztour erlaubte. Der Junge fühlte sich, als hätte er im Lotto gewonnen, und ein paar seiner Freunde schauten ihm nach, während er auf dem Roller eine Runde um den Dorfteich drehte.

Beim Kaufmann wurde sie lachend bedient, besonders als sie in ihrer Verwirrung und Hast ein Zweikronenstück für die Zigaretten herausholte und das Wechselgeld fallen ließ. Ein älterer Mann hob die Groschen mit einer Bemerkung auf, die die anderen im Laden zum Lachen brachte, die sie aber nicht verstand.

Wieder draußen auf der Straße bekam sie den Weg erklärt und schüttelte den Kopf mit einem eigenartigen Lächeln in Richtung eines der jungen Männer, der ihr mit süffisantem Blick seine Dachkammer anbot, falls sie sich verfahren sollte. Auf der Landstraße strengte sie sich an, um sich auf die Richtung zu konzentrieren, aber ein Bild tauchte immer wieder vor ihrem geistigen Auge auf.

Sie sah das Gesicht eines Mannes, verschwommen in den Konturen. Sie selbst stand in einer Türöffnung voller Licht, er saß in einem Stuhl im Dunkeln, sie kniff die Augen zusammen, um ihn zu sehen, aber sie konnte es nicht, das Gesicht war rund. Sie rätselte, wie er wohl aussah, mußte aber aufgeben.

Es war der Lehnsgraf Kammerherr Andreas von Arndt-Sehested. Er hatte etwas zurückhaltend in das Gespräch mit dem jungen Ding eingewilligt. Die Telefonleitung summte zwischen den Sätzen, und ihr Herz schlug, und sie schwitzte an den Händen, als sie ihm erzählte, daß sie ihrer Diplomarbeit »Der Sklavenaufstand auf St. Croix 1759 – Züge einer dänischen Kolonialpolitik« einen menschlichen Aspekt geben wollte. Aber als er endlich sagte, so, so, ein menschlicher Aspekt, und Samstag, der Zweite, würde passen und auf Wiederhören, da klang er eigentlich höflich und beinahe freundlich.

Von Sehesteds Vorfahren waren große Leute auf den Dänisch-Westindischen Inseln in deren Blütezeit gewesen, und das Familienvermögen stammte aus der Zuckerproduktion und dem Sklavenhandel. Hesseltofts Türme und Turmspitzen waren vom Zuckergeld gebaut. Er selbst war in Christansted auf St. Croix in einer Neujahrsnacht unter Champagnerknallen und dänischer Herrschaft im Jahre 1886 geboren worden, wenige Jahre nach der Freilassung der Sklaven. Die Familie behielt die Zuckerrohrplantage zusammen mit einer ganzen Reihe weiterer finanzieller Vorteile auch nach dem Verkauf der Inseln an die Amerikaner im Jahre 1917. Er war Ehrenmitglied des Dänisch-Westindischen Vereins, Aktionär in der Westindischen Kompagnie und so weiter und so weiter.

Mit seinen fünfundsiebzig Jahren wohnte er mit einigen wenigen Bediensteten allein auf Hesseltoft. Seine Frau war vor einigen Jahren gestorben, und ein Sohn leitete ein Hotel auf St. Croix. Bis hatte vor Anspannung gezittert, als ihr die Idee gekommen war. Der Abschlußarbeit ein Gesicht und eine Stimme mit diesem Mann zu geben, der dreihundert Jahre dänische Geschichte repräsentierte, dessen Familienchronik mit dem Blut der Sklaven geschrieben worden war, ihn auf irgendeine Weise einzuflechten, wo genau, wußte sie noch nicht.

Es war so viel passiert. Seit die Sklaven in geraden Reihen unter einer brennenden Sonne im Hof der Kompagnie gestanden hatten und ihnen von den Plantagenbesitzern auf den Zahn gefühlt worden war – oder den *Plantern* mit dem englischen Wort, das die Dänisch-Westindies verwenden – bis zur Freigabe, dem Verkauf, den Rassenkonflikten und dem Massentourismus. Heutzutage fuhren die Urenkel der Sklaven in Pickup-Trucks und arbeiteten nach Tarifvertrag. Und dennoch hatte sich nicht viel geändert.

Wer besaß die Hotels in der Zeit des heranstürmenden Tourismus? Die Kreuzfahrtschiffe, die Restaurants?

Wer fuhr Taxi? Kümmerte sich um die Gartenanlagen, machte Musik für die Gäste?

Ein fortschrittlicher dänischer Gouverneur hatte mitten

im 19. Jahrhundert Schulen für die farbigen Kinder auf St. Croix errichtet. Wer erhielt die guten Ausbildungen heute – hundert Jahre danach?

Sie stellte sich vor, wie sie ihn still und eindringlich danach fragte, während er verlegen wegsah.

Damals liefen die Neger *maroon,* wie es hieß – flohen von den Plantagen, wild und betrunken, jetzt betrug der Anteil der Farbigen an der Kriminalität auf den Inseln neunzig Prozent. Wo also war der Unterschied?

Gleichzeitig konnte sie sehen, wie die Professoren der Universität die Nase ob ihrer Unwissenschaftlichkeit rümpften. Sie kannte auch die Einwände gegen den eben skizzierten Blickwinkel auf Schwarze und Weiße damals und heute. Die Schwarzen strömten aufgrund der Sozialhilfe von allen anderen Inseln herbei, sie hatten seit dreißig Jahren das Wahlrecht und so weiter ...

Bis war im Zweifel. Natürlich hatte sie Angst vor der Unwissenschaftlichkeit, andererseits sah sie die Geschichte, wie sie sie sah, basta, und genau in diesem Augenblick gab sie nach einer scharfen Kurve wieder Gas.

Gleichzeitig fürchtete sie sich vor dem Kommenden.

Da gab es etwas, das an ihr nagte.

Sie wußte es, und sie wußte es auch wieder nicht. Es war da, und dann auch wieder nicht, so effektiv verdrängte sie es. Es war die Angst vor ihren eigenen Abgründen, die an diesem Ort auftauchen würden, den sie nicht kannte. Etwas, das den Eingang zu einer geheimen Herzkammer berührte. Ein Bild kam wieder und wieder. Sie selbst ist drei Jahre. Ihre Mutter weint untröstlich. Warum weinst du, Mama? Nicht jetzt, kleines Bisserchen!

Bis konzentrierte sich auf die Straße. Sie sah Bäume und Laternenpfähle vorbeisausen. Sie überholte einen Karren mit zwei schnaubenden Arbeitspferden davor, hupte und sah, wie der Kutscher ihr zuwinkte, und bekam das Gefühl, in ein ganz anderes Dänemark gefahren zu sein, mit

Brunnenwasser und roten Pumpen auf den Höfen, mit der blauen Kaffeekanne auf den Eisenringen und offenem Feuer im Ofen, mit den kleinen genossenschaftlichen Molkereien und dem süßlichen Duft von Pferdeäpfeln mitten auf dem Kies.

Sie legte sich in eine Kurve und gab wieder Gas. Schaute auf die Uhr, während es ihr den Atem verschlug, als der Luftstrom von einem Milchwagen sie frontal erwischte.

Der Termin war in fünfzehn Minuten.

Sie ließ den Gasgriff los und fuhr in ein weiteres Dorf hinein, wo sich der Weg dreiteilte. Die Höfe und die Bäume begannen einander zu ähneln, ihr war nicht einmal klar, ob sie auf dem richtigen Weg war. Die Straßen und Häuser sahen niemals so aus, wie man dachte, auch wenn man eine Wegbeschreibung bekommen hatte. Sie fragte sich, ob darin wohl etwas Symbolisches lag. Auf einmal wurde sie beinahe erdrückt von dieser fünischen Idylle, rechts, links, Stockrosen, folge der Straße nach dem Gedenkstein, Fachwerk, Storchennester, die zweite links, dann wurde sie von einer Lust gepackt, geradewegs in eine alte Eiche zu fahren und alles mit einem Schlag hinter sich zu bringen.

Aber es gab keinen Weg zurück, das Schicksal hatte es so gewollt, und sie würde es überstehen, dachte sie mit zitterndem Mundwinkel, während sie feststellte, daß sie sich schon wieder verfahren hatte. Sie wendete und fuhr langsam zurück in das Dorf, um es wieder auf der Straße nach Südwesten zu verlassen.

Sie blieb stehen und studierte die Karte. Falsch, vorher war sie auf dem richtigen Weg gewesen.

Die Zeit verging, es war, als ob ihre Uhr sie anstarrte und ihre Gedanken lähmte. Langsam und suchend fuhr sie weiter. Die Straßen wurden immer gewundener, die Bäume reichten an einigen Stellen bis über die Mitte der Straße, die blattlosen Zweige sahen aus wie die Nervenstränge einer Hand, die nach ihr greifen wollten.

Erneut blieb sie stehen, um sich zu orientieren, aber die Karte riß ein, und als ein Lastwagen mit einem Tuten der Hupe vorbeifuhr, merkte sie, daß sie nicht die geringste Ahnung hatte, wo sie eigentlich war. Die Ortsnamen verschwanden, und die Zeichen auf der Karte konnte sie in keinster Weise mit den Bäumen, Höfen und Straßen in Verbindung bringen, von denen sie umgeben war.

Sie schaute auf die Uhr. Noch fünf Minuten. Dann stopfte sie wütend die Karte in die Tasche und beschloß, nochmals nach dem Weg nach Hesseltoft zu fragen.

»Von Sehested?«

Aus einer staubigen Nebenstraße kam ein Mann in einem Nachkriegs-Ford gefahren und betrachtete sie lange und schweigend mit seinen dunklen Augen. Er hatte das Fenster nur halb heruntergekurbelt. Die Augen lagen in tiefen Höhlen. Er hielt den Blick, sie sah seine schwarzen buschigen Augenbrauen und schob den Roller unbeabsichtigt einen halben Schritt zurück, aber dann begann er mit dem sanftesten Gesicht der Welt mit einer längeren Erklärung. Sie bekam wieder Luft, hatte aber nicht die Geduld, ihm zuzuhören, unterbrach ihn schroff, legte mit einem Klonk den ersten Gang ein und gab Vollgas, um in einer Staubwolke zu verschwinden.

Schließlich rollte sie die Allee hinunter, gut zwanzig Minuten zu spät.

Da war es. Sie richtete sich im Sattel auf und holte einmal tief Luft. Das Schloß war viel kleiner, als sie es sich vorgestellt hatte. Rotes Gemäuer, von Grünspan überzogenes Dach und grauer Granitsockel, Türme und Turmdächer, Zugbrücke und von Efeu überwucherte Mauern.

Eine große schwarze Wolke zog hinter dem Herrenhof herauf und verlieh ihm eine neue Dimension. Dann brach ein scharfer Lichtstrahl durch eine zweite Wolke und beleuchtete das Schloß von vorne. Es trat scharf hervor, die Laune eines Augenblicks setzte die ganze historische Andacht aufs Spiel, dachte sie, ließ den Gasgriff los und kuppelte aus. Sie löste den Sturzhelm und ging im Geiste nochmals ihre Fragen durch, die sie ihm stellen wollte. Wieder erfaßte sie ein kurzer Schwindel, und ihr Herz begann in der Brust zu pochen. Alles war so diffus. Es gab keinen Zusammenhang. Gleichzeitig bekam der alte Alptraum neue Konturen, er kehrte zurück, klarer und mit immer mehr Details.

Es herrscht eine starke Strömung an der nordwestlichen Seite von St. Croix. Das lauwarme Wasser gluckst und lacht um einen Badesteg. Die Nacht ist warm und schwarz, die Sternbilder stehen völlig verkehrt. Der Mond hat einen Neonstreifen zwischen die Inseln gezogen. Die Palmenblätter streichen in einem ewigen Janitscharenstück gegeneinander, und irgendwo landeinwärts hört man die gedämpften Laute von einer Party, die sich gerade auflöst. Irgendwo an der Küste ragt eine Regenwaldlandspitze wie ein großer Krauskopf hervor. Auf dem Meer weit draußen sieht man die Lichter von einem Kreuzfahrtschiff. Das Wasser am Strandsaum küßt den Strand, der Mond gibt den Tausenden von kleinen Wellen einen schwachen Glanz und bildet schwarze Schatten zwischen ihnen. Die Wellen schieben ein schweres und nasses Bündel ans Land. Kleine, verspielte Knüffe, schau, was wir gefunden haben, bis sie schließlich den Kopf eines Mannes freigeben, ein Kopf mit dem Gesicht nach unten, die Arme nach beiden Seiten ausgebreitet, und einem kleinen Streifen dunklen Blutes hinter sich.

Bis ließ den Roller das letzte Stück im Leerlauf ausrollen. Die Reifen gaben kleine weiche Geräusche von sich, als sie mit den alten Pflastersteinen im Schloßhof in Berührung kamen. Vorsichtig und mit einem kleinen Quietschen bremste sie. Dann stellte sie den Motor ab und hörte sich selbst Luft holen, das Atemgeräusch durch den Sturzhelm noch verstärkt.

Sie nahm den Helm ab, fühlte sich aber nicht befreit, im Gegenteil. Die drei Flügel des Schlosses erhoben sich um sie herum, und Hunderte von Fenstern schauten auf sie herab. Ihre Atemzüge klangen, als hätte sie einen Fußmarsch hinter sich, und wurden auch noch von dicken alten Mauern mit narbigen roten Steinen zurückgeworfen.

Dann gurrte eine Taube auf dem Dachfirst der Schloßkirche und flog davon. Ihr graute beim Gedanken an die Frage, auf die sie eigentlich eine Antwort haben wollte.

»Fragen Sie konkret.«

Lehnsgraf Andreas von Arndt-Sehested saß ihr mit verschränkten Armen gegenüber. Sie hatte ihn bereits aus den Augenwinkeln sehen können, während sie den Roller abstellte, und sie hatte ihn beinahe hinter der Gardine sagen hören: »Jetzt entblößt sich das Weib mitten auf dem Hof«, völlig irritiert wegen der Verspätung, während sie den Reißverschluß des Motorradkombis aufmachte und ein Paar beige Slacks zum Vorschein kommen ließ.

Dann zog sie den Kombi ganz aus, strich ihre Hose mit den Handflächen glatt und schüttelte die Haare zurecht.

»Wählen Sie die Waffen, das Duell beginnt in Kürze«, seufzte sie und warf einen Blick zum Hauptgebäude hinauf. Er stand nicht mehr am Fenster. Sie nahm ein Paar spitze Schuhe mit Pfennigabsätzen aus der Tasche und knöpfte ihre Jacke unter den Brüsten zu.

»Fragen Sie konkret«, sagte er jetzt, wo er ihr gegenübersaß, milder als noch vor einem Augenblick und mit hochgezogenen Augenbrauen.

Es hallte zwischen den alten Mauern, als sie die Steintreppe hinaufging. Er empfing sie mit eisiger Höflichkeit an der Tür. Doch nicht ohne einen gewissen Humor.

Kühl, das war das richtige Wort, dachte sie, als er fragte, ob sie nicht so freundlich sein könnte, neben dem Wolseley an der Mauer zu parken.

»Wegen des Gesamteindrucks«, sagte er und maß sie mit seinen Blicken. Vielleicht sah sie einen Schimmer von Erinnerung in seinem Gesicht, vielleicht auch nicht.

»Ihre Sputnik-Ausrüstung können Sie hierherlegen«, sagte er und deutete auf eine goldverzierte Kommode in der Halle. Dann schritten sie durch einen langen Gang in der untersten Etage des Schlosses, sie ging direkt hinter ihm her und konnte ein wenig über ihn hinwegsehen, er ging schnell, mit seinem teuren englischen Tweedsakko und seinem weißen, zurückgestrichenen Haar.

Plötzlich blieb er stehen und drehte sich zu ihr um.

»Wem zum Teufel ähneln Sie nur?«

Er studierte ihr Gesicht, während sie leicht errötete.

»Mir selbst«, sagte sie. Er tat so, als hörte er es nicht, schaute sie nochmals an und ging dann weiter.

Er trat auf wie ein Advokat vor dem Obersten Gericht. Dann kamen sie in eine englische Lounge mit tiefen Ledersesseln und einer antiken Bornholmer Standuhr, Vitrinenschränken mit chinesischer Fayence, einem Sekretär aus schwarzem Mahagoni und einer langen Anrichte mit einem Arsenal von Flaschen und Karaffen.

Selbst in ihren Ohren klang es dumm, als sie fragte, wie es *war,* als einziger auf dem Gut übriggeblieben zu sein.

Mit einer Stimme, die ihr selbst seltsam in den Ohren klang, machte sie dann mit ihren Fragen nach Dänisch-Westindien, dem Sklavenhandel und der dänischen Kolonialmacht weiter.

»Die vom Fernsehen«, unterbrach er sie.

Bis hielt inne, verblüfft und irritiert.

Er saß ihr gegenüber, fein drapiert auf einem antiken Eßzimmerstuhl, die Beine übereinandergeschlagen, während sie tiefer und tiefer in ihrem Lehnstuhl versank. Er starrte lange gedankenverloren in die Luft. Sie betrachtete ihn mit angehaltenem Atem. Langsam begann er sich zu rühren. Sorgfältig zündete er sich seine Zigarre an, der Rauch strömte ins Sonnenlicht, dann nahm er vorsichtig sein Whiskyglas und ließ die Eiswürfel klirren.

»Das ist die, der Sie ähneln. Die Ansagerin vom Fernsehen. Vielleicht etwas jünger. Die Haarspitzen da, die nach vorne stehen.«

Bis wurde wütend, nahm es aber hin. Sie stellte noch eine Frage, diesmal nach den Sklaventransporten über den Atlantik im achtzehnten Jahrhundert.

Die Uhr tickte, und die Eiswürfel wanderten von der einen Seite des Glases zur anderen. Irgendwo draußen gurrte eine Taube, auf dem Dach, sie konnte sie jetzt sehen. Jetzt flog sie hinüber zu einer Schießscharte im Turm, das Dach war mit Grünspan überzogen, weiter unten stand die Ziffer 1642 über dem Tor.

Dann wandte er ihr langsam den Blick zu, und ihr war nicht ganz klar, ob es ein Lächeln war, das seine Lippen umspielte.

»Sind Sie sicher, daß Sie keinen Drink haben wollen?«

Sie sagte ja, meinte nein, sie war sich nicht sicher.

»Sie sind über Åstrup gekommen?« fragte er, nachdem er ihr eingeschenkt hatte, und Bis bejahte, ohne zu ahnen, wo Åstrup war.

»Schönes Dorf.«

Bis nickte. Er sah sie eindringlich an und fuhr fort:

»Einer der wenigen Orte, wo man sich einen Eindruck verschaffen kann, wie es vor der Flurbereinigung war. Die Höfe liegen ganz dicht beieinander.«

Bis nickte.

»Die alte Frau Nielsen, sie ist die Mutter des Schloßgärtners, hat angerufen und gesagt, daß Sie in Nederby nach dem Weg gefragt haben. Dann können Sie ja wohl kaum in Åstrup gewesen sein.«

»Nein«, sagte Bis.

Von Sehested maß sie wieder mit Blicken, während ihr

die Gedanken durch den Kopf schwirrten. Sie hatte weder gefrühstückt noch zu Mittag gegessen, und der Drink war ihr direkt ins Blut gegangen.

»Fragen Sie konkret, verdammt noch mal.«

Von Sehested knurrte und lehnte sich auf seinem Stuhl wieder zu ihr vor.

»Was genau wollen Sie eigentlich? Wissen Sie, daß die dänischen Matrosen auf den Schiffen, die hinübersegelten, schlimmer behandelt wurden als die Negersklaven?«

Er pochte mit dem Finger fest auf den Tisch. In ihrem Kopf schwirrte es. Die Sonne kam wieder hinter einer Wolke hervor und schickte einen scharfen Strahl hinter ihm herein. Er wirkte größer als zuvor, sie konnte sein Gesicht fast nicht sehen. Ihr Hals war trocken. Er machte einen Riesenzug an der Zigarre, füllte den Raum mit hellblauem Rauch und schenkte sich wieder nach. Ihre Stimme klang wieder zu hell und mädchenhaft, als sie es erneut versuchte.

»Laut Gardelins Regulativ von 1733 sollten Sklaven gehängt und mit glühenden Eisen gezwickt werden...«

Er schaute hinauf an die Decke, als suche er Hilfe bei göttlichen Mächten.

»Aber *wurden* sie das, kleines Fräulein? Jeden Tag? Alle zusammen? Wissen Sie das?«

»Dieses ›kleine Fräulein‹, das hätte ich mir doch gerne verbeten.«

Von Sehested ignorierte ihren Einwand, rührte im Eisbehälter herum und ließ zwei große Würfel in ihr Glas plumpsen, so daß es auf den Tisch spritzte. Bis fuhr fort:

»Sie wollen doch wohl nicht...«

»Wo, zum Henker, habe ich nur den Aschenbecher gelassen?« Er stürzte durchs Zimmer, die Zigarre im Mund. Dann stellte er sich auf die Zehenspitzen und holte eine antike chinesische Fayence von einem Regal.

»Wußten Sie, daß die Juden Sklaven hatten? Die Ägypter? Zu Tausenden. Glauben Sie, daß sie gut behandelt wurden – nach unserem Maßstab? In Deutschlands Fürstenhäusern mußten die Bediensteten ihrer Herrschaft nach dem Toilettenbesuch behilflich sein, wie würden Sie dies heute beurteilen? Wir haben keinen Beweis, daß die Schwarzen den Weißen den Arsch putzen mußten, es ging ihnen also besser als dem deutschen Gesinde im achtzehnten Jahrhundert, oder? Man kann das Bild zeichnen, das man will. Sie bezeichnen sich selbst als Historikerin?«

Bis sah ihn fragend an, aber er antwortete selbst:

»Sie sind Moralistin.«

Bis bemerkte, daß der Nagel am linken Mittelfinger eingerissen war. Es mußte passiert sein, als der Roller auf der Fähre umstürzte. Es kam ihr so vor, als wären Jahre vergangen, seit sie ihre Wohnung abgesperrt hatte und nach Korsør gefahren war. Sie schaute auf ihr Glas auf dem Kacheltisch, ohne es zu sehen. Es stand genau vor ihr, und die gelbe Flüssigkeit war genau dahinter, und sie starrte mit offenen Augen, war aber ganz woanders, in einer anderen Zeit, auf der anderen Seite des Erdballs.

»Was wissen wir eigentlich?«

Er fragte in die Luft wie ein ungeduldiger Prüfer.

»Wir haben einige Beispiele, aber kann man Geschichte aufgrund von Beispielen schreiben? Idioten gibt es doch überall.«

»Sie wollen doch wohl nicht die Sklaverei verteidigen?« fragte Bis hitzig. Sie hatte feuchte Hände und war wütend.

Er knallte die Faust auf den Tisch, daß die Zuckerdose und die Whiskygläser hüpften.

»Darum geht es doch überhaupt nicht. Es geht darum, gar nichts zu verteidigen oder zu verurteilen. Sonst müßten wir die Toten ausgraben und sie mit den Moralbegriffen unserer Zeit konfrontieren. Sie nach einer Ethik verurteilen, die sie nicht kennen. Es war, wie es war.«

»Ja, aber dann kann man ja gar nicht ...«

»Nein. Das kann man nicht.«

Er lehnte sich nach vorn und sah sie an. Es dauerte eine Ewigkeit, und sie prägte sich jedes Detail seines Gesichts ein. Er hatte einen sonnengebräunten Teint und schmale Lippen. Stahlgraue Augen und eine lange, gerade Nase. Sie biß sich in die Unterlippe und fummelte an einem Jackenknopf herum, als er, jedes Wort betonend, fortfuhr:

»Was ist es denn, das es interessant macht, nur weil es *wirklich* geschehen ist? Sie wollen die damalige Wirklichkeit mit all ihren Nuancen kennen, sagen Sie. Wissen Sie was? Die war sicherlich tödlich langweilig.«

Bis wechselte das Thema: »Nach 1917, als die amerikanische Verwaltung kam...«

»Es gab keine amerikanische Verwaltung. Es war die Flotte, die die Inseln übernahm.«

Seine Unterbrechung kam kurz und knapp in einem leicht irritierten Tonfall. Bis biß sich auf die Lippe. Warum putzte er sie jedesmal, wenn sie den Mund aufmachte, herunter?

»Man schreibt Geschichte mit Tatsachen. Und davon findet man in Ihrem Fall verblüffend wenige.«

Jetzt hatte Bis Tränen in den Augen, und von Sehested schenkte sich einen neuen Drink ein.

»Hören Sie auf! Ich kann es nicht haben, wenn Weiber heulen.«

»Die Schwarzen haben sich wohl kaum freiwillig mit dreihundert Mann in einem Frachtraum zusammengedrängt, wo sie nicht atmen konnten!«

Je lauter ihre Stimme wurde, desto leiser wurde seine.

»Einen Moment. Wo, zum Teufel, habe ich nur das Feuerzeug gelassen? Jetzt sind wir wieder auf der falschen Fährte. Da. Wer verteidigt die Sklaventransporte? Nicht ich. Ich verteidige bloß das Recht der Zeit, sie selbst zu sein.«

Er trank einen Schluck und zog an der Zigarre. Sie

glaubte, ihn ein paar Worte auf englisch murmeln zu hören, dann schaute er sich nachdenklich im Zimmer um. Fast schien er sich zu amüsieren.

»Stellen Sie sich vor, daß die Menschen, die vor zweihundert Jahren lebten, unsere heutige Lebensweise beurteilen sollten. Ein Quadrillenmeister vom Hof Christian VI., der seine Meinung über den Tanz und die Negermusik der heutigen Zeit sagt. Oder ein Priester aus dem Jütland des 17. Jahrhunderts ... was hält er von Menschen, die viermal in ihrem Leben in die Kirche gehen? Oder sollen wir den Schneider von Ludwig XIV. ... diese ›Bluejeans‹ unter die Lupe nehmen lassen?«

Er sah an ihren Hosenbeinen mit Abscheu herab und sagte spöttisch: »Der menschliche Aspekt.«

Dann versank er in Gedanken. Bis' Glas war leer. Sie mußte auf die Toilette, traute sich aber nicht zu fragen, wo sie war.

»Haben Sie nicht gesagt, daß Sie selbst auf St. Thomas geboren sind?«

Sie wollte gerade antworten, als er sich erhob und zum Sekretär ging, um mit einer ungeduldigen Bewegung ein Blatt Papier zu nehmen, das Bis als ihren eigenen Brief wiedererkannte, während er mit der anderen Hand nach seiner Brille kramte.

»Wie war noch der Name?«

Bevor sie antworten konnte, fand er ihn selbst.

»Sloth Nielsen. Sagt mir nichts.«

Er warf den Brief hin, leerte sein Glas und ging, um sich nachzuschenken. Er fragte nicht mehr, ob sie auch etwas wollte. Bis schaute seine Arme und Schultern an, die immer noch muskulös waren.

Wieder an einen Ort im Weltraum gewandt, sagte er:

»Haben Sie Paiewonsky gelesen? Das sollten Sie tun. Er zeichnet das richtige Bild des dänischen Einsatzes auf den Inseln.«

Bis hätte am liebsten gesagt, sie scheiße auf Paiewonsky, schwieg aber. Sie saß da und starrte in die Luft.

Sie ist drei Jahre, und die Mutter wischt sich Tränen aus den Augen. Ein warmer Wind strömt durch das Wohnzimmer, und ein Polizist mit großen Schweißflecken unter den Armen kommt mit gebeugtem Kopf herein und spricht mit der Mutter, die schluchzend erzählt. Dann ist sie zwölf Jahre, ein aufgewecktes Mädchen, das sich zu wundern beginnt, aber keine Antwort erhält. Dann ist sie sechzehn und fleht ihre Mutter an, mit dem Trinken aufzuhören, und bekommt Antworten mit doppeltem S und verworrener Sentimentalität. Dann ist sie achtzehn und sucht alte Angestellte der Kompagnie auf, die die Hände zusammenschlagen und sagen, nein, bist du aber groß geworden, aber schnell den Blick wieder senken, als sie Fragen stellt.

»Wollen Sie nicht den Rittersaal sehen?«

Sein Tonfall hatte sich plötzlich verändert. Von Sehested leerte das Glas in einem Zug, strich die Asche der Zigarre in die Zuckerdose ab und erhob sich. Bis nickte und folgte ihm. Sie gingen durch einen Saal mit hoher Decke. Vorbei an einem langen Eßtisch, an hellblauen Paneelen und Kristalleuchtern, an einem Ende stand ein Flügel. Durch eine Bibliothek, wo es süßlich nach altem Papier roch, eine Treppe aus Zedernholz hinauf, durch die Westindische Stube mit Uniformen, Vorderladern, Pulverhörnern und Bajonetten, eingerahmten Ordnungsvorschriften, Kerzenleuchtern mit Glasschirmen, Bildern von Fort Christiansværn um 1780, einem Gemälde von Peter von Scholten, Fotografien von schwarzen Nannies mit kleinen weißen Kindern im Park von Hesseltoft.

Währenddessen erzählte er laut und gestikulierend. Von der Geschichte des Schlosses, vom dänischen Engagement in Westindien, Jahreszahlen und Orte flogen durch die Luft, Tatsachen wirbelten umeinander, er ging schnell, sie trippelte hinterher, während sie versuchte, sich Notizen zu machen. Er folgte der Geschichte in großen Sprüngen und kam zur Gründung der Westindischen Kompagnie durch »ØK« im Jahre 1912.

»Als der Staat den Schwanz einzog, war die private Initiative gefragt, 1902 startete ...«

Dann hielt er inne.

»Wie war der Name noch mal?«

Bis schaute ihn verwundert an. Er sah mit einem Mal grimmig aus. Dann sagte sie:

»Anne-Birgitte.«

»Der Nachname.«

Sie hielt ihn ein paar Sekunden hin, schaute ihm geradewegs in die Augen und sagte:

»Sloth Nielsen.«

Er starrte sie plötzlich eigenartig an. Seine Augen wanderten langsam in ihrem Gesicht umher. Draußen war eine Kohlmeise laut und deutlich zu hören. Dann wandte er nachdenklich den Blick von ihr ab und öffnete die Tür zum Rittersaal.

»Ist es nicht eigenartig, der Letzte zu sein?« Sie schoß die Frage in einer kleinen Pause seines Vortrags ab, während sie das Wappenschild der Familie auf seiner Krawatte bemerkte. Ihre Stimme klang wieder richtig, auch wenn die Frage dumm war. Die Portraits seiner Vorväter hingen in geraden Reihen auf beiden Langseiten.

»Was? Nein. Das ist ausgezeichnet. Sehen Sie nur ihn da. Er war dabei, alles zu verspielen. Es ist ein Wunder, daß das Gut bei dem Haufen von Idioten überlebt hat. Dann der da. 1776 bis 1842. Leutnant zur See im Dienste des Königs. Machte sich im Konvoi auf ins Mittelmeer und nach Westindien. Besuchte wohl den Bruder auf der Plantage. Betrank sich und nahm sich ein paar Negerfrauen, nehme ich an. Warum schreiben Sie das alles auf?«

»Weil es ziemlich lustig ist.«

Bis antwortete, während sie notierte. Er schaute sie mit dem alten Abstand und der alten Würde an, hatte aber auch zu näseln angefangen. Kein Wunder, dachte sie und machte einen Punkt, der Mann war ganz einfach angetrunken. Dann setzte er sich ans Ende des zwölf Meter langen Tisches und saugte an der Zigarre, die am Ausgehen war. Das Reden wurde immer zusammenhangloser. Sie fühlte sich gleichzeitig unangenehm berührt und auf sichererem Boden.

Er sprach mehr zum Tisch und zu sich selbst, während sie ein paar Schritte wegging und einen Blick auf die Porträts und die Wappen an den Wänden warf. Langsam schlenderte sie den Saal hinunter, und als sie wieder zurückkam, war er eingeschlafen.

Lange stand sie still da und wußte nicht, was sie machen sollte. Das Licht fiel in Strahlen durch die großen Fenster in den Rittersaal. Es war eiskalt und roch ein wenig schimmlig. Sie konnte sich nicht mehr erinnern, wie viele tausend Kronen es nach seinen Worten kostete, ihn zu heizen, aber sie zitterte und spürte, daß sie einer Ohnmacht nahe war.

Leichten Schritts ging sie zum anderen Ende des Saals und setzte sich an das Tischende.

Wieder starrte sie in die Luft und sah sich selbst als Zweiundzwanzigjährige in der Mitgliedsliste des Dänisch-Westindischen Vereins von 1925–35 blättern. Sie sah Namen, die sie kannte und auch nicht, Namen, von denen sie ihre Mutter hatte sprechen hören, es floß ineinander, was sie selbst erlebt hatte und was man ihr erzählt hatte. Sie telefonierte und hakte mit Bleistift ab. Einige waren tot, vor die machte sie ein Minus. Dann fand sie das Tagebuch ihrer Mutter und sah, daß die kleine Familie am achten Dezember auf einer Party in Christansted auf St. Croix war. Das Tagebuch beschrieb die Fahrt mit dem Boot von St.

Thomas mit begeisterten Worten. Die Sonne, die auf den Wellenkämmen glitzerte, die Hitze, die fliegenden Fische, die Fregattvögel, die Insel, die in der Ferne auftauchte. Das Tagebuch sagte, daß sich alle auf den Abend freuten – auch das kleine Bisserchen – und daß sie alle die Erinnerung an diesen Tag in ihren Herzen bewahren würden.

Dann hörte es auf. Danach kamen nur noch leere Seiten.

Von Sehested hatte zu schnarchen angefangen. Er lag halb auf dem Tisch, die Arme vor sich. Sie ging zu ihm hin und betrachtete ihn. Den Zigarrenstumpen hielt er immer noch zwischen den Fingern. Sie hatte drei Stunden hier verbracht. Es war still im Schloß. Draußen schwieg die Kohlmeise, und es hatte sich bewölkt. Es war möglich, daß die Abschlußarbeit ein bißchen umgeschrieben werden mußte. Es war an der Zeit, nach Hause zu gehen. Er murmelte etwas in seinem Rausch.

Dann beugte sie sich leicht nach vorne und flüsterte:

»Was hast du am achten Dezember 1932 gegen zehn Uhr abends gemacht, mein Freund?«

An wieviel kann man sich erinnern im Alter von fünf Jahren? Ein paar verstreute Bruchstücke. Ein schönes neues Kleid, das erste Fahrrad, vielleicht eine Schramme am Knie, für das man Jod braucht, so, das tut nicht weh.

Immer ist es die Reaktion der Erwachsenen, an die man sich erinnern kann. Es gibt nichts ohne die Erwachsenen. Wie war es, als man vier Jahre alt war? Der letzte Tropfen auf dem Töpfchen, jetzt ist die Kleine groß und kann selbst auf die Toilette gehen, ein stolzer Blick, einer der großen Schritte des Lebens ist getan.

Drei Jahre? Wohl nichts. Und trotzdem meinte Bis, sie hätte gesehen, wie ihre Mutter untröstlich weinte und sagte, das verstehst du nicht. Manche behaupten, daß die Geburt selbst, als das erste brutale Treffen mit der Welt, einen unauslöschlichen Eindruck auf den Menschen hinterläßt, daß sie irgendwo im Gedächtnis bewahrt wird und in verschiedenen Verkleidungen später im Leben zum Ausdruck kommt. Warum sollte ein gewaltsames Ereignis im Alter von zwei oder drei Jahren dann unbemerkt vorübergehen?

Der Strandsaum, das unheimliche Bild, das aus ferner Vergangenheit aufzutauchen begann, das Bild, an das sie sich allmählich gewöhnt hatte, auf das sie sich manchmal sogar freute, woher hatte sie es? Ausschließlich aus der Phantasie? Aus einem Film? Nirgendwoher?

Bis lag wach, obwohl sie sich vor einer Stunde schlafen gelegt hatte, umgefallen war vor Müdigkeit nach einem ereignisreichen Tag. Die Gedanken schwirrten ihr durch den Kopf. Die Fähre, der Motorroller, die Bewohner von Fünen. Von Sehested, der sagte, wie war der Name?, starrte eigenartig und schlief mit den Armen auf dem Tisch ein.

Sie konnte es nicht fassen, daß das Ganze im Laufe eines Tages passiert war. Manchmal fiel sie in einen kurzen Schlaf, doch dann erwachte sie wieder. Sie *durfte* nicht einschlafen, da war etwas, das sie herausfinden mußte.

Sie hatte zwei leichte Schlaftabletten genommen, die fast wie Amphetamin wirkten. Viermal war sie aufgestanden, um zu rauchen, viermal hatte sie auf Dalgas Boulevard hinausgesehen, und jetzt lag sie wieder todmüde, aber mit klopfendem Herzen im Bett.

Die Möbel in der kleinen Wohnung bekamen nachts andere Dimensionen. Sie begann alle Menschen zu hassen, die Kollegen im Gymnasium, die Schüler, sich selbst.

Dann tauchten die Bilder aus der Kindheit wieder auf. An was konnte sie sich erinnern und was war ihr nur erzählt worden und wirkte wie Erinnerung? Ihr Vater starb, als sie drei Jahre alt war. Selbstverständlich konnte sie sich nicht an ihn erinnern, dennoch standen ihr seine Züge lebhaft vor Augen. Das lag natürlich an den Fotografien, den Bildern der kleinen glücklichen Familie und den vielen Fragen, die sie ihrer Mutter gestellt hatte. Wieder und wieder hatte sie nach Details gefragt. Wie klang sein Lachen? Mochtet ihr euch, wo habt ihr euch kennengelernt? Wie hielt er mich? So? Oder so? Legte er seinen Kopf ganz dicht an meinen und summte, wenn ich einschlafen sollte? Sie war wild auf Einzelheiten, aber die Erinnerungen schmerzten die Mutter, und sie erhielt nur vage Antworten. Dann erfand sie die Antworten selbst, und jetzt verwischte sich alles. Was war richtig, und was bildete sie sich bloß ein?

Bis stand auf, griff zum Morgenmantel und nahm einige Papiere aus der Schreibtischschublade. Das grelle Licht blendete sie. Sie blinzelte.

Tatsachen.

So lautete die Überschrift zu ihren Notizen über die ersten Jahre ihres eigenen Lebens.

Ihr Vater, Knud Hagensen, wurde im Jahr 1900 geboren. Ausbildung zum Buchhalter bei der Ostasiatischen Kompagnie, traf 1925 ihre Mutter, Ingrid Sloth Nielsen, Heirat ein Jahr nach der Entsendung in die Westindische Kompagnie auf St. Thomas im Jahre 1926. Das kleine Bisserchen wurde am 4. September 1929 auf St. Thomas geboren, Bilder eines Kopfes mit weißem Häubchen in einem Kinderwagen. Der Vater kam bei einem Badeunfall ums Leben, während eines Besuchs auf der Nachbarinsel St. Croix am 8. Dezember 1932. Die Mutter und Bis auf dem Schiff nach Hause Richtung Kopenhagen, langer Aufenthalt bei den Großeltern in Frederiksberg, der Vater begraben im Januar 1933.

Fragen.

So lautete die Überschrift des nächsten Blatt Papiers, das sie aus dem Stapel holte. Sie zündete sich noch eine Zigarette an, wunderte sich darüber, daß sie ihr nicht schmeckte, und las weiter.

War er denn kein guter Schwimmer gewesen? Sie hatte Bilder von einem schlanken jungen Mann im Badeanzug gesehen, die Arme verschränkt, gute muskulöse Arme, Sommersprossen im Gesicht, ein breites Lächeln für die Fotografin, die frischverliebte Ingrid Hagensen.

Wie geschah es? Die Mutter antwortete nicht. War er allein am Strand? Hör auf, Bis, du weißt, daß ich es nicht ertrage, davon zu sprechen. Die Mutter goß sich noch einen Drink ein, gleiche Teile Aquavit und Limonade, der vierte vor dem Mittagessen. Rief er um Hilfe? Ich weiß es nicht, ich war doch nicht dort, sei still! War er betrunken? Wart ihr auf einem Fest? Ja, eine Abendparty in Christiansted, ich erinnere mich nicht mehr an die Namen, und ich will auch nicht, laß mich doch in Ruhe, hörst du?

Die Träume.

Die letzte Seite der vorläufigen Abhandlung über Bis' ungeklärte Kindheit auf den Tropeninseln war leer. Nur die Überschrift stand da. Die Träume wurden nicht gedruckt. Sie wollten nicht. Aber sie gingen ihr Tag und Nacht im Kopf herum, und das regelmäßig, seit sie klein war.

Die Antworten entstanden in der Leere, sickerten aus den Dielenbrettern nach oben und aus den Wänden heraus und trafen auf Fragen, die noch in der Luft hingen. Irgendwo im Schweigen der Mutter und der anderen lag eine Antwort, die sie noch nicht kannte.

Der Verdacht nagte, er wurde größer und größer mit jedem Mal, wenn das Thema nach peinlichem Schweigen gewechselt wurde, und er wurde auch jetzt größer und größer, ohne andere Nahrung als ihre eigene Phantasie. Selbst während der jahrelangen Verdrängung, die jetzt mit einem ordentlichen Schlag zu enden schien, wurden Fragen und Antworten gelagert, wurden groß und schwer.

Sie liebte den Mann, den sie fast nicht gekannt hatte. Viele Nächte war sie in seinen Armen eingeschlafen, den guten und starken Armen, die sie von der Fotografie am Strand her kannte. Sie kannte jeden Zug seines Gesichts, seinen Duft und seine Stimme. Morgens strich er ihr über das Haar und schickte sie in die Schule, er holte sie nach der Schule auch ab, über viele Jahre geschah all dies, bis sie ihn eines Tages fragte, ob er denn auch sicher sei, daß er im Karibischen Meer ertrunken war, und er lachte und sagte, was ist denn das für ein Unsinn! Dann ging sie zum Friedhof Solbjerg und entfernte die verwelkten Blumen und legte neue aufs Grab.

Im Traum stand sie und hörte den trockenen Wind durch die Palmen am Strand streichen. Dann sah sie ihren Vater allein dastehen und die schwarzen Sklaven mit den Zuckermessern aus dem Regenwald auftauchen. Er flüchtete hinaus ins Wasser, sie schwammen ihm nach, ein einziger Schlag reichte aus. Dann erwachte sie oft, das Haar naß und klebrig, das Gesicht schweißgebadet, unter der Bettdecke zitterte sie vor Kälte. Dann drückte sie die Bettdecke wieder dicht an den Körper und fest zwischen die Beine und blieb so liegen, während ihr die Tränen die Wangen hinabliefen.

Bis schüttelte den Kopf und machte ihre Zigarette aus. Neben ihr lag ihre Diplomarbeit über den Sklavenaufstand auf St. Croix im Jahre 1759. Daneben ein Block mit den wenigen Notizen vom Besuch bei von Sehested. Nur sehr wenig davon war überhaupt zu gebrauchen.

Der menschliche Aspekt mußte dieses Mal ruhen. Vielleicht wurde er sogar noch menschlicher, wenn sie bis morgen wartete.

Ein letzter Gedanke vor dem Zubettgehen: War ihre Suche ein reiner Flop? Hatte er denn überhaupt etwas mit dem hier zu tun? Er *war* einer der Freunde ihrer Eltern gewesen, das wußte sie aus den Tagebüchern ihrer Mutter: Sie hatten ihn oft an den Wochenenden besucht, das wußte sie auch aus den Tagebüchern.

Sie fühlte sich plötzlich sehr müde. Schließlich holte sie einen neuen Bettbezug und ging wieder ins Bett.

Im Vorzimmer des Rektors im Gymnasium Öregård in Hellerup herrschte stundenplanmäßige Ruhe, als die Tür auf eine Weise aufging, daß die Sekretärin die Augen schloß.

»Ich glaube, er spricht immer noch, Fräulein Hagensen«, versuchte sie es gegen besseres Wissen.

Fräulein Hagensen hatte eigens für diesen Anlaß einen toupierten Heuhaufen errichtet, und ihre spitzen Absätze hämmerten auf den Boden, während sie auf die Bürotür des Rektors zusteuerte. Sie klopfte an und trat ein, ohne auf Antwort zu warten.

»Ja, das ist mir egal... was? Ja, vollkommen egal...«

Die Worte klangen scharf und deutlich, sie kamen aus dem Mund der jüngsten Aushilfsvertretung und waren an den Rektor der Schule gerichtet. Die Tür stand offen, und ein vorbeigehender Lehrer blieb stehen und lauschte, seine abgenutzte braune Mappe in der Hand. Er sah sprachlos und entsetzt aus, vielleicht freute er sich aber auch darüber, daß sich endlich einer traute, gegen den Alten anzugehen.

»Wären Sie dann vielleicht so freundlich, die Tür zu schließen!«

»Das lohnt sich nicht. Ich gehe gleich wieder.«

Die Repliken waren bis auf den Gang zu hören, wo sich ein kleiner Auflauf aus Studienräten und Oberstudienräten zu bilden begann, die tagaus, tagein Deutsch, Englisch, Dänisch, Latein und Altertumswissenschaft unterrichteten, ohne daß die ganz großen Dinge passierten.

Sie wirkte auf den Alten wie ein rotes Tuch. Er hob die Stimme, statt sie sofort hinauszukomplimentieren. Jetzt gerade war sie wieder an der Reihe.

»Sie haben um ein Gespräch mit mir gebeten. Also bitte. Ich muß in fünfundzwanzig Minuten im staatlichen Gymnasium von Rødovre sein.«

Es war still, als ob der Alte nicht wußte, ob er auf seine Würde pochen sollte oder nicht. Dann gab er sich offensichtlich einen Ruck. Mit großen dramatischen Pausen zwischen den einzelnen Worten schnauzte er sie an, weil sie, Punkt eins, letzten Freitag mitten in der Geschichtsstunde der Sekunda laut und gellend auf den Fingern gepfiffen hatte, weil sie, Punkt zwei, den Gestank auf dem untersten Deck der dänischen Sklavenschiffe, die von der Goldküste nach Westindien fuhren, so deutlich beschrieben hatte, daß es einem jungen sensiblen Menschen aus einem der besseren Häuser der Vorstädte den ganzen Tag auf den Magen geschlagen war, und Punkt drei, weil sie bei Fräulein Tulsagers Jubiläumsempfang neulich Jeans angehabt hatte, und schließlich, weil sie zu einer Klasse gesagt hatte, daß sie die Jahreszahlen und die Königsreihe vergessen könnten. Dies alles wurde als so unpassend empfunden, daß es zu einer Klage geführt hatte.

Die Worte flossen nur so aus ihm heraus, lauter und lauter, der Tonfall wurde überschwenglich, fast ein wenig schwülstig, als er auf die Würde der Schule, auf Anständigkeit und überhaupt einging.

»Sie haben jetzt seit zwei Minuten und vierzig Sekunden gesprochen«, unterbrach Bis, »und ich glaube ... ich glaube, ich habe Ihre Botschaft verstanden!« Sie tippte auf ihre Armbanduhr, aber er war erst zu stoppen, als sie dazwischenrief, daß sie möglicherweise nicht imstande sein würde, in der nächsten Zeit Vertretungsstunden zu übernehmen. Danach ging sie und warf die Tür von außen zu.

Die Gruppe draußen beeilte sich, so auszusehen, als stünde sie rein zufällig dort, auch wenn dies nicht gerade überzeugend wirkte, als sie herausstürmte und sich beinahe den Weg durch sie hindurch bahnen mußte.

»Auf Wi-i-edersehen.«

Sie nahm ihren Sturzhelm und ihre Windjacke vom Garderobehaken und rannte die Treppe hinunter.

Ein jüngerer männlicher Lehrer mit langen, grauen, ausgebeulten Hosen und einem dicken, dunklen Brillengestell sah ihr nach. Dann folgte er ihr und schaffte es, sie im Schulhof abzufangen, wo sie unter einem Halbdach unter der Einfahrt geparkt hatte. Sie bemerkte ihn und lächelte. Im selben Moment kam der Pedell in seinem grauen Kittel von der gegenüberliegenden Seite angelaufen. Der junge Lehrer und der Pedell begannen sich gleichzeitig an sie zu wenden, wobei der Pedell gewann, denn er hatte es, gelinde gesagt, sehr wichtig, mit ihr zu sprechen, und er war der Dienstältere.

Wie viele Male hatte er ihr nicht gesagt, daß sie dort nicht parken durfte, und wie viele Male mußte er es noch sagen? fragte er mit verschränkten Armen, während der junge Mann kaum zu Wort kam. Doch ehe sie vor Hunderten von begeisterten Schülern und mit der drohenden Faust des Pedells im Nacken Gas gab, die Auffahrt hinunter und auf die Straße hinaus brauste, war es ihm gelungen, ein Treffen zu vereinbaren.

Still lächelte er vor sich hin, während er ihr nachsah.

Bis war müde. Sie hatte sechs Unterrichtsstunden hinter sich, drei davon in Leibeserziehung, zwei lange Fahrten auf überfüllten Umgehungsstraßen und einen ernsthaften Streit mit einem aufrichtig indignierten Rektor.

Manchmal, wenn es ihr so ging wie jetzt, war es, als würde der Kopf abschalten und der Körper anfangen, das Regiment zu übernehmen, und heute abend war es nicht anders.

Sie sprang in der Gothersgade von der Trambahn und ging das letzte Stück zu Fuß, während sie sich selbst zwang, das Tempo zu drosseln. Es war sternenklar, und zu ihrer Verblüffung stellte sie fest, daß es sie beim Gedanken an ihre Verabredung im Bauch ein wenig kribbelte.

Sie hatten sich schon mehrmals zuvor getroffen, aber sie hatte seitdem eigentlich nicht mehr an ihn gedacht. Am Vormittag hatte er sie mit seinem Überraschungsangriff in einer schwachen Stunde erwischt, denn der Streit mit dem Rektor hatte sie doch mehr mitgenommen, als sie zugeben wollte.

Jetzt kribbelte es mehr und mehr im Bauch, es wurde zu einer Mischung aus Nervosität und Freude, die sich im ganzen Körper ausbreitete und etwas so Intimes hatte, daß sie ein kleines bißchen errötete, als sie durch den Toreingang in der St. Regnegade schritt und scharf nach links um die Kurve bog, vier Stufen hinauf, und einen Zehner auf den Tisch warf, um hineinzukommen und ihren Mantel loszuwerden, ein Modell aus den dreißiger Jahren aus der Garderobe ihrer Mutter.

Sie war sich fast sicher, wie der Abend verlaufen würde, fühlte bereits seine Hände und spürte mit einem kleinen Kälteschauer, wie sich Teile ihres Körpers veränderten, als sie die Tür zu dem dunklen, bereits gut gefüllten Raum öffnete. Von der Bühne ganz hinten hörte man ein heiseres Tuten aus einem Saxophon und den klagenden Laut eines Kontrabasses, der gestimmt wurde. Auf den Tischen standen Weinflaschen mit Kerzen, an denen das Wachs heruntergelaufen war.

Sie erkannte ein paar Gäste von einem Gymnasium aus der Umgebung. An der Wand ganz hinten im Raum saßen einige Künstlertypen mit Norwegerpullis, Vollbärten und unförmigen Samthosen, und in der Bar drehten sich ein paar ältere Herren in Nylonhemd und Krawatte, die sich hier herein verirrt haben mußten und so aussahen, als ob sie sich gewaltig amüsierten, wie so viele andere nach ihr um.

Endlich schaute sie erleichtert in eine dunkle Brille, die dem jungen Studienrat Peter Madsen gehörte, der allein an einem Tisch saß.

»Tag.«

Sie setzte sich und fühlte, wie sich die Blicke von ihrem Nacken lösten, lächelte ihn offen an, er erwiderte das Lächeln, etwas unsicher. Sie legte ihre Hand in seine, eine Handlung, die seinem Gesichtsausdruck nach zu urteilen eine Spur zu forsch für die Situation war.

»Du hast mich heute vormittag überrascht«, sagte sie und lächelte ihn noch breiter an, den Kopf zur Seite geneigt. Er sah ihr ins Gesicht, folgte den Augen, der Nase, dem Mund, dem Kinn und dem Haar, dann gab er sich wieder schüchtern, und sie ließ es zu, daß er die Hand zurückzog.

Dann saßen sie eine Weile da, ohne etwas zu sagen.

»Ein Bier?«

Sie nickte versonnen, und er verschwand in Richtung Bar. Als er mit zwei Pils wiederkam, hatte er anscheinend einen Plan gefaßt. Es war deutlich, daß er sich den Abend nicht selbst verderben wollte und deshalb bereit war, das Beste zu geben, was er zu bieten hatte.

Er begann ganz einfach aus seinem großen Wissen auf dem Gebiet des Jazz zu schöpfen.

Sie tranken, und er redete. Sie seufzte, und er redete. Die Informationen flossen aus ihm heraus wie ein sanfter Strom, Jahreszahlen und Instrumente und Namen in lexikalischer Ordnung, sie schaute abwechselnd in ihr Glas und auf ihn und seufzte lauter und lauter.

Sie spürte, wie sie immer gereizter wurde. Es begann

im Bauch oder in den Gedärmen, oder wo auch immer, dann bahnte es sich seinen Weg nach oben und endete als Stechen auf der Kopfhaut.

»Nicht die Pfeife, Madsen, nicht die Pfeife.«

Er hielt mitten in der Bewegung inne und legte den Tabaksbeutel wieder hin. Sie sah ihn direkt an und bemerkte, wie nett er war, wenn er schwieg.

»Man kann auch gut zusammen schweigen.«

Madsen sah überrascht aus. Aber er ignorierte das Gefühl und nahm wieder Zuflucht bei seinem Vortrag und der Pfeife, die er trotz des Verbotes stopfte. Schließlich, gerade als er im Begriff war, zu erklären, wie Lars Gullin, Schwedens bester Jazzmusiker, seinen Jazz mit einer unverkennbar schwedischen Tonsprache vereinigte, lyrisch in seiner Handhabung des Baritonsaxophons und von einer zarten Wehmut geprägt, erhob er sich mit einer abrupten Bewegung und verließ das Etablissement, ein wenig beleidigt.

Sie war schockiert, als er flüchtete. Was war bloß schief gelaufen? In Gedanken ging sie das Geschehen noch einmal durch und war zuerst wütend auf ihn. Sie war nicht ausgegangen, um eine Vorlesung zu hören. Es war notwendig gewesen, ihn zu stoppen.

Sie ließ sich die Szene noch einmal durch den Kopf gehen, seine Worte hallten in ihrem Kopf wider: Er erhob sich und sagte, daß es jetzt wohl genug sei, daß er nicht Pfeife rauchen dürfe, nicht sprechen dürfe, kurz, nicht so sein dürfe, wie er sei, während sich die ringsum Sitzenden umdrehten und nach ihnen schauten.

Sie nippte an ihrem Bier und versank in Selbstvorwürfen. Sie verschreckte Leute ganz einfach, da war nichts zu machen. Sie würde nie jemanden finden, der sie mochte.

Eine Träne stahl sich aus dem Augenwinkel, sie wischte sie weg, bevor sie einen Streifen auf der Wange zeichnen konnte, dann erholte sie sich langsam und zuckte wie schon so oft mit den Schultern, schniefte ein wenig und erhob sich, warf einen letzten Blick auf die halbvollen Gläser und dachte bei sich, daß sie es vielleicht besser hätte lassen sollen, die Hand zwischen Madsens Beine zu schieben und zuzudrücken. Und damit verließ sie den Jazzclub Montmartre.

Am nächsten Morgen beim Frühstück errötete sie.

Letzte Nacht hatte sie an einem Strand gelegen und hatte einen nackten Mann geküßt, während die Brandung weiß leuchtete und die Palmen im Passatwind flüsterten. Wieder und wieder drückte sie die Lippen auf seine salzige Haut, die von der Sonne des Tages warm war, sie sehnte sich mit aller Macht danach, mit diesem Fremden zu verschmelzen, wußte aber nicht, warum. Sie fragte sich, wer der Mann war. Niemand, den sie kannte, soviel war sicher. Sie biß sich auf die Unterlippe, weil ihr Herz beinahe vor Glück zersprungen wäre.

Die Brandung klatschte rhythmisch gegen den Strand, durch Tausende von Jahren, derselbe Atemzug von Meer, das Leben floß dahin wie immer. Folge deinen Lüsten, wisperte es im Traum, du kannst ebensogut aufgeben, es sind nicht einmal deine eigenen, und sie stöhnte, während sie sich dem Körper dieses jungen Mannes auf eine Weise näherte, die ihr vorher unbekannt gewesen war. Schaute auf ihre Hand, die wollte, und dann auch wieder nicht, es war so leicht, dem Stärkeren nachzugeben. Wer bestimmte? Ihre Hand oder sie selbst?

Dann saß sie einem gesichtslosen von Sehested gegenüber, der an seiner Zigarre zog, die Asche saß weiß und lang und zitternd am Ende eines Silberrohrs, und dann sprach er über den »menschlichen Aspekt«, und die zweihundert Jahre alte Spinnwebe zitterte, und der Putz rieselte von den Paneelen herab.

Erschreckt schüttelte sie den Kopf über sich selbst.

Während sie im Kaffee rührte, durchzuckte sie ein Kälteschauer, als ihr eigener Ellenbogen ihre Hüfte streifte. Sie ließ die Hand auf der Hüfte liegen und strich den Schenkel entlang, noch einmal und noch einmal, und rührte wieder in der Tasse.

Dann starrte sie eine Weile in die Luft. Sie hatte die Liebe ein einziges Mal gefühlt, und dann war es auch schon wieder vorbei gewesen. Sie ging zum Fenster und schaute hinunter.

Montag morgen in Kopenhagen. Das Wetter wechselte zwischen Hagelschauern und Sonne, sie sah Männer ihre weichen Hüte festhalten und sich den Weg durch die Unterführung bahnen, Frauen mit festgeknoteten Kopftüchern, die ihre Kleider kaum aus den Speichen der Fahrräder halten konnten, und sie hörte, wie sich der Wind in allen Richtungen zwischen den Häusern seinen Weg bahnte.

Sie ging in die Diele hinaus, um nach der Post zu sehen.

Die Briefe trugen das Aprilwetter in sich, sie waren kalt und unvorhersehbar, wie zum Beispiel dieser weiße Umschlag hier mit den verschlungenen Rosenbändern. Er kam vom Kaufmann H. Ditlev-Thomsen und seiner Ehefrau Ellinor Fond und war gerichtet an Frl. Magister A.-B. Hagensen, Dalgas Boulevard 138/V, Frederiksberg.

Bis holte ein Brotmesser und blies die Krümel beiseite. Dann schlitzte sie den Umschlag vorsichtig auf und ließ die Augen über die geschnörkelten Formulierungen laufen. Sie begriff kaum, von was die Rede war. Dann legte sie den Brief wieder hin und setzte sich und rührte weiter im Kaffee, mit klopfendem Herzen. Kurz darauf nahm sie den Brief wieder in die Hand.

Sie hatte beim ersten Mal richtig gelesen. Sie hatte das Stipendium.

Die Kopenhagener Altstadt war morgens chaotisch, die Straßen waren nicht für die vielen Autos der heutigen Zeit gemacht und schnell dicht. Hinzu kamen Heere von Fahrrädern, quietschenden Straßenbahnen und Lieferwagen, die einfach vor den Geschäften parkten und die Straße halb sperrten, um abzuladen, und die Baukräne, die ihre Last aus Stahl und Plastik schwangen, während alte vornehme Häuser in Wolken von Mörtel verschwanden.

Von all den Fahrzeugen, die versuchten, in der modernen Großstadt unbeschädigt herumzukommen, war es ein kleiner hellblauer Italiener, der am besten damit fertig wurde.

Die Vespa überholte die Radfahrer, schlüpfte zwischen den Reihen der Autos hindurch, nahm eine Abkürzung über einen Bürgersteig, die Fahrerin trat mit dem Stiefel in die Seite eines Ford, der zu nahe gekommen war, drückte auf die Hupe und gab den hundertundfünfzig Kubik volle Pulle.

»Du hast nicht mehr lang, mein Freund«, sagte Bis halblaut zu dem Roller, als sie ihn unter Aufgebot all ihrer Kräfte genau vor dem Haupteingang der Ostasiatischen Kompagnie an der Ecke Holbergsgade und Niels Jules Gade auf den Ständer stellte. Aber kaum hatte sie das gesagt, da eilte auch schon ein Herr mit Dienstmütze herbei, der sie wissen ließ, daß sie da nicht parken könne, irgendwo müßten die Verrücktheiten ihre Grenzen haben.

Sie schnitt dem Mann eine kleine komische Grimasse, nahm den Sturzhelm ab und schritt danach beherzt durch die Tür, die türkisfarbenen Stufen hinauf, die sie an die Smaragde des Ostens erinnerten, und ließ ihn allein mit dem Roller zurück.

»Das kann ich mir nicht vorstellen.«

Der Mann an der Rezeption des Hauptsitzes der Ostasiatischen Kompagnie tat so, als hätte er noch nie etwas so Schwachsinniges gehört. Das tut er immer, dachte Bis, dies hier ist keine Seltenheit. Es war sein Job, so auszusehen, als hätte er noch nie etwas derart Schwachsinniges gehört, Rezeptionisten stellten die eigentliche Machtelite dieser Welt dar. Hier standen sie tagaus, tagein mit ihren Krabbenaugen am Haupteingang, alle ein- und ausgehenden Telefongespräche mußten an ihnen vorbei, sie befanden sich im Besitz all dessen, was nötig war, um einen Geheimdienst zu führen.

»Aber einen Moment, ich werde sehen, ob ich Obersekretär Langer finden kann. Wie war noch der Name?«

Bis schaute aus dem Fenster auf die geschäftige Straße hinunter und fuhr sich mit einer Hand durchs Haar.

Der Obersekretär, ein großer, dünner Mann, fand sich ein und besprach sich kurz mit dem Rezeptionisten, sie hörte ihn sagen, eine Kleinaktionärin, die die Buchhaltung sehen will, dann spürte sie, wie der Obersekretär die Augen zum Kronleuchter in der Halle hob, und sah, wie sie sich Blicke zuwarfen: die Bücher einsehen? die Alte muß geisteskrank sein. Dann kam er zu ihr und bat sie, ihm zu folgen. Sie sah seinen koksgrauen Rücken sich vor ihr die Treppe hinaufbewegen, einen Gang entlang, und in einen Raum mit Möbeln aus siamesischem Teakholz hinein.

»Ein Gesetz«, sagte Obersekretär Langer, während er die Finger knacken ließ, die Tür schloß und sie Platz zu nehmen bat, »das die Veröffentlichung von Bilanzen vorschreibt, gibt es vor 1930 nicht. Danach kam das neue Aktiengesellschaftsgesetz. Sie interessieren sich für das Jahr 1928, nicht wahr? Da, sehen Sie! Und '27 und '26?«

Er schloß die Augen und schüttelte langsam den Kopf.

»Nun ja, aber es spricht ja auch nichts dagegen, sie mich sehen zu lassen. Sie müssen doch hier im Hause sein. Es ist eine seriöse historische Abhandlung, um die es hier geht«, sagte Bis.

Der Obersekretär räusperte sich und verdrehte die Augen. Er schien sich nur mühsam beherrschen zu können. Er preßte die gefalteten Hände zusammen, so daß die Knochen ganz weiß wurden, dann machte er sie darauf aufmerksam, daß die Offenheit, die er ihr gegenüber gerade zeigte, ganz außergewöhnlich sei.

»In früherer Zeit«, sagte er und wirkte dabei so aufrichtig, daß sie ihm fast glaubte, »wären Sie auf der Stelle hinausgeworfen worden.«

Die warme Büroluft schlug ihren Wangen entgegen, die von der rauhen Luft draußen noch ganz rot waren. In ihren Adern pochte es, und ehe sie es sich versah, hatte sie ihm erklärt, daß dies ganz einfach nicht wahr sein konnte, hier kam sie in Forschungsabsicht, eine seriöse Abhandlung über das Engagement der Dänen in Dänisch-Westindien zu schreiben, und dann fand sich nicht eine einzige hilfreiche Hand in diesem Unternehmen hier, das doch wohl in dieser Hinsicht als das einflußreichste in diesem Jahrhundert zu gelten hatte.

Bis holte tief Luft, der Obersekretär saß in dem hochlehnigen Stuhl wie in die Ecke gedrängt. Dann fuhr sie fort: Wenn die gesamte Leitung der Reederei so strukturiert sei, dann sei es verständlich, daß das Ganze den Bach runtergehe. Das könne unmöglich im Geiste H. N. Andersens sein, damals wurde gehandelt, nicht geredet!

Vielleicht drückte sie bei ihm auf einen weiteren Knopf, als sie die Kompagnie als einzige dänische Firma hervorhob, die etwas von Bedeutung auf den Inseln geleistet hätte. Jedenfalls saß er still da, mit diesem seltsamen Ausdruck in den Augen, gleichzeitig gequält und geschlagen, und dann sammelte er sich. Er murmelte etwas davon, daß sie zu H. N.'s Zeiten gar nicht bis zur Glastüre gekommen wäre, versprach aber, ihren Wunsch dem Büroleiter vorzulegen, und entschuldigte sich kurz.

Bis blieb alleine zurück, ohne zu wissen, was sie hier tat, was sie wollte oder wer sie war. Sie hätte ebensogut ins Rathaus gehen und um die Belege für Toilettenpapier in den letzten vierzig Jahren bitten können.

Einen Augenblick später ging die Tür wieder auf, und Obersekretär Langer kam herein. Er rückte das Revers zurecht, aufrichtig froh darüber, ihr mitteilen zu können, daß der Büroleiter derselben Auffassung war wie sein Obersekretär und daß der Raum hier umgehend für andere Zwecke gebraucht werden würde, sie sollte also bitte entschuldigen.

»Du hast überhaupt niemanden gefragt, du kleiner Scheißer«, dachte Bis und ging in seiner Begleitung die Treppe hinunter.

Draußen auf der Straße blieb Bis eine Weile fassungslos stehen. Was wollte sie hier eigentlich? Und warum geriet sie mit allen Menschen in Streit?

Dann fand sie den Roller zweihundert Meter die Holbergsgade hinunter, an eine Mauer gelehnt, sah einen neuen Kratzer neben dem alten, startete und brauste los.

Im Lesesaal schlug Bis die Stille wie ein weicher Hammer entgegen. Der Lärm der Stadt war wie ein brodelndes Meer in weiter Ferne zu hören. Ab und zu räusperte sich jemand, dann war ein gedämpftes Flüstern zu hören, ein Fuß schabte auf dem Boden, und sie hörte plötzlich ihre eigenen lärmenden Atemzüge. Sie mußte den ganzen Weg die Treppen hochgelaufen sein.

Zuerst war sie im Aktiengesellschaftsregister gewesen, wo ihr mitgeteilt worden war, daß es ein paar Tage dauern würde, das Material zu beschaffen. Dann war da ein freundlicher Mann im Wartezimmer gewesen, der ihr erzählte, daß das Material vermutlich in der Königlichen Bibliothek zu finden sei.

Bis ließ die Finger über den Staub auf dem dicken grünen Buch laufen, *ØK's Bilanzen 1897–1930*. Die Seiten mußten gewaltsam voneinander getrennt werden. Offensichtlich hatte seit vierzig Jahren niemand mehr hineingeschaut. Wieder fragte sie sich, worauf sie eigentlich hinauswollte. Irgend etwas finden. Aber was? Eine Unregelmäßigkeit. Wie? In einer Konzernbilanz? Das dunkle Haar bewegte sich sacht über die Stirn, als sie über ihre eigene Naivität den Kopf schüttelte.

Die weltumspannende Kompagnie teilte der Öffentlichkeit über jedes Jahr nur wenig mit, wenige Zeilen über jede Abteilung, wenige Worte über die Filiale auf St. Thomas, über einzelne Jahre überhaupt nichts. »Das müssen die Jahre sein, wo es schlecht ging«, dachte sie und blätterte weiter. 1925: »Filiale errichtet, um der wirtschaftlichen Situation auf den dänisch-westindischen Inseln auf die Beine zu helfen...« 1929: »Der Hafen auf St. Thomas wird von einer wachsenden Anzahl Schiffe angelaufen... Umsatz... Fortschritt... Maschinen- und Kaianlagen... den Schiffen eine zufriedenstellende Abfertigung zu sichern.« 1930: »Schiffahrt geht zurück... Probleme, sich gegen die Konkurrenz zu behaupten.«

1929. Das war das Jahr, in dem sie geboren wurde. Da saß die liebe Frau Hagensen zu Hause im ersten Stock und sah über die Hafenbucht auf Kohlenschiffe, amerikanische Flottenfahrzeuge und ein einzelnes Kreuzfahrtschiff, während sie sich den Bauch hielt und erwartungsvoll lächelte.

Bis ließ das Buch sinken. Was hatte sie erwartet? Daß ihr Vater ihr eine Spur hinterlassen hatte? Sein Name war an keiner Stelle erwähnt, nicht einmal der des Filialleiters, die Bilanzen waren von der Direktion in Kopenhagen unterschrieben und von seiner Exzellenz, dem Herrn Staatsrat H. N. Andersen, dem Gründer der Kompagnie. Ertrunkene Buchhalter in der Filiale St. Thomas existierten nicht. Unregelmäßigkeiten existierten nicht bei ØK, so einfach war das. Dennoch war es so, als ob ihr Vater quicklebendig vor ihr stünde. Es war, als ob sie ihn für einen Moment an der Hand nehmen würde.

Sie seufzte und schrieb ein wenig auf, zu welchem Zweck auch immer. Dann packte sie ihre Sachen zusammen und zog sich die Jacke an. Die Stille klang in ihren Ohren. Als sie versehentlich gegen einen Stuhl stieß, starrten sie mindestens fünf Paar strenger Augen an. Sie zwinkerte einem davon zu, nahm das Buch und ging zur Theke. »Bitte sehr. Und danke fürs Ausleihen.«

»Einen Augenblick, Sie bekommen noch eine Quittung.« Der königliche Bibliothekar kritzelte etwas auf einen Zettel mit Durchschlag. Als sie schon an der Tür war, kam er ihr flüsternd hinterher.

»Ich glaube, Sie haben da etwas vergessen! Dies hier ist herausgefallen.«

Lächelnd reichte er ihr ein kleines Stück vergilbtes Papier. Aus irgendeinem Grund hatte sie es nicht bemerkt. Es steckte auf der Seite mit der 1928er Bilanz. Sie bedankte sich für den Zettel und ging. Dann fiel ihr etwas ein und sie kam zurück. Gedämpft sprach sie mit dem Bibliothekar.

»Nein, weiß Gott, das können Sie nicht.« Der Bibliothekar schüttelte den Kopf. Nein, die Namen derer, die das Buch über die Jahre entliehen hätten, könnte man nicht einsehen. Doch dann brachte ihn irgend etwas in ihrem Blick dazu, selbst nachzusehen. Ein trauriger Ausdruck unter den langen Wimpern, der ihn an geheimer Stelle berührte.

Er blieb nicht lange im Archiv, dann war er fündig geworden.

»Wie komme ich an das Aktenzeichen 383-408-27?«

Der Mann, der ihr im Sofa gegenübersaß, war einundachtzig Jahre, Eigentümer einer großen Villa im Malmmosevej in Holte, hatte silbergraues, dünnes Haar und die Hände auf dem Bauch, und er wunderte sich ganz entschieden über die junge Dame, die da fragend auf der Stuhlkante saß.

Seine Frau war hinausgegangen, um Kaffee zu machen. »Das brauchen Sie jetzt sicher, nach einer Fahrt in dem Wetter mit dem Roller«, sagte sie, schaute hinaus in die Hagelschauer und sah aus, als ob sie froh wäre, in der Küche verschwinden zu können. Das letzte Mal hatten sie sie gesehen, als sie drei Jahre alt war. Diese zweiunddreißigjährige Furie, die jetzt ihr Haus heimsuchte, erinnerte sie in schrecklicher Weise an ihr Alter, auch wenn sie übereinstimmend meinten, daß es wahnsinnig nett wäre, sie wiederzusehen.

»Keinem Außenstehenden«, sagte Jørgen Lillelund und faltete die Hände über dem Bauch, der nach Frau Lillelunds montäglichem Lunch – bestehend aus zwei Arten eingelegter Heringe, Schnaps und Lagerbier – schmerzte und müde war, »ist es erlaubt, die internen Bilanzen der Kompagnie einzusehen.«

Etwas in seinem verschleierten Blick wies diskret, aber deutlich darauf hin, daß er sich gewöhnlich zu dieser Zeit des Tages eine Stunde aufs Ohr legte.

Keinem Außenstehenden. Bis fiel auf, wie sehr er diese beiden Worte betont und damit eine Distanz aufgebaut hatte, die zu all den anderen Zurückweisungen paßte, die sie über die Jahre erfahren hatte und die den einzigen Effekt hatten, daß ihre Wißbegierde noch wuchs. Sie hatte Lust, ihn so lange zu schütteln, bis er ihr sagen würde, was wirklich mit ihrem Vater geschehen war. Statt dessen schwieg sie und packte ihre Fragen in einige Betrachtungen über ihr Forschungsprojekt ein, doch es deutete nicht viel darauf hin, daß der Mann, der ihr gegenübersaß, ihr diese Erklärung abkaufte.

Etwas in seinem Blick wies darauf hin, daß er sehr wohl wußte, was sie wissen wollte, und mindestens ebensoviel wies darauf hin, daß er ihr das auf keinen Fall sagen würde.

»Das war ja damals ein tragischer Unfall«, sagte er und wandte den Blick ab. »So jung und ...« Er bewegte seine braunfleckige Hand hinüber in ihre Richtung, immer noch ohne sie anzusehen, »mit Familie und ...«

Er stockte. »Es hat uns alle schwer getroffen. Sie müssen wissen, daß es uns nicht leicht fällt, darüber zu reden. Obwohl es für Sie natürlich schlimmer ist, das weiß ich wohl«, beeilte er sich hinzuzufügen.

Bis hatte in ihrer neuen Karriere als Interviewerin von alten Männern, die mit der Sprache nicht herausrücken wollten, die Beobachtung gemacht, daß die unerwartetsten Dinge gerade dann passierten, wenn ihr selbst nichts mehr zu sagen einfiel. Deshalb sagte sie nichts. Sah ein wenig hilflos aus, woran das Mitgefühl, das er soeben gezeigt hatte, nicht ganz unschuldig war.

»Ich hab mir, zum Donnerwetter, niemals etwas aus dem Wasser gemacht«, sagte er und zog die Hose hoch. »Es ist irgendwie würdelos, ins Wasser zu gehen. Der Mensch ist dazu geschaffen, um auf seinen Beinen zu gehen, nicht um wie ein Frosch herumzuplanschen ... Mir selbst hat das nie gelegen. Und dann diese lächerlichen Kleidungsstücke ... rote Körper wie gekochte Krebse. In der Kolonialzeit schwammen die Neger bis hinüber nach Buck Island, um von der Plantage zu flüchten. Davon hatten sie nicht viel. Entweder wurden sie von Haien gefressen, oder aber sie verhungerten drüben auf der Insel. Einige kamen auch zurück. Sind Sie verheiratet?«

Er sah sie an.

Bis schüttelte den Kopf. »Waren die Bücher in Ordnung?«

»Gibt es etwas, das darauf hinweist, daß sie es nicht waren?«

Bis biß sich auf die Lippe. Sie tappte im dunkeln, und niemand half ihr, Licht hineinzubringen. Oft – wie jetzt – war sie nahe dran, das Ganze als Hirngespinst abzutun und die Sache aufzugeben.

»Die veröffentlichten Bilanzen der Kompagnie sind immer in Ordnung«, sprach der pensionierte Geschäftsführer und stellte mit Hilfe seiner goldenen Armbanduhr fest, wieviel vom Nachmittag bereits vorüber war, während Bis sich sehr wohl seiner Einschränkung bewußt war. Er betonte es nicht besonders, aber er sagte es. *Veröffentlichen.*

Mal war es die Historikerin, die fragte, mal das kleine Kind. »War mein Vater ein tüchtiger Buchhalter?«

Wieder war es die Stimmung und sein Blick, die ihr am genauesten antworteten. Herrgott noch mal, meine Liebe, du warst zwei, drei Jahre alt! Vergiß die alten Geschichten, such dir einen Mann, trenn dich von deinem verfluchten Roller, krieg ein paar Kinder und kümmre dich um deine Arbeit.

»Ja«, antwortete er und schaute sie zum ersten Mal richtig an.

»Warum, glauben Sie, gibt es ein Zettelchen mit einem Verweis auf eine andere Akte in einer anderen Bilanz?«

»Woher, in aller Welt, soll ich denn das wissen?«

Sein Ton war ein wenig scharf geworden. Es wurde ihr klar, daß sie im Begriff stand, zu weit zu gehen in diesem friedlichen Heim mit all den Originalen an den Wänden und dem Kaminfeuer im Wintergarten. Gleichzeitig sah sie den zweiunddreißig Jahre jüngeren Geschäftsführer Jørgen Lillelund vor sich, hörte die Autorität in seiner Stimme, als er einem Assistenten einen Rüffel erteilte und ihn bat, das Kohlepapier zu holen.

»Sie waren doch Büroleiter. Sie waren es doch, der unterschrieben hat.«

Ihre Stimme wurde von den persischen Teppichen verschluckt und von der Hausfrau, die in Pantoffeln hereinkam und den Kaffee servierte. Offensichtlich bemerkte sie die gespannte Atmosphäre, jedenfalls hatte sie ein Zwitschern in der Stimme, als sie mit dreierlei Plätzchen ins Detail ging.

»Nein«, sagte Herr Lillelund und rührte mit einem Silberlöffel um. »Davon habe ich keine Ahnung. Und ich muß sagen...«, es kostete ihn Überwindung, die Grenzen der Gastfreundschaft zu überschreiten und sie zurechtzuweisen, »... daß mir dieses Verhör, ehrlich gesagt, nicht sehr gefällt.«

Wieder kamen ihr die Tränen. Bis haßte sich selbst. Das Wasser stand ihr in den Augenwinkeln, doch glücklicherweise fragte Frau Lillelund mit einer Stimme, die enthüllte, daß sie den Direktor zu viele Male in langen wollenen Unterhosen gesehen hatte, um sich ernstlich vor ihm zu fürchten, ob Bis nicht ihre Pflanzen sehen wolle.

Es war um einiges entspannender, Frau Lillelund zuzuhören, die erzählte, wie schwer es war, eine Yuccapalme so groß zu bekommen, dasselbe galt für den Pfirsichbaum, die richtige Mischung aus Licht und Gießen, abhängig von der Luftfeuchtigkeit und der Temperatur.

»Das Geheimnis werden Sie mir nicht entlocken. Man soll nicht alles erzählen, was man weiß«, sagte sie und nahm Bis' Hand. »O Gott, Sie haben aber kalte Hände. Diese hier beispielsweise...« Frau Lillelund schaute sie vertraulich an. »Flamboyants sind auf St. Thomas geschützt, nicht wahr? Die habe ich gestohlen!«

Sie lachte herzlich, und Bis lachte mit, befreit.

»Jørgen war wütend. Er nimmt es mit den Regeln so genau. Ich habe sie an einem dunklen Abend mit einer kleinen Schaufel ausgegraben, kurz bevor wir heimreisen sollten, und dann habe ich sie durch den Zoll geschmuggelt«, sagte sie, und sie lachten beide wieder.

Zurück im Wohnzimmer tranken sie ihren Kaffee aus. Frau Lillelund beherrschte nach vielen Jahren Erfahrung mit amerikanischen Cocktailpartys die Kunst, ein interessantes Gespräch zu führen, ohne etwas zu sagen, meisterhaft. Sie fragte vorsichtig nach der Mutter von Bis, und Bis antwortete so diplomatisch wie möglich, während Frau Lillelund ein klein wenig die Hände rang.

Herr Lillelund bat um Entschuldigung und verabschiedete sich mit dem aufrichtigsten Lächeln der Welt, um sich hinzulegen.

»Denken Sie daran, daß ich zweiundachtzig werde«, sagte er mit einem mahnenden Zeigefinger.

Bis trank aus und zog den Mantel an, während Frau Lillelund mehrere Male fragte, ob sie nicht lieber ein Taxi nehmen wolle, dann verabschiedete sie sich und hörte, wie hinter ihr die Tür zufiel.

Draußen trat sie auf den Kickstarter, als die Tür aufging und Frau Lillelund noch einmal herauskam.

Sie hielt Bis am Jackenärmel fest und sah sie eindringlich an.

»Wollen Sie die Sache nicht doch auf sich beruhen lassen? Ich meine, um Ihrer selbst willen?«

Bis startete. Dann zog sie sich die Handschuhe über und brauste davon.

»Sie müssen verrückt sein!«

Der Händler ließ sich nicht erschüttern. Und ihrer just vorgebrachten Argumentation stimmte er auch nicht zu. Im Gegenteil, er deutete wieder auf den Kratzer und erklärte ihr, wie gering das Kundeninteresse für leicht gebrauchte Roller sei, besonders in dem vorliegenden Fall.

»Die Leute wollen jetzt schon die 62er Modelle«, sagte er und hob den Blick zu fernen Horizonten. Danach begann er eine längere Erklärung über die neuen Zeiten, der sie auf dem Zweiradgebiet entgegengingen, darüber, wie billig ein ganz neuer Roller finanziert werden konnte mit den besonderen Krediten, die anzubieten er imstande war, woraufhin Bis ihn mit ein paar Flüchen bedachte und den Werkstatthof verließ. Der Händler schüttelte wieder den Kopf und dachte im stillen, wir sehen uns wieder, meine Liebe, als ihr Hinterrad hinter dem Bretterzaun verschwand.

Vierzig Minuten später kam das Vorderrad hinter dem Bretterzaun wieder zum Vorschein. Es war kurz vor Feierabend. Er rückte sich den Schlips zurecht und kam lächelnd auf sie zu, während sie fragte: »Zweitausendvierhundert?«

Sie stellte den Motor ab, ging in Gedanken die beiden anderen unverschämten Angebote durch, die sie erhalten hatte, und reichte ihm die Schlüssel.

Der Händler, der genau wußte, wann ein Zweiradbesitzer verkaufen *muß,* ging nach drinnen und kam einen Augenblick später wieder mit einem Bündel Geldscheine heraus, die er ihr sorgfältig hinzählte.

»Zweitausendzweihundert. Mit Sturzhelm und Handschuhen.«

Sie schaute ihn wütend an. Dann knallte sie Sturzhelm, Handschuhe und Fahrzeugbrief auf den Sattel, nahm das Geld, während sie den ganzen Dreck zum Teufel wünschte, und verabschiedete sich mit langen Schritten.

Sie sprang auf eine Straßenbahn und saß nachdenklich da, während sie den Peter Bangsvej hinausrumpelte. Seltsam, welchen Eindruck sie auf Leute machte. Sie schauten immer so, wenn sie kam. War sie etwas Besonderes? Oder war es bloß ihr verzweifelter Ausdruck, der die Leute schauen ließ? Sah sie aus wie eine Geisteskranke, wenn sie taumelnd in das Zuhause von Leuten drang? Sicherlich. Die Ereignisse des Tages drehten sich in ihrem Kopf. Die Beurlaubung für das Schreiben der Diplomarbeit hätte still und ruhig vonstatten gehen sollen. Sie hatte sich eine Periode voll Harmonie vorgestellt. Lesen, schreiben, spazieren gehen, ein wenig gut kochen, wieder schreiben, lesen, schlafen ohne Unterbrechung.

Zwischen dem Besuch bei Lillelund und dem Rollerhändler war sie kurz auf der Bank gewesen. Sie hatten sie seltsam angesehen, als sie alles, was auf dem Sparbuch war, abhob, und das Interesse für ihre Person wurde nicht geringer, als sie das meiste in Dollar gewechselt haben wollte. Dann ging sie ins Büro von »Sternreisen«, wo sie vier Fünfhunderter hinblätterte.

Zu Hause im Treppenhaus schloß sie ihre Tür auf und schnappte sich zwei Petroleumkanister, die auf der Matte standen. Drinnen in der kleinen Dachwohnung knipste sie das Licht an. Dann nahm sie das Bild ihres Vaters und betrachtete es eine Weile. Seine nackten Füße in dem brennenden Sand, das Karibische Meer dahinter, die starken Muskeln am Oberarm, ein großes weißes Lächeln.

Sie warf die Jacke über eine Stuhllehne.

Dann begann sie zu packen.

Die Post, dieser uniformierte Mann aus dem Unbekannten. Ein lächelnder und nichtsahnender Missionar, der mit seiner gelegentlichen Anwesenheit alles in einem zu wecken vermochte: Trauer, Enttäuschung, Freude, und darüber hinaus konnten sich auch scharfe Bomben finanziellen Charakters in seiner Last befinden. Monatelang kam nichts anderes als Mahnungen und Werbezettel für eine Wohnzeitschrift. Dabei wartete man insgeheim auf einen Brief von einem heimlichen Bewunderer oder die Nachricht, daß man vier Millionen von einem entfernten Onkel geerbt hatte.

Nichts geschah, und dann plötzlich – an zwei aufeinanderfolgenden Tagen, an denen man absolut nichts erwartet hatte – geschah etwas.

Schläfrige Augen und zwei ausgebeulte Koffer im Gang. Eine Tasse schwarzer Kaffee und ein Stück trockenes Brot mit Margarine, aber trotzdem war Bis überschwenglicher Laune, und das lag ausschließlich daran, daß sie letzte Nacht zum ersten Mal seit langer Zeit acht Stunden am Stück geschlafen hatte.

Ihr Körper war weich und gleichzeitig stark, der Kopf war leicht und steckte voller Energie, sie lächelte sich unwillkürlich selbst im Spiegel zu und dachte, daß alles in allem gar nicht so schlimm war.

Während sie in dem kleinen dunklen Gang stand, gähnte

und streckte sie sich noch einmal. Dann wurde ihr schwindelig. Es prickelte in ihren Fingerspitzen und das Blut wich ihr aus dem Gesicht. Sie mußte sich an der Wandverkleidung festhalten, ehe sie sich nach dem kleinen Haufen Post bückte.

Da lag ein Brief mit einer zierlichen Handschrift, die sie nicht kannte. An Fräulein Studienrat Bis Hagensen: »Entschuldigen Sie, aber ich kann mich nicht an Ihren richtigen Vornamen erinnern, wir nannten Sie nie anders als Bis, das wollte Ihre Mutter so.« In einer Rechtschreibung von vor der Jahrhundertwende.

Ihre Augen rannten die Zeilen entlang.

Entschuldigen Sie meinen Vorstoß. Ich möchte mich nicht in Ihre Angelegenheiten mischen, aber nach unserem Treffen bekam ich ein schlechtes Gewissen wegen meines Gatten. Es wäre vielleicht am passendsten gewesen, wir hätten alles erzählt, was wir wußten, auch wenn dies nicht viel ist. Es tut mir leid, wenn ich Sie im folgenden verletzen sollte, aber Sie haben es ja selbst angesprochen.

Lange Zeit traute sich niemand, an dieser Sache zu rühren. Das hing mit einem Mann zusammen, den viele als gefährlich erachteten. Ihr Vater war in etwas involviert, ich weiß nicht, was, ich habe mich niemals für Geschäfte interessiert. Sie wissen ja, wie sehr mir die Pflanzen am Herzen liegen. Wie Sie gesehen haben, ist es mir gelungen, daß sich auch Palmen und Flamboyants an diesem nördlichen Ort wohl fühlen.

Sie sind eine schöne Frau. Sie ähneln Ihrer Mutter. Als Sie kamen, war es wie ein Schock. Sie sahen aus wie Ihre Mutter in jungen Jahren. Die blaugrünen Augen mit den dunklen Brauen, die eigentlich besser zu braunen Augen passen. Ihr Mund. Sie brauchen keinen Lippenstift zu benutzen. Ich fand immer, daß man mit Schminke vorsichtig sein sollte. Um Ihrer selbst willen bitte ich Sie, die Vergan-

genheit auf sich beruhen zu lassen. Es gab einen, der auf St. Thomas am Grund des Hafenbeckens endete. Jørgen und ich haben es verdrängt. Es ist eines der Dinge, über die wir niemals gesprochen haben. Es wirkt eigenartig, es jetzt wieder aufzuwühlen, aber das, was sich im Kopf befindet, führt eben ein eigenes Leben.

Wenn Sie – zum Schluß – so freundlich wären, diesen Brief zu verbrennen.

Hochachtungsvoll, Frau Direktor Jørgen Lillelund.

PS. Sie könnten wohl nicht einen Gruß überbringen, wenn Sie das nächste Mal Ihre Frau Mutter besuchen? Von Ingrid Marie. Um der alten Zeiten willen.
PPS. Ich sende Ihnen Ihren Füllfederhalter, den Sie vergaßen.

Bis fingerte am Füller herum und starrte lange gedankenverloren in die Luft. Dann fiel ihr Blick auf die Koffer. Das Flugzeug ging in zwei Stunden. Sie hatte den Paß und das Geld heute nacht unter das Kopfkissen gelegt, und das erste, was sie getan hatte, als sie wach geworden war, war nachzufühlen.

Sie schaute hinaus. Die Sonne schien. Sie nahm einen Schluck Kaffee und zündete sich eine Zigarette an. Dann zündete sie noch ein Streichholz an und hielt den Brief über die Flamme. Er loderte auf. Sie verbrannte sich beinahe die Finger. Seltsam. Satzfetzen. Ohne Zusammenhang. Und doch mit einer klaren Botschaft mitten in all der Verwirrung. War die Frau nicht bei Sinnen? Ja, auf den ersten Blick. Nein, bei näherem Hinsehen.

Sie betrachtete das Papier, während es im Spülbecken verbrannte, spülte dann die Asche weg und rümpfte über ihre schwarzen Finger die Nase.

Dann schaute sie auf die Hand, die die Zigarette hielt. Sie zitterte.

»Das ist meine Tochter, die Studienrätin. Sie ist wahnsinnig begabt, jedenfalls ist sie wahnsinnig. Das hat sie von mir, das andere vom Vater, der in jungen Jahren verschied.«

Frau Hagensen genoß einen gewissen Respekt in ihrem Kreis Gleichgestellter, weil sie es noch vermochte, die Wörter so herumzuschleudern, daß sie in einer anderen Ordnung zurückkamen und witzig wurden.

Heute hatte sie das Gerücht verbreiten lassen, das Wunderkind würde kommen, und Schlag elf Uhr saßen sie alle zusammen und warteten auf sie, die gerade eine Diplomarbeit über die Schwarzen schrieb, aber sehr unglücklich war, weil sie noch keinen Mann gefunden hatte, der denselben Ordnungssinn wie sie hatte.

»Das ist es, was ich sage«, sagte Frau Kaufman Benedikte Storgaard und wippte auf dem Stuhl vor und zurück, was sie jedes Mal tat, wenn sie fühlte, daß sie recht hatte. »Es gibt heutzutage keine Menschen mit Ordnungssinn mehr.«

»Ja, ich habe Ihnen doch eben erzählt, daß meine Tochter ihn hat!« rief Frau Hagensen, und mehrere nickten zustimmend.

Bis stand verlegen und gerührt in der Tür. Sämtliche Bewohner des psychiatrischen Pflegeheims »Seelenruh« hatten sich ihr zu Ehren versammelt und standen beziehungsweise saßen ihr jetzt in einem Halbkreis gegenüber. Einer winkte und sagte: »Guten Tag, Frau Gerichtshofspräsidentin, warum haben Sie heute so ein altes Kleid an?« Ein anderer kommentierte, sie sei wohl auf Narreteien aus, die Kleine da mit den Koffern.

Dann fingen sie zu singen an, die Mutter von Bis sang vor und dirigierte: »Zum Geburtstag viel Glück, zum Geburtstag viel Glück, zum Geburtstag, liebe Bis, zum Geburtstag viel Glück.«

Bis setzte ihre Koffer ab und ging hinüber zu ihrer Mutter, um sie zu umarmen.

»Du darfst dir wegen denen keine Sorgen machen, einige von ihnen sind ganz einfach verrückt«, sagte Frau Hagensen und wandte sich an ein imaginäres Stubenmädchen: »Astrid. Fahren Sie den Wagen in die Garage und zünden Sie den Baum an, meine Tochter ist im Lande, so gebrauchen Sie doch Ihre Augen, Kindchen.«

Bis winkte der Versammlung zu, die das Winken erwiderte, mehrere von ihnen mit Tränen in den Augen, die die Wangen hinunterliefen, und fuhr dann ihre Mutter ins Wohnzimmer hinein.

Dort nahm sie einen Strauß gelber Tulpen aus der Tasche und stellte sie ins Wasser. Das Licht strömte zum Fenster herein. Frau Hagensen war dabei, die Verbesserungen aufzuzählen, die sie in letzter Zeit hier im Heim bewirkt hatte.

»Ich sage dir, Bisserchen, wenn ich nicht wäre, dann wüßte ich nicht, was wäre.«

»Mutter. Ich gehe gleich wieder«, sagte Bis und hatte sofort ein schlechtes Gewissen. »Ich verreise.«

»Ja, ja. Setz dich nur hin, du hast ja geschrieben, daß du ein paar Tage bleiben würdest. Ich habe sie gebeten, das Gästehaus für dich herzurichten. Schau dir nur mal die Blumen an. Die gelben. Die bekam ich gestern von einem jungen Mann. Setz dich nur hin.«

Bis setzte sich und strich ihrer Mutter über das Haar. Dann flüsterte sie ihr zu: »Ich verreise für vier Wochen. Darf ich dein Tagebuch sehen?«

»Ja, weiß Gott, das darfst du. Ich dachte, sie hätte eingeschenkt. Wo hat das Mädchen nur seine Gedanken?«

Bis ging zum Regal.

»Ob das klug ist?«

Die Mutter klang für eine Sekunde wie in alten Tagen, und Bis fuhr zusammen und drehte sich um. Die Mutter saß mit der Zeitung da und deutete mit dem Finger mitten auf die Seite. »Ihn da kann ich nicht leiden. Ehe man sich's versieht, hat er sich schon mit den Sozialisten zusammengetan.«

Bis nahm das Buch und suchte ein wenig weiter. Dann ging sie zum Sekretär, wo sie einen Stapel Papier fand.

»Nimmst du meine Tagebücher?«

»Ich leihe sie mir nur aus«, sagte Bis, überrascht von der ungewohnten Hellsichtigkeit ihrer Mutter. »Ich verspreche dir, daß ich sie zurückbringe.«

»Ja, ja. Vergiß aber nicht, sie ins Wasser zu stellen.«

Bis schaute den Stapel handgeschriebener Seiten an, die daneben lagen. Das waren die Liebesbriefe ihrer Mutter und ihres Vaters. Sie spürte, wie ihr Herz klopfte.

»Mutter.«

»Ja. Mußt du nicht bald los, es gibt wirklich Grenzen dafür, was ich verkrafte.«

»Kanntet ihr einen von Arndt-Sehested?«

Bis betrachtete das Gesicht ihrer Mutter genau, und sie war sich sicher, daß sie gerade einen klaren Augenblick hatte. Sie starrte lange ins Zimmer mit einem unergründlichen Ausdruck. Dann fiel sie zurück in ihre besondere Mischung aus scharfen Bemerkungen und reinem Unsinn. In einer Pause fuhr Bis dazwischen.

»Kanntest du ihn?«

Frau Hagensen strickte.

»Was machte er?«

Die Nadeln klapperten.

»Was war eure Verbindung zu ihm?«

Ein Sonnenstrahl kam zum Fenster herein und blendete sie.

»Mutter. Warum schaust du so?«

Bis gab auf. Sie legte die Hände in den Schoß und wandte den Blick von ihrer Mutter ab.

»Ich soll dich grüßen von Ingrid Marie Lillelund. Um alter Zeiten willen.«

Ingrid Hagensen bekam für eine Sekunde wieder einen geistesgegenwärtigen Blick und sagte: »Danke, mein Mädchen, danke.«

Dann schrie sie laut auf, daß es doch wirklich zuviel von ihr verlangt sei, sich an die Namen all der Kerle zu erinnern, die ihrer Tochter über die Jahre nachgelaufen seien, und rief ihr imaginäres Mädchen über die Sprechanlage.

»Hier ist eine Dame, die sich weigert zu gehen. Sie spricht unaufhörlich. Ich kenne sie nicht und weiß nicht, was sie will. Hätten Sie die Güte, sie zu bitten, mein Haus zu verlassen.«

Bis schüttelte den Kopf und erhob sich, um ein Taxi zu rufen.

Als sie schon auf der Türschwelle stand, hörte sie ihre Mutter sagen, daß es einmal eine andere Zeit gegeben hatte: »Urteilen Sie also nicht zu streng, junge Dame.«

Kurz fing sie den Blick ihrer Mutter ein und biß sich auf die Unterlippe. Jetzt zweifelte sie nicht länger. Sie hatte richtig gesehen.

Zweiter Teil

Letzter Aufruf für den Flug S 188 nach New York. Bis fummelte nervös an ihren Handtaschen herum und fragte sich zum tausendsten Mal, ob sie auch an alles gedacht hatte. Die Koffer waren aufgegeben. Vor ihr stand die Schlange mit den Passagieren. Ihr Blick fiel auf die grauen Haarschöpfe, die weichen Hüte und die neuen Trenchcoats mit Gürtel. Plötzlich schoß ihr ein Gedanke durch den Kopf, und sie rannte davon, blieb stehen, lief wieder zurück und bat einen Mann in der Schlange, ein Auge auf ihre Taschen zu werfen, woraufhin dieser sagte: »Mit dem größten Vergnügen, aber ich glaube, ehrlich gesagt, nicht, daß Sie noch viel Zeit...« Und weg war sie.

Die Telefonzelle war weit vom Ausgang entfernt, die 10-Öre-Münze wollte nicht aus dem Geldbeutel heraus, die Finger wollten nicht in die Löcher, und die Scheibe drehte sich im Schneckentempo zurück, und außerdem wählte sie zwei Mal verkehrt.

»Letzter Aufruf für Flug S 188 nach New York.«
Bis drückte den Hörer.
»Zentrale 8300, Ostasiatische Kompagnie.«
»Sie sprechen mit Sekretärin Hagensen von der Ersten Abteilung des Außenministeriums. Dürfte ich Sie bitten, mich mit Obersekretär Langer zu verbinden. Es ist dringend.«

Bis schloß die Augen und zählte die Sekunden. Eine Ewigkeit verging.

»Obersekretär Langer.«

»Anne-Birgitte Hagensen«, sagte Bis und sah gerade den Letzten in der Schlange verschwinden. »Es gibt öffentlich zugängliche Bilanzen für Ihr Unternehmen ab dem Jahr 1897. Gemäß der königlichen Anordnung Christian V. mußte der Buchdrucker ein Exemplar von jedwedem Text an die Königliche Bibliothek abliefern. Abteilung für Druckschriften. Ich fand bloß, Sie sollten das wissen – vor allem, wenn Sie sich Hoffnung machen sollten, in der Ostasiatischen Kompagnie aufzusteigen.«

Sie knallte den Hörer auf, während sie sich im Geiste seinen Gesichtsausdruck vorstellte und zum Ausgang stürzte, wo es ihr gelang, jemandem ihr Ticket vorzuzeigen, der gerade dabei war, hinter dem letzten Passagier mit einem Seil abzusperren. Mit einem großen Lächeln schob sie ihn beiseite, lief hinaus auf das Rollfeld, wo sie kurz vor der Treppe zum Flugzeug stehenblieb und »O Gott! Meine Taschen«, rief, woraufhin ein Steward erschien und ihr ruhig mitteilte, daß sie bereits zu ihrem Platz gebracht worden seien von einem freundlichen Herrn, der den Überblick behalten hatte.

Keuchend setzte sich Bis auf ihren Platz im Flugzeug. Zu Anfang war es so, als ob der Puls nicht fallen wollte, er schlug weiterhin in demselben harten und schnellen Rhythmus, und ihr Hals war trocken. Da mußte mehr dahinterstecken als nur der kurze Lauf, dachte sie und schloß die Augen. Langsam beruhigten sich die Pulsschläge, unendlich langsam begann sie wieder normal zu atmen.

Aus den Augenwinkeln heraus beobachtete sie die Mitpassagiere, die sich gedämpft miteinander unterhielten. Ein Mann faltete die Hände über dem Bauch und drehte eine Pastille im Mund. Seine Frau richtete sich im Sitz auf und schaute zum Fenster hinaus. Bis zitterte und schwitzte, während sie dachte: Eines Tages werde ich auch ruhig und entspannt dasitzen und am Halstuch zupfen, mich zurücklehnen und meinem Mann etwas ins Ohr flüstern, irgendwann. Gleichzeitig versuchte sie, sich unsichtbar zu machen, kauerte sich im Sitz zusammen und hoffte, daß keiner sie beachten würde. Was angesichts der Tatsache, daß sie im letzten Augenblick mit zerzaustem Haar und wildem Blick hereingestürzt war, ein wenig unrealistisch war.

Der Mann, der die Taschen mitgenommen hatte, kam herüber und fragte mit einem milden Blick über den Brillenrand, ob alles in Ordnung sei, dann wurden die Passagiere gebeten, sich zu setzen und die Sicherheitsgurte anzulegen.

Die Jetmotoren rumorten jetzt lauter, die Maschine begann sich zu bewegen. Bis schloß die Augen und umklammerte die Armlehne. Es kribbelte in ihrem Bauch, das Flugzeug beschleunigte mit wahnsinniger Geschwindigkeit, dann ließ es den Asphalt los und stieg mit einem Brüllen in den Himmel. Ihr Körper wurde zurück in den Sitz gepreßt und antwortete mit einer ungewohnten Wollust, und als das Flugzeug sich zur Seite neigte, um eine Kurve zu fliegen, und sich draußen die scharfen Umrisse der Küste von Nordseeland abhoben, liefen ihr die Tränen über die Wangen.

»Ich will, ich will«, sagte sie zu sich selbst mit zusammengepreßten Lippen, ohne genau zu wissen, was sie eigentlich wollte. Dann fiel sie in einen kurzen Schlaf, in dem sie sich plötzlich einer Reihe von Erwachsenen gegenübersah, die in einem großen Halbkreis zusammensaßen und miteinander redeten, sie redeten über irgend etwas, das schrecklich lustig war. Es waren von Sehested, ihre Mutter, das Schwein von Rollerverkäufer, Studienrat Madsen, der Bibliothekar und Obersekretär Langer von der Kompagnie, dann waren da Lillelund und seine Frau, die im Hintergrund stand und Plätzchen backte, dann wurde es auf einmal ernst, und dann sagten sie: »Der

Nächste bitte!« Und die kleine Bis stand allein in der Tür, mußte aber hinein, um zu erklären, warum sie sich die ganze Zeit so unmöglich benommen hatte.

Sie erwachte mit schweißgebadetem Gesicht, aber frisch und froh darüber, daß sie sich nicht in einem Kreis von Idioten befand, die sie verhören wollten. Es wurde serviert, und ihre Stimmung hob sich. Sie wischte sich die Wangen ab, bekam ihren Drink.

Achtundzwanzigtausend Fuß unter ihr lag das Meer. Man konnte sogar die Schaumkronen sehen. Wenn man eine bestimmte Schaumkrone anvisierte, taten einem die Augen weh. Sie kam für eine lange Sekunde wie aus dem Nichts und glitt dann wieder aus dem Bewußtsein wie ein Stern, der in weiter Ferne verlosch.

Bis rieb sich die Augen und warf einen eher nüchternen Blick auf die Wassermassen der nördlichen Halbkugel. Da unten erhaschte sie den letzten Schimmer von Norwegens Südküste. Die großen runden Felsblöcke glänzten in der Sonne, ehe auch sie in der zitternden Luft verschwanden. Da unten hatte der junge Leutnant zur See Carl Christian Holck im Jahre 1797 gesessen, im Bauch seines Schiffes gut geschützt vor dem Südweststurm in Flekkerø.

Jetzt rückte er gerade seinen weißen Kragen zurecht und schaute sie nachdenklich an. Dann seufzte er und tauchte den Federkiel in das Tintenfäßchen in seiner niedrigen Achterkajüte auf der guten Brigg »Sarpen«, die unterwegs war von Kopenhagen nach St. Thomas, beladen mit Flensburger Steinen, Kanonenläufen und Mörtel, Schießpulver, Mehl, Gewehren, Hefe, Bier und Branntwein, Salz, Hacken, Schaufeln und einer dänischen Pflanzerfamilie, die anhaltend über die Verpflegung an Bord klagte.

In der Rigg draußen pfiff es, das Salz lag in Schichten auf dem kleinen Fenster, vermischt mit Schnee, und der junge Befehlshaber ärgerte sich. Mehr als das, ihm war himmelangst um seine Karriere. Es war seine erste Reise, und die

Admiralität sollte nur nicht glauben, daß er der Aufgabe nicht gewachsen war.

Nervös strich er sich über das Kinn und schaute nachdenklich in die Luft. Dann wandte er sich wieder Bis zu: »Ich segelte von Christianssand am 1e December mit N.N.W. Wind, frische Brise am Bramsegel, die den gantzen Tag continuirte bis zum Abend, als sie schwaecher wurde. Am 2. December der Wind N.W. unbestaendig und gerissenes Mersegel, frische Brise, am darauffolgenden Tag ging der Wind W.N.S. und W.S.W. mit starckem Sturm und sehr rauher See, die bewirckte, dasz das Schiff schwere See von Lee nahm.«

Die Quellen bekamen bei Bis Gesichter. Holcks war unverkennbar. Er war betrübt. Es war nicht sein Fehler, daß es stürmte. Er hatte sich auf die Reise seit Monaten gefreut. Zum ersten Mal sollte er gegenüber dem Commerce-Collegium in Kopenhagen beweisen, daß er zu etwas taugte.

Bis lehnte sich im Sitz zurück. Es war ermüdend, hinauszusehen. Das Meer blieb ja dort liegen, wo es war. Ihr Nacken hatte sich völlig verspannt. Sie zog ihre Beine unter sich zusammen im Sitz. Es war auch etwas kalt an den Füßen. Sie trank den letzten Rest ihres Drinks aus und erwog, ein Gelübde zu brechen, das sie sich selbst vor kurzem gegeben hatte. Und schon ertappte sie sich dabei, wie sie auf die Uhr sah und sich ungeduldig fragte, ob sie nicht bald da waren.

Holcks Matrosen bekamen den schwarzen Brand an den Füßen. Insgesamt mußten sich dreiunddreißig krank zu Bett legen, und er mußte zurück nach Christianssand, mußte umkehren, während der Schneesturm um einen gespaltenen Großmast heulte, »... bei der Saling, obgleich wir Leute im Mast hatten, um sie festzuzurren«, sagte er, den Blick fest auf sie gerichtet.

Vier Wochen lag man im Nothafen, während das Wetter tobte, und er sah seinen Stern in der Flotte des dänischen Königs schon sinken. Jeden Morgen war er draußen, um auf den Skagerrak zu schauen, der brüllend gegen die Klippen schlug, jeden Morgen fragte er den Lotsen, ob er nicht glaubte, daß es bald abflauen würde.

Ein paar Matrosen starben an ihren Quetschungen, der Steuermann wurde krank und mußte ausgewechselt werden. Endlich konnten sie in See stechen und erreichten den Passatwind. Über den Atlantik trieben sie mit der Strömung, mit schlaffen Segeln und schweren Verbrennungen von der Sonne. Am 31. März gingen sie im Hafen von St. Thomas vor Anker, acht Mann weniger als zu Beginn der Fahrt, mager und elend, der Befehlshaber selbst konnte sich kaum auf den Beinen halten, als er sich dem Gouverneur vorstellte.

Aber sie kamen an, die Flensburger Steine. Sie lagen jetzt als Pflaster im Hof von Fort Christiansværn und wurden von den Touristen blank geschliffen, dachte Bis, während sie der Stewardeß zulächelte und mit dem leeren Glas winkte.

Sie hatte ein schlechtes Gewissen. Es gab da ein paar Dinge, die sie lesen sollte, bevor sie die Inseln erreichte. Aber in ihrem Bauch waren zu viele Schmetterlinge. Die Diplomarbeit war ja im großen und ganzen geschrieben. Es fehlte bloß – Bis wagte es kaum, den Gedanken zu Ende zu denken – ein ganz bestimmter Aspekt.

»Ein was?«

Der Betreuer ihrer Diplomarbeit, Universitätslektor Møller, hatte sie seinerzeit irritiert angesehen, als sie die Sprache darauf gebracht hatte. Jetzt hatte er eben geglaubt, endlich einmal ein ordentliches Stück Forschung vor sich zu haben.

»Heute lebende Personen zu fragen, dafür gebe ich ehrlich gesagt keinen Deut. Ich würde Ihnen empfehlen, zwischen brauchbarem und unbrauchbarem geschichtlichem Material unterscheiden zu lernen. Sie erhalten sonst nur voraussehbare Antworten. Versuchen Sie, etwas Ursprüngliches zu finden.«

Lektor Møller kratzte seine Pfeife aus, während er dies sagte, und beschloß die Suade, indem er in sie hineinblies, so daß ein Klümpchen Tabak mit einem kleinen Plopp in die Luft flog.

»Achten Sie auch darauf, daß Sie es nicht zu breit anlegen. Konzentrieren Sie sich und beherrschen Sie sich«, fuhr er fort, während er die Nase rümpfte und die Pfeife erneut stopfte.

»Aha«, hatte Bis wütend gesagt und den Besprechungsraum mit einem lauten Knall verlassen.

Die Worte des alten von Arndt-Sehested gingen ihr ebenfalls regelmäßig im Kopf herum.

»Sie wollen Historikerin sein? Sie sind Moralistin.«

Sie hatten recht, und sie hatten unrecht. Sie biß sich wütend auf die Unterlippe. Auch wenn sie mitten in ihren Recherchen war, war sie manchmal nahe daran aufzugeben, wenn sie an einem Punkt nicht weiterkam, so wie jetzt. Doch dann faßte sie wieder Mut. Es war doch unmöglich, Geschichte nur anhand von Tabellen zu schreiben? Es kam doch wohl immer auf die Brille des Betrachters an, oder nicht? Selbst die klinischen und im Endeffekt unfruchtbaren Dissertationen, die sie in letzter Zeit gelesen hatte, hatten doch wohl irgendeine Art von Meinungsfindung durchlaufen? Die Zahlenkolonnen, die Tabellen und die Aufzählungen der Handwerkerbetriebe in Aalborg und Umgebung im 17. Jahrhundert waren doch wohl auf die eine oder andere Weise zustande gekommen? Sie standen da ja heutzutage nicht mehr. Aber diese Ansätze waren unzweifelhaft objektiver als ihre eigene Ambition, der Arbeit Farben und Düfte und Laute zu geben.

Langeweile war für sie das schlimmste Verbrechen. Sie

selbst hatte nicht vor, Leser und Schüler zu verschrecken, indem sie die Geschichte noch trockener machte, als sie es eh schon war. Jedes Mal, wenn sie die Waren aufgezählt hatte, die 1743 aus Kopenhagen in Christansted eintrafen, wurde ihre Schilderung lebhaft, begann sie sich die Menschen auszumalen, die die Waren in kleinen Booten vom Schiff auf der Reede an Land gebracht hatten. War es möglich, daß sie nicht die Schönheit der weißen Strände und den tiefgrünen Berg dahinter sahen? War es möglich, daß es nicht eine einzige echte Liebesaffäre zwischen einem weißen Gendarmen und einer schwarzen Frau gegeben hatte? Wie war es *wirklich* gewesen?

In einer Arbeit über das Armenwesen zwischen 1880 und 1890 hatte sie einen Satz aus einer älteren Diplomarbeit benutzt: »Es war kaum ein Vergnügen, mit Personen wie Niels aus dem Armenhaus der Kirche Hyllinge zu verkehren.« Und ihn ein klein wenig abgeändert: »Es war kein Vergnügen, mit Niels aus dem Armenhaus der Kirche Hyllinge zu verkehren. Bei den Mahlzeiten saß er schielend da...«

»Kaum ein« war zu »kein« geworden. »Personen wie« hatte sie ausgelassen. Die Wirkung war enorm. Dazu gehörte so wenig. Plötzlich war man dabei. Geschichte wurde zu einer echten Erzählung – mit einem echten Menschen als Betrachter und einem echten Menschen als Hauptperson. Der Wissenschaftlichkeit sollte dies doch nichts anhaben. Die nachfolgenden Zeilen dokumentierten die Sache zur Gänze.

Aber so etwas durfte man nicht. Es hatte ein »Befriedigend« für ungehörige Subjektivierung der Inhaltsformulierung in einem ansonsten brauchbaren Werk von fünfundvierzig Seiten, das eine bessere Note erwarten ließ, gegeben.

Sie kämpfte die ganze Zeit zwischen der Pragmatikerin und der Romantikerin in sich. Die Pragmatikerin sagte, daß es bald an der Zeit war, den Magistergrad zu erwerben. Sie war zweiunddreißig Jahre alt und immer noch eine umherfahrende Rollervertretung ohne Diplomarbeit an Kopenhagener Gymnasien. Mehr als ein Rektor hatte sie wissen lassen, daß dies nur in einer Zeit mit verzweifeltem Lehrermangel möglich war. Sie kannten sie alle in den Schulen ringsumher, sagten Halloo! in Erwartung, daß sie heute wieder mit irgend jemandem Streit anfangen würde.

Sie fühlte sich nirgendwo zu Hause. Das würde sicherlich erst besser, wenn sie ihr endgültiges Examen hatte.

Die Romantikerin mußte auf die Inseln und die Stimmung erspüren und hoffentlich eine Art Antwort auf die soeben gestellten Fragen finden. Oder sie zumindest stellen. Manchmal war dies ja ausreichend, soviel hatte Bis gelernt!

Die Romantikerin hatte eine heimliche Cousine. Einen Schatten, der bei Einbruch der Dunkelheit herauskam und ihr zur Verwechslung ähnelte. Einen, der unterwegs war, um ... Bis nahm einen kleinen Schluck von ihrem Drink, sie hatte es beinahe vergessen gehabt.

In Augenblicken wie diesen glaubte sie, daß sie dabei war, verrückt zu werden. Aber der Gedanke wurde ebenso schnell von dem alten brennenden Wunsch verdrängt, die Wahrheit über ihren Vater zu erfahren. Vielleicht war die Wahrheit ganz einfach: Er war ertrunken. So stand es ja auf dem Totenschein. Aber dann tauchten eigenartige Gesichter auf und das Gefühl, das sie hatte, seit sie gut zwanzig war, und das nun zur Gewißheit wurde, daß Dinge verschwiegen wurden und ein Rätsel gelöst werden mußte. Plötzlich fiel ihr Frau Lillelunds Brief wieder ein. Sie konnte sich an jedes Wort erinnern. Die Hitze stieg ihr zu Kopf, und es begann in ihren Eingeweiden zu rumoren. Der kleine Zettel mit dem Aktenzeichen aus dem Lesesaal. Sie schwitzte, diesmal war es kalter Schweiß, und drehte das kleine Luftventil über ihrem Kopf ganz zu.

Sie tastete ihr Gesicht ab. Es war, als ob die Haut unter den Augen etwas loser geworden war.

Sehr still saß sie da und betrachtete ihre Fingerspitzen. Etwas von der Mascara war hängengeblieben. Sie erhob sich, um auf die Toilette zu gehen. In einem Anfall von Panik bemerkte sie einen kleinen Riß in der Kabine, er wurde größer und größer, alles wurde zu Atomen zerfetzt und flog hinaus in den Weltraum, wo es zu Eis gefror.

Die Stewardeß sah sie an, und sie riß sich zusammen. Sie packte den Türgriff zur Toilette und nahm sich vor, zeitig ins Bett zu gehen, sobald sie Atlanta, Georgia, erreichten.

Der Mond lag über Carambola Beach. Er war wie ein Stück Werkzeug, das jemand hingeworfen hatte, eine schmale, gebogene Sichel am schwarzen Nachthimmel.

Die Sternbilder waren völlig verdreht. Alles stand auf dem Kopf. Die Wirklichkeit war nie so, wie man sie sich vorstellte. Auch wenn man vorher Bilder gesehen hatte und sich die Details genau einprägte, war es anders, wenn man schließlich da war.

Sie stand am Strand vor dem Hotel Carambola Beach Resort, einem gehobenen Mittelklassehotel, eingerichtet in einer alten Zuckerfabrik, und hörte, wie die Geräusche Dimensionen ergaben, die eigentlich unvorstellbar waren.

Die Düfte, die Luftfeuchtigkeit, der Eindruck von ein paar kohlrabenschwarzen Augen, ein Lächeln, das sich in ihr Innerstes eingrub und den Druck an der Stirn und in den Nebenhöhlen verringerte, ein in Dampf gegarter Tiefseefisch, der auf der Zunge eine trockene Erinnerung hinterließ, zusammen mit einem Glas französischen Weißweins, funkelnd und glitzernd vor Musik, die gedämpft aus einem nahegelegenen Hotel zu hören war, der warme Sand zwischen den Zehen, der Passatwind, der die Palmenblätter in einem Flüstern, das fast die ganze Nacht anhielt, übereinander tuscheln ließ, die Brandung, die vom Riff wie ein verschämtes Lächeln in einem schwarzen Gesicht leuchtete – all dies machte den Ort kleiner in der Fassade, aber größer in Raum und Breite, als sie sich je hatte vorstellen können.

Wer anwesend war, lebte. Wo die Fotografie ein formelles Ziehen des Hutes war, war die Anwesenheit zwei sprühende Augen. Wo die Fotografie ein artiges Verneigen war, war die Anwesenheit ein feuchter Kuß.

»Welcome to St. Croix, Miss«, sagte der schwarze Taxifahrer, der ansonsten all ihren Vorurteilen gerecht wurde: etwas rot um die melancholischen Augen, löchrige Schuhe und fleckige Hosen und ein enorm verbeulter und ausgeblichener, braunlackierter Buick von 1951. So sah er aus, bis er erfuhr, woher sie kam, danach strahlte er über das ganze Gesicht und bestand darauf, einen Umweg zu fahren, um ihr ein wenig von der Insel zu zeigen, worauf sie zu Hause bei Frau Hamilton landeten, die vor ihrer Blechhütte ebenfalls die Hände zusammenschlug und »DANISH!« sagte. Dann versuchte Hamilton selbst, in dritter Generation Nachkomme von freien Farbigen unter einem dänischen Pflanzer namens Bülow, dessen Familie die Insel leider verlassen hatte, wobei das Anwesen immer noch stand, er versuchte sich an irgendwelche Brocken der vergessenen Sprache zu erinnern, brach dann aber in lautes Gelächter aus und sagte: »Jetzt müssen wir sehen, daß wir weiterkommen, Miss Denmark, wenn Sie Ihr Hotel vor fünf Uhr noch erreichen wollen!«

Die Schenkel klebten am Ledersitz hinten im Buick, Bis lehnte sich nach vorne, Hamilton erzählte mit Händen und Füßen: »Versuchen Sie mal, ob Sie die helle Haut hier sehen, raten Sie mal meinen Zwischennamen, *Ebbesen,* Charles E. Hamilton, ach, Miss Hagensen, es war gar nicht so schlimm, ja, die Sklavenzeit war es, aber wir vermissen die Dänen, das tun wir, als die Amerikaner kamen, wurde es *all business, you know,* während der dänischen Zeit ging alles vielleicht etwas langsamer, aber es ging doch, und – wie soll ich sagen – die ganze Stimmung war mehr so wie früher, etwas freundlicher, wir wußten, daß wir zusammen auf dieser Insel waren, wir waren so etwas wie eine Schicksalsgemeinschaft, das hatten wir nie mit den Amerikanern, die schmissen uns in den Jahren kurz nach dem Verkauf die Dollarscheine hinterher, und meine Kinder, Miss Hagensen, meine Kinder haben niemals auch nur einen einzigen dieser Scheine von der Straße aufgehoben, das möchte ich betonen.« Letzteres sagte er mit erhobenem Zeigefinger, während er mit der anderen Hand in die Hoteleinfahrt einbog, eine enorme Staubwolke hinter sich herziehend.

Bis strich sich die Haare nach hinten, der Schweiß lief ihr in unerschöpflichen Bächen von der Kopfhaut bis zwischen die Brüste hinab, und sie gab gerne und reichlich Trinkgeld. Hier war es besser, größer, gewaltiger, farbiger und gefährlicher, als sie zu glauben gewagt hatte.

Alleine stand sie da und sog die Luft ein, blickte auf den Strandsaum, bis sich ein altes Gefühl bei ihr einschlich und sie dem Meer langsam den Rücken zukehrte und zurück zum Hotel mit der Musik und den Lichtern ging.

Auf der Terrasse begannen sich die Leute für das große Büfett einzufinden, das Orchester aus Einheimischen mit Stahltrommeln und Gitarren spielte sich warm. Dann setzte die Musik ein, eingeleitet durch einen gewaltigen Stoß in ein Muschelhorn, eines, wie die Bombas es benutzten, um die Sklaven vom Feld nach Hause zu rufen.

Die Touristen saßen an kleinen Tischen vor kleinen gelben Strohhalmen und plauderten, während sie langsam in ihren Drinks aus gleichen Teilen jungem St. Croix-Rum, Ananassaft und Kokosmilch rührten.

Das Hotel lag am Fuße des Maroon-Berges, wo sich der Regenwald wie eine behaarte Faust erhob. Hier hielten sich die »Maroon-Neger« versteckt – jene, die von den

Plantagen geflüchtet waren, bis sie wieder gefangen wurden oder sich selbst stellten, weil sie doch nicht alleine zurechtkamen. Der Wald schickte ihre Trommelrhythmen und ihr Muschelgeheul tagelang hinaus, damit weitere kamen, lockende und klagende Töne, die den Bomba – den farbigen Meister, der auf die Feldarbeiter aufpassen sollte – den Stock fester packen und die Herzen in der Brust der Arbeiter klopfen ließ. *Switschj, switschj,* machten die Zuckermesser, und die langen Pflanzen fielen eine nach der anderen, die Augen im Kopf wurden groß, und die Farbigen begannen mitzusingen, während der Bomba kleine nervöse Zuckungen im Gesicht bekam und sich überlegte, wo er Verstärkung bekommen könnte, während er gleichzeitig die gebeugten Rücken im Auge behielt. Die Trommeln aus der Wildnis klangen schneller und schneller, im selben Takt wie der Rum, den die Entlaufenen von der Plantage mitgenommen hatten, zur Neige ging.

Bis sah die Tabellen vor sich. 1758 hatte es hier 11 807 Sklaven gegeben. Darunter immer gut eine Handvoll, die *maroon* liefen. Wild und berauscht von einem Freiheitsdrang, der die Älteren vor Angst erzittern ließ, weil ihnen klar war, daß auch in ihnen etwas Eingesperrtes war, das bereit war zum Ausbruch.

Vor Bis' geistigem Auge erschien zwischen den Gästen des Hotels der weiße Verwalter der Plantage La Grange im Jahre 1759, nahm seinen breitkrempigen Hut ab und sah sie böse an.

»Am vierten February«, sagte er, dieser F. J. Seyer, der als einer der härtesten Männer unter den Einpeitschern galt, »ist Atha wieder *maroon* zusammen mit Christian Creal, dem Zimmerer.« Er zog seinen Dolch heraus und begann sich mit der Spitze in den Zähnen zu stochern. Dann rammte er ihn fest in den Tisch, wo er zitternd steckenblieb.

Auf der Terrasse spielte das Steeldrum-Orchester in immer schnellerem Rhythmus. Die Lautstärke nahm auch zu. Ein schwarzer Eingeborener ging in die Knie und kroch unter einem brennenden Seil hindurch, das ihn fast am Brustkorb berührte, und das Publikum warf Dollarscheine auf die Fliesen.

Sie sangen den Refrain wieder und wieder, zuerst sanft, dann härter und härter. Der Rhythmus wurde festgeklopft, er wirkte wie zornige Schläge. Die Gesichter der Musiker verschwanden in der Dunkelheit, wurden aber im Schein von dem brennenden Seil erhellt. Die milden Züge waren verschwunden, es war, als ob sich der Zorn in kleinen Blitzen zeigte. Bis versuchte, die Worte zu verstehen, doch sie ergaben keinen Sinn. Der Kehrreim wurde unendlich wiederholt. Dann wurden die Instrumente gedämpft, und die kräftigen Männerstimmen erklangen im Chor. Nun hörte sie es deutlich.

Limbo, limbo
how low can you go

Limbo. Bis rückte etwas zurück, erschrocken über den Ernst in den Gesichtern der Musiker, als sie vom Vorhof der Hölle sangen. Das Seil senkte sich immer weiter, der Schwarze kroch vorwärts, die Knie ganz vorn und den Oberkörper nach hinten. Zwanzig Zentimeter über der Erde, der Kehrreim wurde lauter und lauter wiederholt, das Orchester schlug schneller und schneller auf die Steeldrums, einer blies einen langen traurigen Ton auf dem Muschelhorn, und dann riefen sie wieder alle zusammen:

Limbo, limbo
how low can you go

Und das Feuer prasselte knapp über seiner nackten Brust.

Die Steeldrums und die Muschelhörner. Die Instrumente der Sklaven. Nichts hatte sich verändert. Johan Lorentz Carstens, Pflanzer in Dänisch-Westindien 1705–39, trat leibhaftig vor sie hin, das weiße Spitzenhemd klebte ihm am Körper, und ein kleines, spöttisches Lächeln umspielte seinen Mund: »Wenn sie ire freye Stunde haben sollen, wird auf der Tuttu geblasen, und ebenso wenn sie wieder zur Arbeit muessen.«

Bis starrte auf ihren Drink. Painkiller nannten sie ihn. Killdevil hatte er damals geheißen. Der Name der Farbigen für den jungen Rum. Kill Devil. Schlag den Dämon in dir tot. Zu gleichen Teilen Rum und Höllenplage, schlag den Spund aus der Tonne mit dem Schaft eines Zuckermessers, lache laut, wenn die Flüssigkeit in einem dicken Strahl auf die lose Erde schießt, einen henkellosen Becher oder die bloßen Hände darunter, ein langer Schluck, und du hast den Dämon in dir totgeschlagen.

Oder etwa nicht?

Der Rum macht dich zuerst sanft und fügsam, lieb und gut, und du tanzt besser als je zuvor und fühlst, daß der Körper schöner ist als je zuvor, aber es sind dieselben Rhythmen, die dich an deine Kinder denken lassen und die deine Tränen zu ihren Blutstropfen machen.

Bis ließ ihren Drink fallen, und das Glas zersprang auf dem harten Boden der Terrasse wie ein extra Taktschlag, nachdem der Schlußakkord vom Orchester verklungen war.

Die Leute drehten sich um und sahen sie an. Es war still. Nur die Palmen und die Brandung waren in der Tropennacht zu hören.

Die Dollarscheine lagen lose auf der Erde neben dem Orchester. Der Nachtwind zupfte an ihnen und vermischte sie mit trockenen Blättern.

Dann verwandelte sich das Publikum wieder zu gut gekleideten Plantagenbesitzern, die sich langsam zurückzogen, während sie ihre Kinder hinter sich herzerrten. Die Trommeln setzten wieder ein – erst langsam und leise, dann mit aller Kraft. Die Farbigen waren wild und betrunken. Dasselbe Lied, das vorher schön und sanft geklungen hatte, wirkte jetzt wie ein Kampflied. Verstohlen schlossen sie die Türen zur Pflanzerwohnung, während der Rhythmus der Trommeln zwischen den Sklavenhütten in den Himmel stieg. Schwere Balken wurden von innen quer vorgelegt, und nervöse Pferde wurden aus dem Stall gezogen. Die Kinder mit der weißen Haut wurden still und leise ins Bett geschickt, und ein Hahn wurde vorsichtig auf einer Flinte gespannt, während die schwarzen Schatten im Schein des Feuers tanzten. Irgendwo in ihnen saß immer noch die furchtvolle Erinnerung an Herrn Soetmann auf St. Jan, dem 1733 der Kopf vor den Augen seiner zwölfjährigen Stieftochter abgeschlagen wurde, die wenig später ihren eigenen Kopf durch ein einziges Schwingen eines Zuckermessers verlor.

»Am 10. Decembris 1759 wurde auf St. Croix eine gefaerliche Zusammenrottung von Negern entdeckt, die beschlossen hatten, alle Blanken totzuschlagen.«

Der Satz, der ihr Herz zum Klopfen brachte und Auslöser für ihre Arbeit war, wurde von Luxdorph gesagt, der jetzt mit klugen, registrierenden Augen von seinem Tagebuch aufsieht, während ihm der Schweiß unter der gepuderten Perücke herausläuft. Die Sklaven drehen sich und singen ihr Lied vom Limbo mit tiefen Stimmen aus der Dunkelheit Afrikas, im Haus der Pflanzerfamilie falten die Kinder weinend die Hände, und im Schein der Flammen ist etwas, das die Hände der Erwachsenen erzittern läßt, als sie zielen. Die Schwarzen kommen näher, johlend, lachend, mit Wut und Hohn, mit erhobenen Zuckermessern, der blanke Stahl zischt in der Luft.

Das Orchester hatte wieder zu spielen begonnen, ein Ober war herbeigeeilt, um ihr bei den Scherben zu helfen. Sie sah ihm hinterher, als sie eine sanfte Stimme neben sich hörte: »Wollen Sie tanzen?«

Das Orchester hatte zu sentimentalen Crooner-Melodien gewechselt, und ein Mann Ende Zwanzig verbeugte sich leicht vor ihr. Sein weißes Hemd leuchtete in der Dunkelheit, das Gesicht war so dunkel, daß sie kaum die Gesichtszüge erkennen konnte.

»Sie sehen so alleine aus.«

Der Zeitunterschied von der Reise saß ihr noch immer in den Knochen und erinnerte sie daran, daß nichts umsonst war. Sie hatte zunächst dankend abgelehnt, bereute es jedoch, ging zu ihm hinüber und tippte ihm auf die Schulter, während er dabei war, gerade eine andere aufzufordern. Keine besonders passende Gelegenheit, ihn aufzufordern. Wie war es nur möglich, eine so einfache Sache so kompliziert werden zu lassen? Bis wußte nicht, was sie sagen sollte.

Glücklicherweise war der Mann von anderem Kaliber, er dachte einen Augenblick nach und sagte dann, er habe sich sein ganzes Leben lang noch nie so umworben gefühlt, alle lachten, und er versprach, zurückzukommen, sobald dieser Tanz vorbei war.

»*Honey.*«

Honey. Ich werde dir dein Honey geben, Hübscher, dachte sie. Schmollend setzte sie sich wieder hin, bis er plötzlich wieder vor ihr stand und sie zum Tanz aufforderte. Ehe sie es sich versah, war sie auf den Beinen und befand sich in den nächsten zwanzig Minuten in den Armen dieses Fremden, der sie in einer ewigen Runde herumführte, eine Hand sanft auf ihre Hüfte gelegt.

Geh zurück, wo du herkommst, verschwinde aus meinem Leben, du heißt mit Sicherheit Nick Carter, bist Sohn eines Autohändlers in Detroit, wo eine vollbusige Blondine mit hochgesteckten Haaren auf dich wartet, die eine Hand in den Töpfen und die andere auf einer Schachtel mit zwei Verlobungsringen, dachte sie, während Übersichten über Plantagen-Besetzungen im Jahre 1759 und Einwohnerstatistiken von St. Croix in ihrem Kopf herumschwirrten, ehe sie kapitulierte und still zu sich selbst sagte, mein Gott, kann der Mann tanzen.

»Was haben Sie gesagt?«

»Was?«

»Gerade eben.«

»Das war dänisch.«

Bis bedankte sich für den Tanz und wollte gehen, als er sie fragte, ob er sie zu einer Erfrischung einladen dürfe.

»Meinen Sie mit Erfrischung«, sagte Bis und setzte sich, »den Rum, von dem man verrückt im Kopf wird?«

Er lachte und fragte erneut, was sie vorhin gesagt hatte.

Bis legte den Kopf schief und lächelte unbestimmt in die Nacht. »Ich habe gesagt, daß ich glaube, daß es an der Zeit ist, ins Bett zu gehen. Ich bin immer noch sechs Stunden hinterher.«

»Warten Sie hier«, sagte er. Im Gehen drehte er sich um und sagte mit erhobenem Zeigefinger:

»Ich glaube nicht, daß es das war, was Sie gesagt haben.«

Sie sah sich auf der Terrasse um. Die Stimmung war hier anders als an den Tischen, wo die Leute lauthals sprachen.

»Der Besitzer des Hotels hier ist dänisch«, sagte er, als er zurückkam und sich mit zwei orangefarbenen Rumdrinks setzte.

Sie wurde plötzlich wach.

»Hier lag die Zuckerplantage der Familie in alten Zeiten – in der guten alten Zeit«, sagte er.

Bis versuchte ihre Anspannung zu verbergen. Sie nahm einen Schluck von ihrer Erfrischung und fühlte sich sehr schwer. »Ich habe davon gehört«, sagte sie und strengte sich bis zum Äußersten an, um gleichgültig zu klingen.

Sie wollte etwas sagen, suchte jedoch vergeblich nach dem passenden Wort.

Er kam ihr zuvor.

»Wie konntet ihr Dänen es nur übers Herz bringen, die Inseln hier zu verkaufen?«

»Das war vor meiner Zeit. Es ist eine lange Geschichte«, sagte sie.

»Mach es kurz.«

»Weil sie kein ...« Wieder suchte sie nach Worten und ärgerte sich über ihr schlechtes Englisch, während sie die Hände ohnmächtig in die Lüfte hob.

»... weil wir kein Geld mehr mit ihnen verdienten.«

Bis rührte still in ihrem Drink. Sie wußte, daß sie bald genug hatte. Eine kleine lustige Überraschung nach der anderen und jetzt dieser Mann.

Die Art, wie sich seine Oberlippe leicht an der einen Seite hob, wenn er lächelte, die Hand, die eine Haarlocke aus der Stirn strich, ein kleines Zucken am linken Auge. Sie hätte ihn am liebsten mit nach oben auf ihr Zimmer genommen. Sie mußte regelrecht ankämpfen gegen dieses Gefühl. Warum wurde ihr von diesem Zucken so weich in den Knien?

Er nickte zur Antwort, nahm ihre Hand und küßte sie, und es funkelte in seinen braunen Augen, als er sich vorstellte: Nick.

An wieviel kann man sich erinnern im Alter von drei Jahren?

Die Frage hing nach gestern nacht immer noch in der Luft. Bis schlug wild die Augen auf.

Was hatte sie gesagt? Was war geschehen? Wo war er?

Sie warf den Kopf auf die Seite und schlug in die Bettdecke neben sich. Dann griff sie sich an den Kopf.

Kopfschmerzen. Katzenjammer! Teufel noch mal, nach dem allerersten Abend. Du hast wieder einmal einen deiner berühmten Erfolge gehabt. Das Ganze zerstört, ehe es begonnen hat.

Sie stand auf und schaute auf die Uhr, nahm eine Pille aus ihrer Toilettentasche, spülte sie mit vier Glas Wasser aus dem Hahn hinunter, sagte aaah, klappte die Fensterläden auf und bekam eine brennend heiße Sonne auf ihren nackten Körper.

Was für ein Anblick!

Bis kniff die Augen zusammen, und Frau Lillelund kam ihr in den Sinn, auf einer schneebedeckten Villenstraße in Holte. Postkastenrote Flamboyants direkt vor dem Fenster, Yuccapalmen, Zuckeräpfel und Mandarinen, Brotfruchtbäume, grüne Mangroven, braune geschlängelte Lianen, die muskulösen Unterarmen ähnelten, Grün, egal, wohin sie auch blickte.

Der Garten vor dem Fenster fiel zum Strand hin ab, sie

konnte das Meer in türkisfarbenen Fetzen zwischen den wedelnden Blättern sehen. Die niedrigen Anbauten des Hotels, die alten Sklavenhütten, leuchteten blendendweiß.

Milder gestimmt ging sie ins Bad und ließ das Wasser lange auf sich herunterrieseln.

Beim Abtrocknen beschloß sie, der Wahrheit nüchtern ins Auge zu sehen. Sie ging den letzten Teil des gestrigen Abends in Gedanken noch einmal durch.

Dann schluckte sie noch zwei Pillen.

An wieviel kann man sich erinnern im Alter von drei Jahren? Bis hörte sich das selbst sagen, es gab keinen Zweifel, sie hatte die ganze Geschichte ausgeplaudert, auch die geheime, einem fremden Mann, der die Einladung in ihr Schlafzimmer gerne angenommen hatte. Sie sah sich selbst daliegen und sagen, doch, das stimmt, ich bin zweiunddreißig, während er protestierte: *I don't believe it.* Sie sah sich selbst weitersprechen über Vaterbindungen in trunkenem Englisch.

Er zog sie aus, während sie mit geschlossenen Augen dastand. Dann begann er sich selbst auszuziehen, und dann fragte sie ihn, was, zum Teufel, er sich eigentlich einbildete, ob er glaubte, daß er so einfach mit offener Hose in ihr Zimmer platzen könnte.

Bis griff sich an den Kopf. Wenn sie das von ihrer Mutter geerbt hatte, konnte sie gut verstehen, warum sich ihr Vater vielleicht ganz einfach das Leben genommen hatte.

Sie setzte sich an den Frühstückstisch und ließ sich Kaffee, ein Ei und ein paar Scheiben getoastetes Brot bringen, die vor Sirup tropften.

Dann hörte sie eine Stimme, die sie kannte.

Bis legte die Hände in den Schoß. Dort stand er, in der Tür die drei Treppen hoch, und winkte ihr mit einer weißen Serviette zu. Er war hier angestellt, o Gott, dachte sie, und eine warme Welle durchspülte sie, bloß weil er sich mit der einen Hand an einen Türpfosten lehnte und etwas zu jemandem in der Küche sagte.

Er hatte gehen wollen, aber sie bat ihn zu bleiben, er wurde verwirrt, dann küßte sie ihn und zog ihn mit sich ins Bett hinunter, wo sie ihre Finger in einem Wald schwarzer Haare verschwinden ließ, weiter nach unten, bis sie etwas Hartes mit Seidenhaut spürte, das zwischen ihre Finger glitt und die Hand in einer losen Bewegung vor und zurück gleiten ließ. Dabei sah sie ihm ins Gesicht, durch die Gardinen ihres eigenen Haars. Sie schloß die Augen. Dann löste sie ihren letzten Knopf und setzte sich auf ihn. Als sie bemerkte, daß ihr einziges Kleidungsstück, eine helle Perlenkette, langsam vor- und zurückpendelte und seinen Brustkorb genau jedes zweite Mal streifte, begann sie zu weinen, aus Furcht, ihn zu verlieren.

Bis schreckte hoch, daß der Kaffee auf die Tischdecke schwappte. Sie erinnerte sich plötzlich an einen bestimmten Teil des Gesprächs am Tisch auf der Terrasse. Die Kopfschmerzen kamen wieder zurück.

Sie hielt die Hand vor den Mund und lief hinaus, ein Kellner deutete besorgt: »Dort« und ließ den Blick durch den Frühstücksraum schweifen, wo mehrere Gäste so aussahen, als könnte sie in bezug auf das Benehmen dieser jungen, blonden Frau nichts mehr überraschen.

Auf der Toilette spülte sie sich den Mund gründlich mit kaltem Wasser aus, spritzte sich Wasser ins Gesicht und betrachtete sich im Spiegel. Dann trocknete sie sich ab und ging zurück. Sie zwinkerte einem Herrn zu, dem fast die Augen aus den Höhlen fielen, steckte Messer und Gabel in das Spiegelei, das auf beiden Seiten gebraten war, und nahm sich vor, an einem normalen Dienstag niemals mehr unaufgefordert von ihrem eigenen Leben zu erzählen.

Noch bevor dieser ganz normale Dienstag zu Ende ging, war Bis um einiges klüger geworden.

Zehn Stunden nach dem Frühstück saß sie wieder in ihrem Hotelzimmer, dieses Mal mit dem abfallenden Garten in gesegnetem Schatten.

Die Läden hatte sie wieder aufgemacht, der Passatwind kühlte kaum, sie mußte eine kalte Dusche nehmen. Auf dem Tisch stand ein Bukett mit einer aufmerksamen Karte, *Love from Nick,* in einer kindlichen Handschrift. Daneben lagen ihre Aufzeichnungen vom Tag.

Sie zündete sich eine Zigarette an und setzte sich in den Stuhl, die Beine über die Armlehne.

Während des Tages war sie sich immer sicherer geworden. Zuerst kam es angeschlichen wie eine der kleinen Eidechsen am Boden des Regenwaldes, dann wurde es immer größer. Es war eines dieser Gefühle, die unwirklich wirkten, die aber dennoch eine Authentizität hatten, die tiefer lag als normales Bewußtsein und Verständnis. Mit anderen Worten: Man schob es von sich, aber es kam immer wieder zurück. Man konnte es nicht begründen, aber es wirkte dennoch logisch.

Jemand verfolgte sie.

Sie zog an ihrer Zigarette und blies den Rauch langsam in einem dünnen Strahl aus.

Die Insekten draußen im Garten des Hotels sangen ihr Abendlied, ein Stück entfernt konnte sie die Brandung hören. Gleich ging die Sonne hinter dem Maroon-Berg unter, und der Tag wurde innerhalb von fünf Minuten zu einer tropischen Nacht.

All dies war Wirklichkeit, auch wenn sie es nicht glauben konnte. Dann hörte sie ein Geräusch an der Tür. Sie blieb ganz still sitzen und lauschte. Drehte den Kopf, warf einen Blick auf den Riegel an der Tür. Sie hatte vergessen, ihn vorzuschieben.

Dann hörte sie es wieder.

»Natürlich nicht.«
Er sah aufrichtig aus.
»Zu keiner Menschenseele.«
Sie hatten sich für einen Moment im Hof getroffen, er unterwegs mit einem Stapel Bettbezügen und ein paar Papieren, sie unterwegs ins Feld, um zu forschen. Er versuchte, sich ihr zu nähern, physisch und mit den Augen, doch sie drehte und wendete sich, redete drumherum und fragte nach Dingen, die sie schon im voraus wußte.

»I know, stupid, I was born on St. Thomas!«

Dann stand er da mit seinen halben Antworten, und sie streckte ihm die Zunge raus und bat ihn, sich ein nettes und ordentliches Mädchen zu suchen, und ging mit einem Gefühl, wieder zuviel gesagt zu haben.

Eine neue sprudelnde Erwartung und vier Flaschen Mineralwasser in der Tasche, ein paar Dollar in der Gesäßtasche, ein einzelnes Geschichtsbuch voller Eselsohren und ein Notizblock sowie ein spitzer Bleistift – Christiansted, *here I come!*

Eine kleine Skizze auf der Titelseite ihrer Diplomarbeit? Mit roten Blumen? Sie konnte Lektor Møller vor sich sehen. »Behalten Sie Ihre persönlichen Betrachtungen und kindlichen Neigungen für sich!«

Unterwegs mit einem verbeulten Schulbus voll johlender schwarzer Kinder, wer bist du, woher kommst du? Ich bin Aschenputtel, ich komme aus der Hölle, dämonische Augen, eine tiefe Stimme und noch mehr Gejohle.

Dann fuhr sie nach Christiansted und hörte die Wellen, die entlang des langen Bollwerks schmatzten, und sah Christianshavn und Nyboder im Jahre 1840 vor sich.

Und schon war sie wieder zurück im Jahre 1745, als die Sklavenhändler der Kompagnie die zuletzt angekommene Ladung Schwarzer aus der Kronkolonie an Afrikas Goldküste verkauften.

Die Fregatte lag in der hellgrünen Bucht vor Anker, das

Riff leuchtete weiß dahinter. Die kleinen Wellen stupsten an das Bollwerk, es waren dieselben Wellen seit dreihundert Jahren, dachte Bis, und eine Schaluppe ging längs zum Schiff, und die Matrosen stellten die Ruder senkrecht, als der Kapitän hinunterstieg.

Die Wache in Fort Christiansværn drehte ihre Runde auf der seeseitigen Batterie, die Kanonenläufe nach Nordost.

Innen im Hof hinter dem alten Hauptgebäude der Dänisch-Westindischen Kompagnie stand eine kleine Gruppe Pflanzer in luftigen Spitzenhemden und langen weiten Leinenhosen und beobachtete zwei gleich lange Reihen von Farbigen.

Dann tauchte Reimert Haagensen auf, Buchhalter in der Dänisch-Westindischen Kompagnie von 1739 bis 1758. Er nahm den tropfenden Füller vom Papier und sah sie mit geheimnisvoller Miene an: »Es ist irgendwie ansehnlich, solch einen Menschen anzuschauen, wenn er bei der Auction zum Verkaufe steht, denn zum ersten ist er oder sie nackt, so dasz man leicht sehen kann, ob sie irgendwelche Fehler haben oder nicht.«

Wieder die Wellen, dieselben über Hunderte von Jahren. Ein Einheimischer trug eine Kiste von der Ladefläche seines Lieferwagens in den Laden unter dem Hotel in dem alten Lagerhaus am Hafen.

»Höre ich dreihundert spanische Piaster für dieses schöne schwarze Frauenzimmer? Ist das Pflanzer Lytton, der bietet?«

Niemand sagte etwas. Die Sonne stand senkrecht am Himmel und brannte auf Bis und die angeketteten Schwarzen herunter, die mit gebeugten Köpfen dastanden. Eine Kette rasselte. Der Auktionarius stand im Schatten und wischte sich den Schweiß von der Stirn. Er schaute in seine Papiere und rümpfte die Nase, um die Brille an ihren Platz zu bekommen.

Dann wandte er sich wieder an die Pflanzer, die begonnen hatten, die Farbigen näher in Augenschein zu nehmen. Einer der Pflanzer machte eine kleine Kopfbewegung zum Auktionarius.

Reimert Haagensen kniff die Augen zusammen: »Die Neger sind alle boese von Natur, nur wenig Gutes wohnt bei ihnen. Ich glaube wahrhaftig, dasz ihre schwarze Haut von irer Boshaftigkeit zeugt, dasz sie zur Knechtschaft destinirt sind.«

Bis wanderte durch die Altstadt, sog alles in sich hinein, Museen, Kirchen und das Gouvernementsgebäude, sah die Bilder des Befreiers der Sklaven, Gouverneur Peter von Scholten, und Anna Heegaards, seiner Mulattenfrau, schrieb und schrieb, bis sie müde wurde und sich ein Plätzchen im Schatten suchen und ausruhen mußte. Sie legte sich unter einen Baum im Hafenpark beim Fort, die Hände unter dem Nacken. Ihre Augen fielen schon fast zu.

Dann sah sie ihn.

Das heißt, sie sah ihn eigentlich nicht. Sie spürte, fühlte ihn mehr. Aber im Zweifel war sie nicht. Er stand weit weg und sah sie eine Sekunde lang an, dann drehte er sich um, als er fühlte, daß auch sie ihn ansah. Ein großer Mann in einem weißen Hemd. Ein breitkrempiger Hut. Sie sah sein Gesicht nicht. Mehrere Male im Laufe des Tages hatte sie gespürt, daß ihr jemand gefolgt war. Es war keine Gewißheit, nur ein Gefühl, wie ein Schatten, der sie mitten in ihrem geschäftigen Besuch in der Stadt begleitete.

Als sie ein wenig später ein Taxi aus der Stadt hinaus nahm, um eine alte Zuckerplantage zu besuchen, folgte ihr ein Auto. Wieder bemerkte sie ganz kurz einen breitkrempigen Hut.

Dann versank sie wieder in einer anderen Zeit, als sie die Reste der Zuckerplantage sah. Sie ging umher und tastete das Mauerwerk in der alten Zuckermühle ab. Hier war es also geschehen. Hier arbeiteten sich Tausende von Afrikanern zu Tode, in Übereinstimmung mit den Empfehlungen des dänischen Königs. Mit den Händen an den steinernen Ruinen folgte ihr Blick dem Land, das sich dahinter erhob. Sie sah, was von den Sklavenhütten übrig geblieben war, oben in den Bergen, dort, wo die Zuckerplantagen jetzt vom Wald geschluckt worden waren. Sie versuchte das Eisen des Zuckerkessels zu heben, versuchte die brennende Hitze zu fühlen und die Angst vor dem kochenden Saft zu spüren, sie versuchte die Befehle des Einpeitschers herauszuhören und den Drang nach Freiheit zwischen den stummen Mauern zu erlauschen, und hörte die kochende Brandung des Atlantischen Ozeans dahinter.

Reimert Haagensen, der Kopenhagener Junge, der 1739 nach St. Croix gezogen war und danach seinen Bericht über die Inseln geschrieben hatte, tauchte wieder auf, zupfte am Revers seines Sonntagsrocks, räusperte sich und sagte:

»Diese schwarzen Menschen sind gleichsam dazu geschaffen, Knechte zu sein. Sie kennen auch nichts anderes als bestaendig zu arbeiten, und das tun sie singend und guten Muthes, als ob sie die Gluecklichsten waeren, die es giebt.«

Sie wollte zurück zum Hotel gehen, und als sie zum Parkplatz hochkam, sah sie wieder das Auto, das ihr auf dem Weg heraus gefolgt war.

Es verschwand in einer Staubwolke, als sie zwischen den Büschen auftauchte.

Verfolger, dachte Bis kopfschüttelnd, war vielleicht zuviel gesagt, vielleicht war es sogar ein Produkt ihrer üblichen Hysterie, aber es gab auf jeden Fall jemanden, der stark daran interessiert war, was sie tat und ließ.

Als sie von ihrem Ausflug zurück ins Hotel kam, sah sie sich auf dem Parkplatz die Autos an. Sie sahen eines wie das andere aus. Sie war sich nicht sicher.

Jetzt hörte sie das Geräusch an der Tür wieder. Ein leises Klopfen. Als sie aufmachte, fiel ein kleiner Umschlag aus dem Schlitz zwischen Wandverkleidung und Tür.

Sie schaute auf den Flur hinaus. Nichts zu sehen.

Dann öffnete sie den Brief.

Der schlimmste Tyrann auf St. Croix, egal zu welcher Zeit, war nicht der Einpeitscher mit seiner Peitsche. Es war nicht der Generalgouverneur mit seinen Vorschriften. Es waren nicht die Kanonen auf den Forts, der Dänenkönig oder der amerikanische Dollar.

Es war die Sonne.

Sie war immer da. Jeden Tag, das ganze Jahr, seit Hunderten von Jahren. Mit unumschränkter Macht löste sie die Haut selbst unter dem hellen Hemd in rosa Streifen ab, sie entzog den Poren alles Wasser, trocknete das Gehirn aus und legte das Geistesleben im Körper gut einen Meter tiefer.

Morgens stand sie mit einem Knall auf. Plötzlich glitzerte das Meer im Nordosten, und der Friede war für die nächsten vierzehn Stunden vorbei. Die Temperatur stieg in der ersten Stunde so an, daß man dem Thermometer mit den Augen folgen konnte, und sie hörte nicht auf zu steigen, bis sie zweiunddreißig Grad erreicht hatte. Und zwar im Schatten. Im Schatten mit dem frischen Passatwind aus Ost konnte es noch angehen. In einer windgeschützten Ecke mit Sonne wurden die Gehirnzellen bei achtundvierzig Grad geröstet, und die Fähigkeit zu denken verschwand Minute für Minute.

»Wahre Christenmenschen taugen nicht dazu, hier von morgens bis abends zu arbeiten, wie es die Sklaven tun müssen«, seufzte Bis. Sie lag ausgestreckt auf ihrem Bett, während sich der Ventilator an der Decke drehte.

Die Inseln hatten keine große Literatur oder Malkunst hervorgebracht, über die zu sprechen es sich gelohnt hätte. Es wurden auch keine originären Gedanken gedacht oder Musik komponiert, Theaterstücke geschrieben oder nennenswerte Erfindungen außerhalb der Zuckerindustrie gemacht.

Dafür wimmelte es auf den Straßen von kleinen süßen Mulattenkindern.

»Die Neger sind eigensinnig, falsch und voller Lügen, und sie sind arg der Lust des Fleisches verfallen«, sagte der Missionshistoriker Oldendorp traurig zu Bis und wendete den Blick seinem Schöpfer im kühlen Kirchenraum in Sachsen zu. Es gab nicht viel, das darauf deutete, daß die Weißen anders waren, dachte sie mit einem müden Blick auf ihn. Viele farbige Frauen wohnten zusammen mit weißen Männern, ohne verheiratet zu sein. Die Namen Bülow, Oxholm, Schmedes, Sørensen, Ebbesen und Gjellerup fand man noch heute auf den Inseln. Sie zeugten von häufigen Verbindungen zwischen dem weißen Mann und der farbigen Frau.

Der Ventilator saß lose an seinen Schrauben. Jedes Mal, wenn er eine bestimmte Stelle erreichte, hörte man ein Klicken, und es sah so aus, als ob er herabfallen würde. Bis hatte ihn eine Stunde lang studiert. Eine ewige Melodie mit einem kleinen Tonwechsel, jedes Mal, wenn die Unebenheit kam. Sie war unfähig, sich zu rühren.

Wie stand es mit der weißen Frau und dem farbigen Mann? dachte sie und folgte dem Propeller mit den Augen. Das weiße Bürgertum auf St. Croix war das langweiligste der Welt – besonders der weibliche Teil. Die scheuten die frische Luft und tranken um fünf Uhr in tiefem Schweigen gemeinsam Tee. Kein Wunder, daß sich die Männer ab und zu eine Negerdame nahmen. Aber was taten die Frauen?

Das Sausen des Propellers war das einzige, was sie hörte. Sie sah an ihrem Körper hinab, der vor Schweiß glänzte. Sie hatte nur einen Slip an, und aus irgendeinem Grund sah sie die geschlossenen Augen von Nick S. Pointdexter vor sich.

Jetzt aber Schluß damit! Sie zog sich ganz aus und nahm eine kalte Dusche, zum vierten Mal an diesem Tag.

Er hatte ihr nach jedem Mal Blumen geschenkt. Letztes Mal, als sie gebadet im Schweiß des anderen auf ihrem Bett lagen, hatte er sie gefragt, ob sie ihn heiraten wollte. Sie sprang auf, sagte »Nein, ich mag morgens keinen Sirup«, ehe er seinen Satz beendet hatte, ging ins Badezimmer und ließ ihn mit einem langen, fragenden Blick zurück.

Ganz plötzlich interessierte er sie nicht mehr. Sie dachte über den gewaltigen Widerspruch in sich selbst nach, kam dem Kern aber niemals näher. Daß eine Sache so große Extreme im Gefühlsleben hervorrufen konnte, war und blieb ein Rätsel.

Es war wohl die einzige Handlung, die man zur selben Zeit als unwürdig oder auch als unvergleichlich schön erachten konnte. Was war »das«? Es gab ein Wort mit f, das wie die Reparatur von armiertem Stahlbeton klang. Dann gab es ein Wort mit b, das sich wie Teigklumpen anfühlte und nach Mehl auf der Zunge schmeckte. »Lieben« – oder »make love«, wie sie hier sagten – hieß vielleicht, den Mund ein wenig voll zu nehmen. Liebe bedeutete doch so viele andere Dinge. Ein Wort mit g klang nach weißen Kitteln und Diagnosen. »Miteinander ins Bett gehen« war milde gesagt ungenau. »Ein Verhältnis haben« – war das nicht etwas, was nur Juristen konnten?

Das konnte kein Zufall sein, dachte Bis und hielt den Kopf dem kalten Strahl entgegen, daß man kein geeignetes

Wort für einen Akt hatte, der für die weitere Existenz der Menschheit so entscheidend war. Dann fiel ihr der permanente Wassermangel auf der Insel ein, und sie drehte den Hahn zu.

Sie ging ins Zimmer und trocknete sich ab. Die schlimmste Hitze hatte sich gelegt. Sie schaltete den Ventilator aus. Er blieb langsam stehen. Sie folgte ihm mit den Augen, bis er schließlich ein letztes Klicken von sich gab und eine halbe Umdrehung rückwärts lief. Es war wie ein alter Freund, der sie verließ.

Draußen war es ganz still. Sie ging zum Fenster und öffnete die Läden. Es waren auch keine Menschen zu sehen. Nicht einmal die Brandung hatte Lust, sich zu rühren. Der Strand lag im Schatten des Maroon-Berges. Sie hörte ein schwaches Geräusch aus der Küche des Hotels. Sie waren dabei, die abendliche Freßorgie vorzubereiten.

Auf dem Tisch lagen unberührt die Notizen von ihrem Ausflug nach Christiansted. Ihr Eifer und ihre Spannung lagen auch irgendwo in diesem Haufen versteckt, nach den Aktivitäten der letzten Tage und Nächte auf dem Laken und an der Minibar. Auch die Angst. Vielleicht war das Ganze bloß etwas, was sie sich vorgestellt hatte. Neben den Papieren und Büchern lag ein kleiner geöffneter Umschlag mit einem gelben Brief darin.

Es war fünf Uhr, und sie traf eine Entscheidung.

Ein abendliches Treffen mit dem Ort, an dem die Pläne über den Sklavenaufstand von 1759 aufgedeckt worden waren, die Reste von Bagges Plantage etwas außerhalb von Christiansted besuchen, die Stimmung einer Revolution erspüren, aus der niemals mehr geworden war als eine Randnotiz. Die vagen Pläne wurden aufgedeckt, und dreizehn Schwarze wurden mehrere Tage gefoltert, bis sie starben, weil sie einen Aufstand in Erwägung gezogen hatten.

Das eigentliche Drama sollte in der Grausamkeit der Dänen bestehen. Daran war sowohl deren Angst nach dem blutigen Sklavenaufstand auf St. Jan einige Jahre zuvor schuld wie auch die Aussicht, die Goldgrube zu verlieren, zu der sich die Zuckerindustrie auf St. Croix allmählich entwickelt hatte.

Bis warf einen schnellen Blick auf ihr Scheckkonto und bestellte sich ein Taxi.

Dann steckte sie den Fotoapparat, einen Bleistift und ein paar lose Blätter in eine kleine Tasche, warf sie sich über die Schulter und verschloß die Tür.

»Ich habe mir so gewünscht, daß Sie es wären, Miss«, sagte Charles E. Hamilton und lachte, und Bis erinnerte sich mit Freude an ihre erste Taxifahrt.

»Ja, gerne, natürlich«, sagte Hamilton und nickte, während sein Fahrgast erklärte, was sie gerne sehen wollte. Aber sie konnte ihm anmerken, daß da irgend etwas war, was er gerne erzählt hätte, deshalb brach sie ihren Redefluß ab und fragte ihn, ob er bessere Vorschläge hätte.

Charles E. Hamilton erinnerte sie daran, daß das »E« für Ebbesen stand, mit allem, was das an interessanten Verbindungen für eine junge Forscherin beinhaltete. Er erinnerte sie auch daran, daß sein Großvater seine Freiheit unter der dänischen Familie Bülow erhalten hatte, ob sie nicht lieber die Überreste dieser Plantage sehen wollte und ob sie nicht mit zu ihm nach Hause kommen wollte, um etwas zu sehen, das sein Vater aufgehoben hatte und das wegzuwerfen er nie übers Herz gebracht hatte, auch wenn Mrs. Hamilton ihn oft gebeten hatte, sich von dem alten Plunder zu trennen.

Bis zögerte, nickte dann und ärgerte sich ein wenig. Gerade Gesellschaft hatte sie heute abend vermeiden wollen. Sie hatte sich doch in sich selbst vergraben, in Einsamkeit baden und einen der kleinen Abschnitte, die ihre Diplomarbeit zu etwas Besonderem machen sollten, schreiben wollen. Eine kleine Formulierung hier und da, nichts, was viel Platz an Zeilen einnahm, aber im Bewußtsein: Sie war an Ort und Stelle gewesen. Der Stoff hatte Fleisch und Blut bekommen. »Vom Höhenzug bei Bülowsminde kann man sehen ... Auf Søren Bagges Plantage saß der begriffsstutzige Farbige Cudjo und sah nach allen Seiten ...« und so weiter.

»Danke, Charles, ich komme sehr gerne mit.«

Das Auto rumpelte davon, von einem Ort zum anderen, das Taxameter war ausgeschaltet, die Unterhaltung im Gang. Dann wurde es plötzlich Abend.

Die Sonne verschwand zwischen zwei Atemzügen, und die Dunkelheit kroch mit einem gedämpften Schlag herein. Charles rauchte, sie konnte die Glut von seiner Zigarette in der Dunkelheit sehen. Seine weißen Zähne leuchteten, wenn er sprach. Mehr und mehr Zeit verging zwischen den Sätzen. Es war, als ob seine Stimme tiefer geworden war. Er sprach auch langsamer. Ihre eigene Stimme veränderte sich auch. Sie standen beide und holten Luft. Sie stand dicht bei den Ruinen, die schwach vom Mond und den Sternen beleuchtet waren. Sie konnte ihn als Silhouette sehen und das Auto als einen schwarzen Klumpen, fünfzig Meter entfernt. Schließlich sagte keiner von ihnen mehr etwas.

Sie spürte einen Luftzug in einem kleinen Streifen an der Seite des Halses, er ging am Ohr vorbei hinauf und blies auf die glühendheiße Kopfhaut. Der Passatwind hatte sich während des Abends erhoben, eine erfrischende Kühle strömte vom Meer herauf über die Höhenzüge und durch ihren Kopf, ihre Augen wurden in der Nacht größer und größer und die Gedanken schärfer und schärfer.

Als sie schließlich wieder zu Hause in ihrem Hotelbett lag, mit einem Glas kaltem Wasser und einer Zigarette, stand alles klar vor ihr. Sie hatte einen Coup gelandet. Nichts Geringeres. Sie sah Lektor Møller vor sich. Dann begann es in ihr zu brodeln.

Die nächsten drei Tage blieb Bis im Hotel, während die Ventilatorflügel ihre ungleiche Melodie sangen.

Draußen schien die Sonne.

Bis hatte angefangen, sie zu hassen. Sie hatte beschlossen, daß es ihr nicht gelingen sollte, ihren Intellekt zu verzehren. Vom frühen Morgen an hörte sie die Badenden blödeln und plappern, und sie erinnerte sich an Direktor Jørgen Lillelunds Verachtung.

»Der Mensch ist dazu geschaffen, sich auf seinen Beinen zu bewegen, nicht dazu, herumzuplanschen wie ... Kröten!«

Es gab Unterschiede zwischen den Leuten in Westindien.

Auch wenn Bis erst seit neun Tagen hier war, spürte sie eine besondere Art von Verbundenheit. Als Kind geboren auf St. Thomas. Dieses kleine Ereignis bedeutete mehr als zwanzig Jahre mitten im Leben. Sie war nicht richtig fremd hier. Sie fühlte sich weit entfernt von den Touristen, irgendwo dicht bei den eingeborenen Weißen.

Vielleicht ging es um Würde, dachte sie.

Da waren die, die Meeresschildkröten spielten und durchgedreht in der Sonne umfielen. Die, die nach dem dritten Drink auf der Terrasse hysterisch lachten und der Hüftdrehung einer Eingeborenen entlang der Bartheke folgten. Die, die immer Oberwasser hatten, das Wetter genossen und stöhnten: »Nein, wir haben auch heute keine Lust, Zeitung zu lesen.«

Da waren die, die mit Fotoapparaten über dem Bauch und idiotischen Hemden herumliefen, die sie zu Hause nicht im Traum anziehen würden. Dann waren da noch die, die gesund aßen, einen breitkrempigen Hut trugen, zwei Stunden mitten am Tag ruhten und weiterarbeiteten.

Der Unterschied war haarfein. Die Touristen kannten ihn nicht. Die Westindies enthüllten ihn nicht. Aber er war da, dachte Bis und lehnte sich einen Augenblick zurück, während es ihren Körper wieder vor Freude durchzuckte, als sie eine kleine Sammlung vergilbter Papiere ansah, die auf dem Tisch lag und mit einer Schnur zusammengehalten wurde.

Wasser und Zigaretten. Brot und Wasser. Sandwich mit magerem Schinken und Wasser. Wasser und Schokolade. Ein einziges Mal am Abend runter zum Strand, die Zehen in salziges Meerwasser, schau, wie rein sie in der Dunkelheit leuchten, wieder hinauf, ehe die Nacht zu unheimlich wurde, einen großen Bogen um die Terrasse des Hotels, wo die Steeldrums mit ihren immer härteren Rhythmen spielten.

Es war zehn Uhr vormittags. Es klopfte an der Tür. Bis stellte ihre Kaffeetasse ab und ging öffnen.

»Hallo. Alles in Ordnung?«

Nick S. Pointdexter. Auf dem Weg von Gebäude A nach Gebäude B via Küche mit sauberer Wäsche, einem Lieferschein und einem verzaubernden Lächeln für alle Gäste, die ihm auf seinem Weg begegneten. Unmöglich, ihm böse zu sein. Sie schaute ihn von oben bis unten an und bekam zu ihrer eigenen Verwunderung wieder Lust, ihn zu umarmen.

»Wir kennen uns doch überhaupt nicht«, sagte sie.

»Die Sklaverei wurde 1846 von dem bekannten Generalgouverneur Peter von Scholten aufgehoben«, sagte er im Tonfall eines Fremdenführers und mit einem abwesenden Blick, der sie zum Lachen brachte.

»Dem Gehirn tut es gut ...«

Plötzlich klang auch er schüchtern.

»Ich habe heute abend frei. Ein kleines Restaurant in Christiansted etwas später?«

Sie zog ihn ein bißchen in die Diele herein, küßte ihn auf die Wange. Dann wurde sie rot und fand plötzlich, daß er das Ganze zu leicht nahm. Gleichzeitig spürte sie, wie sie reagierte und verbarg ihre Verlegenheit in seinem Hemdenärmel. Schließlich erinnerte sie ihn daran, daß sie dabei war, eine Diplomarbeit zu schreiben, und flüsterte, daß er daran denken sollte, seine Arbeit zu erledigen.

Ein kleines zärtliches Gefühl in der Herzgegend, die Tür von innen schließen, den Riegel vor, warum sperre ich die Liebe immer aus? Gleichzeitig bekam sie Angst, als sie sich an ihn drückte.

Den Kopf in die Hände gestützt, dann wieder die Papiere. Eine Sütterlin-Handschrift von 1759, die manchmal unleserlich war.

Gestern abend hatte Charles E. Hamilton sie zu sich nach Hause eingeladen. Frau Hamilton schaltete den Fernseher aus und machte Tee, und Bis saß geduldig da und wartete in der Stille. Frau Hamilton sah sie lange an, ohne etwas zu sagen. Dann ging sie und kam eine Sekunde später mit einem geblümten Kleid wieder, das sie im Ausverkauf für zwei Dollar und fünfundvierzig Cent gekauft hatte, finden Sie, daß es schön ist, Miss Hagensen? Während Herr Hamilton in einem angrenzenden Zimmer herumwühlte und ihnen ab und zu etwas zurief.

»Wo hast du es hingelegt?«

»Was? Kümmern Sie sich nicht um ihn, Miss Hagensen ...« Schließlich fand er es.

Bis taten vom Zusammenkneifen der Augen die Nackenmuskeln weh. Es waren über zwanzig Seiten mit verschnörkelten Buchstaben, die ineinander griffen, übereinanderfielen und manchmal mit dem porösen Papier eins wurden.

Es zuckte in ihr, jedes Mal wenn sie ein Rätsel gelöst hatte. Es gab kleine, es gab große Rätsel, jetzt kam etwas richtig Interessantes. Ihr Herz begann schneller zu schlagen, sie griff nach noch einer Zigarette, begnügte sich aber damit, sie unangezündet im Mund zu halten.

»Kurz... vor Weihnacht wurden auf dem Markt in der Stadt Kaefige... (steht da Kaefige?) aufgestellt. Die Neger-Schlingel sollten darin stehen...«

1759 vollstreckte man die Urteile an den Sklaven, die der Mitschuld an den Plänen, das weiße Regime zu stürzen, schuldig gesprochen worden waren. Der freie Farbige Frank wurde mit einem Eisendreifuß gerädert und lebend aufs Rad geflochten, wo er noch zwölf Stunden lebte. Cudjo wurde bei lebendigem Leib verbrannt. Er atmete vier und eine halbe Minute im Feuer. Georg wurde mit glühenden Zangen gezwickt und erhängt. Mikkel wurde in einen Eisenkäfig gesteckt und atmete noch einundneunzig Stunden. Jacob wurde in einen Eisenkäfig gesteckt und lebte vom 18. Januarii nachmittags um 3½ gar bis zum 27ten morgens um 8½.

All das wußte man aus den existierenden Quellen. Die Schreiber des Stadtvogts Hesselberg hatten genauestens notiert, wie viele Minuten die Farbigen während der Tortur noch am Leben waren.

Als die Plantage der Pflanzerfamilie Bülow am 4. März 1878 Konkurs machte, ging der Großvater von Charles E. Hamilton durch die leere Pflanzerwohnung, eher um der alten Freundschaft willen. Dabei fand er ein kleines Heft, das in einem Bücherschrank vergessen worden war. Es waren Teile aus Frau Amalie Møllers Tagebuch aus den Jahren 1753 bis 1760, die auf irgendeine Weise eine Anzahl von Umzügen und Pleiten überlebt hatten.

Die Urteile von Christiansted waren ein Schandfleck in der dänischen Historie auf den Westindischen Inseln. Sie wurden lange Zeit nachdem sich die Kolonialmächte dafür ausgesprochen hatten, den Sklaven bessere Bedingungen zu geben, vollstreckt. Und sie waren von einer Grausamkeit, die jede Phantasie überstieg.

Die weiße Bevölkerung war wütend und voller Angst. Große Gruppen versammelten sich vor den Eisenkäfigen in Christiansted und verspotteten und verhöhnten die Schwarzen.

Bis saß vor einem Augenzeugenbericht.

Die nächsten beiden Tage saß sie wie eingebunkert mit vollen Aschenbechern und im ganzen Zimmer verstreuten Papieren, während die Sonne den Touristen am Strand das Gehirn briet.

An einem frühen Morgen, als die Sonne begann, das Karibische Meer im Osten zu erhellen, war die Diplomarbeit fertig.

Sie setzte den letzten Punkt, ließ den Bleistift fallen, massierte sich die schmerzenden Finger, streckte sich in der Sonne nach hinten und seufzte befreit auf.

Hundertzehn Seiten über den Sklavenaufstand im Jahre 1759, aus dem nie etwas wurde, über das tägliche Leben in den Pflanzerfamilien, persönliche Beobachtungen von den kleinen Exkursionen rings herum in alten Plantagen und in den Regenwaldbergen, Konklusionen sowie ein achtseitiger Auszug aus einem bis dato unentdeckten historischen Material, ein einzigartiger Bericht aus erster Hand, Kopie des Originals beigelegt, Amalie Louise Møllers Tagebücher aus der Zuckerrohrplantage »Die Hoffnung«, Dronningens Quarter Matrikel Nr. 43, 1753–60, bitte sehr, Lektor Møller.

Bis hatte vergeblich versucht, sich Amalie vor ihrem geistigen Auge vorzustellen. Vielleicht war das Ganze einfach zu überwältigend.

Aber ansonsten war sie der Pflanzerfrau mit großem Vergnügen zu Teegesellschaften bei der Aristokratie der Insel gefolgt. Sie war bei einer Abendgesellschaft beim Generalgouverneur von Prøck dabeigewesen und hatte die endlose Reihe von Namen gelesen, die Amalie Louise Møller wichtig fand.

Es standen nicht viele persönliche Anschauungen im Tagebuch, es waren eher Aufzählungen von Ereignissen, Tatsachen, Namen, Daten sowie Darstellungen dessen, was ihr Mann machte. Bis schätzte, daß er neben seinem Pflanzerdasein Offizier in der Leibschwadron des Königs oder etwas in der Art gewesen war.

Aber ab und zu fanden sich kleine Zeichen dafür, daß es ein Mensch war, der da schrieb. Zum Beispiel, als sich die Tagebuchschreiberin dazu bekannte, in die Stadt fahren zu wollen, um sich die verurteilten »Neger« anzusehen.

Die Hinrichtungen dauerten einen ganzen Monat. Den ganzen Januar konnte das Bürgertum aus Beamten, Pflanzern, Offizieren und freien Farbigen auf den Marktplatz in Christiansted gehen und zusehen, wie es Sklaven erging, die auf Freiheit sannen. Sie saßen in kleinen Eisenkäfigen und wurden lebendig gebraten.

»...wie sie dort saszen, aenelten sie ratlosen Kakerlaken«, schrieb Amalie munter, und Bis faszinierte es immer mehr, wie sie allmählich Einblick in den emotionalen Aspekt dieser einzigartigen Quelle erhielt.

Details über den Alltag mußte man aus einzelnen Worten schließen oder zwischen den Zeilen lesen. Der Schulgang des Jungen bei einem Teilzeithausleher namens Dawson, die Höhe des Haushaltsgeldes, die Mühe, gute Küchenmädchen zu bekommen, doch, die Farbige Eva war eine gute Nanny, der kleine Christian wuchs und gedieh an ihrer Brust.

So langsam zeichnete sich ein Bild von der kleinen Familie ab. Das wichtigste war das Geld und was man dafür kaufen konnte. Wichtig war auch, was die anderen Pflanzerfamilien von einem hielten. Von großer Bedeutung außerdem, mit wem man zusammen gesehen wurde.

Dann war da die Furcht vor den Schwarzen. Neunzig Prozent der Inselbevölkerung waren Schwarze oder Farbige. Die ganze Zeit eine lauernde Angst vor Plantagenbrand und zischenden Zuckermessern in der Nacht.

»... damit es uns nicht so ergehen moege wie auf St. Ian vor Jahren, der Herr schaue auf uns Arme...«

Dann war da noch die Furcht vor todbringenden Krankheiten. Amalie selbst verlor zwei Kinder allein in dem Zeitraum, den das Tagebuch behandelte, und gar nicht so selten erzählte sie von dramatischen Niederkünften der anderen Pflanzerfrauen, von Kindern, die starben, manchmal aber auch überlebten.

Die Dänen waren eine starke Minderheit. Sehr wenige Freunde der Familie waren Landsleute, und die Umgangssprache war Englisch, die Kinder wurden auf englisch unterrichtet. Oft standen ganz einfach englische Worte mitten im Satz.

Bis schloß das Ganze im Tresor in der Diele ein, gähnte viermal hintereinander und fiel glücklich ins Bett.

Das Personal des Hotels war professionell. Sie waren an seltsames Verhalten gewöhnt – zum Beispiel hatten sie Miss Hagensen from Copenhagen jetzt neun Tage beherbergt. Deren finanzielle Wirklichkeit hatte in den letzten arbeitsreichen Tagen nichts zu melden gehabt. Es war doch weiß Gott niemals so gedacht gewesen, daß sie neun Tage im Luxuszimmer wohnen sollte. Drei, vier Tage konnte sie sich leisten, dann hatte sie sich eigentlich irgendwo eine billige Kammer mieten und selbst für das Essen sorgen wollen.

Sie schloß die Augen, als sie die Rechnung sah. Aber andererseits: Die Diplomarbeit war fertig, mußte nur noch abgetippt werden. Sie konnte nach Hause fahren!

Aber dann überkam es sie plötzlich wieder.

Es war fast so wie beim Räumen einer Wohnung. Das Zimmer hatte ihre eigene persönliche Prägung erhalten, mit kleinen Muscheln und Steinen vom Strand, Blumenablegern, Miniaturflaschen mit Cruzian-Rum und ein paar Zeichnungen, Stadtplänen und Fotografien, einem Tropenhelm und einem Zuckermesser.

Als sie mit zitternden Händen zum letzten Mal die Tür von außen absperrte und mit ihren Koffern und Taschen, die sie kaum mehr heben konnte, dastand, war es, als begänne sie von vorne.

Fünf Fragen.

Sie stellten sich selbst, erfüllten den ganzen Kopf und machten ihr angst und verwirrten sie. Fünf konkrete Fragen nach einem Mann, einem Anwesen, einer internen Buchhaltungsnummer, einem Schatten in Christiansted und einem Todesfall vor langer Zeit. Über diesen schwebte das ewige »Wer bin ich?«. Hagensen? Sloth Nielsen? Bisserchen? Anne-Birgitte?

Sie hatte das Gefühl, daß sie dabei war, einen klassischen Fehler zu begehen. Die Menge an Fragen überwältigte sie beinahe. Eins nach dem anderen. Genauso wie bei der Diplomarbeit. Wenn man ruhig und beharrlich arbeitete, kam man zum Kern. Daß es zu Beginn unüberschaubar aussah, bedeutete nur, daß an der Sache etwas dran war.

Zum Beispiel bekam sie die Antwort auf eine der Fragen ganz zufällig, als sie sich mit den Koffern hinab in die Eingangshalle gekämpft hatte.

»Nein!«

Die eingeborene Frau hinter der Rezeption sah ernst aus. Bis schaute überrascht.

»Ich lasse es nicht zu, daß Sie uns verlassen.«

Dann kamen im Gesicht der Rezeptionistin alle Zähne zum Vorschein, und sie lehnte sich nach vorne und küßte Bis auf die Wange.

»Ich bin so froh gewesen, Sie hier zu haben. Ich bin mir sicher, daß Nick Sie in die Stadt fahren will. Wo werden Sie wohnen? Warten Sie einen Augenblick.«

Die Rezeptionistin schlug im örtlichen Telefonbuch nach. Währenddessen setzte Bis sich. Sie war gerührt, und es tat ihr leid, aber da war nichts zu machen. Das Scheckheft hatte gesprochen.

»Wem gehört dieses Hotel hier?«

Die Rezeptionistin wartete mit dem Telefon in der Hand, dann deutete sie mit einer kleinen Kopfbewegung auf einen etwa fünfzigjährigen Mann, der gerade den Gang entlangkam.

Bis brauchte nicht lange zu überlegen. Er war ganz der Vater. Sie kroch tiefer in das Sofa hinein. Er sprach ein altmodisches Dänisch mit deutlicher Aussprache aller Silben und einem eindeutig amerikanischen Tonfall.

»Niels Sehested, guten Tag. Ich höre, daß Sie uns verlassen.«

Alte Tagebücher waren offenbar ihr Schicksal geworden. Sie lag wie hingegossen auf ihrem Bett im ersten Stock einer Pension im schwarzen Teil von Christiansted und las.

Die Rezeptionistin, die sich geweigert hatte, sie gehen zu lassen, beschaffte ihr für billiges Geld ein Zimmer bei ihrer Tante, der sie von der netten jungen Dänin erzählt hatte, die gerade ein Buch über die Inseln und die Sklaverei schrieb. Bis konnte sich angesichts des Unterschieds ihrer beiden Unterkünfte ein Lächeln nicht verkneifen.

Die Tapete war an mehreren Stellen zerrissen, die Tür mußte man auf eine bestimmte Weise anpacken, ehe sie schloß, das Waschbecken im Gang war rissig, und das Bett aus Eisen. Vom Fenster ging die Aussicht auf einen Hinterhof mit einem Autowrack und Wäsche auf der Leine, dahinter erhob sich Recovery Hill, grün und üppig.

»Paß auf dich auf. Die Kriminalität ist hoch in dem Viertel«, sagte ihr junger Lover, dem sie gleichzeitig zu verstehen gab, daß es am besten wäre, wenn er sich ein nettes Mädchen seines Alters suchte.

Die Kriminalität wird in neunzig Prozent der Fälle von Farbigen begangen, hieß es in der Broschüre. Da stand aber nicht, daß fünfundsiebzig Prozent der Bevölkerung Farbige waren, dachte sie und ahnte dieselbe Wand zwischen Weißen und Farbigen, die es immer gegeben hatte, bloß war sie jetzt durchsichtig geworden.

Sie streckte sich und wollte nach draußen, um etwas Obst und Brot auf dem Markt in der Nähe für ihr Abendessen zu kaufen. Nach den Orgien an den Selbstbedienungsbüfetts in Carambola Beach war sie in ihrer Essenswahl beinahe asketisch geworden.

Sie packte die Tür und schloß sie mit aller Kraft, versuchte dann, sie abzusperren. Es ging nicht. Sie hielt kurz inne. Dann dachte sie, was war eigentlich wichtig, wenn man es genau nahm? Sie nahm die Dokumente und die Diplomarbeit mit und beschloß, sie in irgendeinem Bankschließfach in Sicherheit zu bringen.

Die knarrende Treppe hinunter, einem schüchternen Kind, das den Kopf aus einer Schürze in der Küche im Erdgeschoß herausstreckte, eine Grimasse schneiden, hinaus auf die Straße, die im Schatten lag.

Es gab zwei Marktplätze in Christiansted. Der eine lag beim Fort und den Hotels am Hafen. Der andere befand sich hier, im südwestlichen Teil der Stadt, außerhalb der Touristenwege, hier gab es nichts zu sehen. Hier wohnten die Farbigen.

Bis fand einen Apfel und eine Ananas, wog sie in der Hand und bezahlte. Zwei Männer, etwa zwanzig und dreißig Jahre alt, mit Hüten und Zahnstochern im Mundwinkel, standen an eine Hausmauer gelehnt und betrachteten sie. Es kam kein Pfiff. Auch keine Anzüglichkeit. Bis spürte keine Blicke die Schenkel hoch, hörte kein Flüstern, spürte nur Abstand. Sie schaute auf die Gemüsefrau. Die Gesichter der Einheimischen waren nicht unbedingt unfreundlich. Es war wie mit der Rezeptionistin im Hotel. Oder mit Bauern auf dem Land in Dänemark. Es strahlte einfach aus ihnen heraus, ohne Vorwarnung. Wenn es strahlte.

Die Frau am Gemüsestand nahm mürrisch das Geld entgegen und begann ihre Sachen einzupacken. Sie rief nach einem vierzehnjährigen Jungen, der mit ein paar Freunden auf der anderen Seite der Straße stand. Er antwortete nicht. Ein Lastwagen kam angeklappert, vier Gemüsestände wurden festgezurrt, die Hände taten automatisch die immer gleichen Handgriffe, dieselben Bretter, Beschläge, Kisten auf die Ladefläche, dieselben schwarzen, rotgeäderten Augen, die Schillinge in der Pappschachtel, es war, als ob die Armen einfach Geld tauschten.

Die Sonne schien auf den kleinen Marktplatz, der gerade geräumt wurde, ansonsten lag das Viertel im Schatten des Berges südöstlich der Stadt.

Sie kam einen Moment zu spät zur Bank, die Tür wurde ihr vor der Nase verschlossen, wieder mit einer etwas unfreundlichen Miene. Sie schaute über den Marktplatz. Überall flog Papier herum, an den Fensterläden fast aller Häuser war die Farbe abgeblättert, viele Anbauten waren aus Blech, in einer Ecke liefen Hühner umher, zusammen mit freilaufenden Hunden.

Dann war da plötzlich einer, der mit kaltem Bier und einem breiten Grinsen locker daherkam.

»How sweet it is to see you, man.«

Er reichte die Dosen zwei Freunden, die sie mit Zigaretten im Mundwinkel entgegennahmen. Sie fingen an, sich ein bißchen wegen einer Arbeit zu streiten, die heute hätte fertig sein sollen, oder morgen, oder überhaupt nicht. Dann schnappte sich der eine eine Tonne, drehte sie auf den Kopf, nahm sie zwischen die Beine und fing an, auf sie einzuschlagen, die Knöchel auf den Deckel, eine flache Hand auf der Seite. Die Hand öffnete und schloß sich, schlug an verschiedenen Stellen und variierte den Ton ins Unendliche. Einer begann zu singen, weitere gesellten sich dazu, Bier wurde verteilt, die Gemüsefrau, die Bis bedient hatte, zeigte ihre großen Zahnlücken, ihr Sohn schob das Fahrrad hinüber und sagte etwas zu ihr.

Ein junger Mann zog den Pullover aus und begann im Takt zur Musik mit zwei leeren Flaschen zu jonglieren. Bis folgte seinem Oberkörper mit den Augen. Einer warf ihm eine dritte Flasche zu.

Bemerkungen flogen durch die Luft, zwei Hunde schnappten nacheinander. Der Bankangestellte kam heraus und schloß ab, zwei Farbige riefen ihm etwas zu, er antwortete, und sie lachten laut.

Bis ging. Es war, als ob ihre Erlaubnis zur Beschau abgelaufen sei. Sie spazierte die vierzig Meter die Straße entlang, zum Tor hinein, die Treppe hoch, aß etwas und legte sich wieder mit dem Tagebuch der Mutter hin.

Die alte Furcht schlich sich wieder bei ihr ein. Es war, als ob sie die ganze Zeit den eigentlichen Zweck dieser Reise verdrängt hätte.

Jetzt war es mit erneuter Kraft zurückgekommen.

Ihre Augen glitten die Zeilen hinab. Die Handschrift der jungen Frau Hagensen war trotz allem leichter zu lesen als die der Pflanzerfrau. Sie wollte eigentlich schnell zum Kern der Sache kommen, aber sie verlor sich dennoch in den Beschreibungen von ihr selbst als Kind, die Freude, die sie in die kleine Familie gebracht hatte, die so weit weg von zu Hause war. Sie träumte sich zurück in eine Zeit, in der sie Hauptperson gewesen war, die sie aber nicht kannte, starrte in die Luft, lächelte und wurde sentimental und las weiter. Fast jeder einzelne Tag war ein prachtvoller Tag gewesen, den die junge Frau Hagensen auf ewige Zeit in ihrem Herzen tragen würde.

Auf der letzten Seite stand es. Das Tagebuch hörte am 8. Dezember 1932 auf. Eine Tour mit dem Boot die fünfundvierzig Seemeilen von St. Thomas zur Abendparty auf St. Croix bei Vaters Geschäftspartner. Keine Namen, komischerweise, Frau Hagensen war ansonsten genauso versnobt wie die Pflanzerfrauen des 18. Jahrhunderts. Sie zählte normalerweise jedes Mal, wenn das junge Paar bei irgendeiner Abendparty gewesen war, die ganzen Namen der Honoratioren auf.

Die letzte Zusammenkunft fand auf der Plantage Amalienlust statt, das hatte Frau Hagensen wohl im Boot sitzend notiert, denn sie beschrieb die fliegenden Fische und die Sonne, die sie auch für den Rest ihrer Tage nie vergessen würde, und dann endete das Tagebuch mit dem Wort Amalienlust.

Sie riß den Ordner mit all seinen Papieren auf und wühlte in ihm herum.

Dann fand sie einen kleinen gedruckten Text, den sie zum Glück hineingestopft hatte, ehe sie aus dem Hotel ausgezogen war. Er hatte in der Schreibtischschublade im Zimmer gelegen, eine Art Touristeninformation.

Das Hotel Carambola Beach war auf der alten Zuckerplantage Amalienlust gebaut worden.

Amalienlust war die Plantage der Familie Arndt-Sehested.

Ihr Vater und ihre Mutter waren zur Abendparty auf dem Anwesen gewesen, wo sie neun Tage gewohnt hatte.

Ihr Vater war in den Wellen vor dem Strand umgekommen, an dem sie gestanden und die Sterne betrachtet hatte.

Bis legte sich wieder auf das Bett und atmete schwer. Es begann dunkel zu werden, sie hatte den ganzen Tag fast nichts zu essen bekommen und immer noch keinen besonderen Appetit.

Wie dumm konnte man sein? Sie hätte doch einfach, gleich als sie angekommen war, nachfragen können, wem das Hotel gehörte. Sie hätte in die Aufzeichnungen ihrer Mutter schauen können, dann hätte sie es gewußt.

Und dann fiel ihr noch etwas ein und machte ihr eine Gänsehaut. Auf einmal wurde ihr alles klar.

»Selbstverständlich. Zu keiner Menschenseele.«

Sie sah Nicks offenes, ehrliches Gesicht vor sich. Selbstverständlich würde er keiner Menschenseele erzählen, was sie in benebeltem Zustand nach einem stürmischen Abend und mit Jetlag gesagt hatte. Selbstverständlich nicht.

Aber er hatte es dennoch getan. Er rannte selbstverständlich direkt zu seinem Chef und erzählte ihm, daß unter den Gästen eine dänische Frau war, die in ihrem Rausch fabulierte.

Niels Sehested konnte rechnen. Sie konnte an seinem Lächeln erkennen, daß er zweiunddreißig von einundsechzig abziehen konnte. Dieses Lächeln. Sie sah sich auf einem Schloßhof auf Fünen ankommen, hörte das Plopp der Gummireifen auf dem Kopfsteinpflaster, erinnerte sich daran, wütend auf sich selbst gewesen zu sein, zu spät zu kommen, danach wütend darüber, gedemütigt zu werden.

Dann erinnerte sie sich, wie sie sich gegenüber von Sehested als jemand anders ausgegeben hatte ... sich auf die Schnelle den Mädchennamen ihrer Mutter schnappte, um ihn keinen Verdacht schöpfen zu lassen. Sie schüttelte den Kopf. Jetzt kannte sie die halbe Insel als Miss Hagensen.

Das Tagebuch der Mutter nannte noch einen Umstand mehr, der ihr Herz noch härter schlagen ließ: Sie wollten damals einen Geschäftspartner des Vaters besuchen. Welche »Geschäftspartner« hatte ein jüngerer Buchhalterassistent der Westindischen Kompagnie? Der Idiot sollte doch wohl bloß seine Arbeit tun?

Bis schlug mit der Hand auf die Matratze und atmete schwer. Am liebsten hätte sie alles hingeworfen. Sie spürte einen starken Widerstand, eine Mauer gut etablierter Menschen mit ihrem ganzen historischen Hintergrund, von denen ihr schlecht zu werden begann.

Was machte sie hier? Es würde doch sowieso nichts ändern, egal wie es ausging.

Dennoch wußte sie, daß sie nicht aufhören konnte. Es war zu spät. Es würde sie auf ewige Zeit plagen, wenn sie auf halbem Weg aufgeben würde.

Das Problem war, daß sie Angst hatte.

Sie begann wieder zu zittern, und ihr stiegen Tränen in

die Augenwinkel. Wenn sie so leicht eingeschüchtert werden konnte ... ja, wovon? Genau gesehen von nichts, ein Name auf einer Plantage, ein paar Augen, ein Verdacht, wenn sie von dem so leicht eingeschüchtert wurde, wie sollte sie da weitermachen?

Sie sah von Arndt-Sehested junior vor sich, wie er dastand, als sie sich in der Eingangshalle begegneten. Leicht gespreizte Beine, ein kleines Lächeln, aber täusche dich nicht.

»Ich habe Ihren Vater auf Fünen besucht«, sagte sie zu seiner offenkundigen Überraschung. »Ich wollte auch diese Perspektive kennenlernen ... die Dänen und die Inseln, damals und heute, der Flügelschlag der Geschichte«, hatte sie gesagt und mit der Stimmführung Anführungszeichen um die letzten Worte gesetzt.

Das war nicht nur Überraschung gewesen, wurde ihr jetzt klar, während sich die Härchen an den Unterarmen aufstellten. Das war Verstellung gewesen. Sie sah wieder seine Augen vor sich. Das waren nicht die Augen eines Mannes, der eine Überraschung erzählt bekam. Das waren die Augen eines Mannes, der eine Überraschung vortäuschte. Eines Mannes, der etwas verbarg.

Sie wußten alles. Kannten den genauen Zweck ihrer Reise. Bis zündete sich eine Zigarette an. Die Glut leuchtete. Bald würde es ganz dunkel sein. Sie hatte nicht einmal Lust, die lose hängende Birne an der Decke anzumachen.

Dieses ewige Auf und Ab. Ganz egal, was sie machte, es wurde immer ein Drama daraus. Ihre Diplomarbeit mußte natürlich eine Tour auf die andere Seite des Erdballs beinhalten. Warum hatte sie ihre Diplomarbeit nicht über das Armenwesen auf Fünen in den 1880ern geschrieben? Den einen Tag war sie tollkühn, geriet mit allen Menschen in Streit, glaubte, daß sie mit ihnen allen fertig würde, am nächsten Tag brach sie heulend zusammen. Sie wünschte sich ernsthaft, daß sie niemals hergekommen wäre.

Das nächste Ereignis brachte die Dinge wieder ins Lot.

Es war beinahe wie eine logische Folge des Vorangegangenen. Irgendwo ganz tief drinnen hatte sie es gewußt, und es wirkte jetzt geradezu wie eine Erleichterung. In einer eigenartig abgeklärten Ruhe packte sie all die Dinge, die sie noch zusammensammeln konnte.

Sie war von Lärm geweckt worden, ein bullerndes Getöse, das von unten kam, direkt aus der Hölle. Der Traum und die Wirklichkeit glitten für einige Sekunden ineinander. Sie flog hoch oben über dem Atlantik, und es wurde wärmer und wärmer. Sie schlug die Augen auf und sah, daß die Kabine leer war, sie flog allein in den Himmel, während sie darauf bestand, zu erfahren, wo, um alles in der Welt, ihr Drink blieb. Dann kam sie langsam zu sich in einer brennenden Hitze, die ganz anders und unmittelbarer war als die der Tropennacht.

Ihr war augenblicklich klar, was sie zu tun hatte. Zuerst die Dokumente, das war das wichtigste. Was brauchte sie als nächstes? Den Waschbeutel. Unterhosen, Socken, Unterhemden, wieviel brauchte man eigentlich in einem neuen Leben? Das neue Leben mußte kommen, es war bloß eine Frage der Zeit. Es mußte kommen. Das Drama setzte etwas in Gang, das lange unterwegs gewesen war, es war wie eine hilfreiche Hand mitten in all den Zweifeln darüber, wer sie war, was sie hier machte und warum. Irgendwo im Unterbewußtsein hatte sie das die ganze Zeit gewußt. Wenn man die Hölle untersuchen wollte, mußte man selbst mit ihr Bekanntschaft gemacht haben, das war der Dreh- und Angelpunkt jeder wissenschaftlichen Forschung.

Ein Blick zum Fenster hinaus, wie weit konnte man springen, ohne sich zu Tode zu stürzen? Wieviel konnten die Beine aushalten? Die Knöchel? Was geschah, wenn sie brachen? Mußte man dann im Rollstuhl sitzen? Oder heilten sie von selbst? Es ging um Sekunden, und sie verschwendete keine einzige. Ein Griff zur Tür. Ein Blick auf den Treppenabsatz sagte ihr, daß es höchste Zeit war.

Sie hörte ein weinendes Kind und eine Frau mitten im Lärm rufen. Dann warf sie den einen Koffer mit einem ohrenbetäubenden Krachen hinunter auf ein Blechdach. Sie klemmte sich eine Tasche, die mit den Papieren, fest unter den Arm und stellte sich in das offene Fenster. Sie warf einen letzten Blick ins Zimmer, das sich langsam mit Rauch füllte.

Das Klirren von Glas war zu hören, eine Scheibe war zerbrochen, der Rest wurde mit einem Werkzeug herausgeschlagen. Rufe wurden laut. Erwachsene trugen Kinder hinaus, schlafende oder bewußtlose. Über dem Ganzen lag eine eigenartige Stille. Auf der Straße konnte sie flüchtig einen Mann sehen, der ein Mundstück auf einen Hydranten schraubte, dann richtete sich der schlappe Schlauch mit einem Ruck gerade, und das Wasser schlug in dicken Strahlen gegen die Wände und Mauern des Hauses, von Männern gesteuert, die die Füße dagegenstemmen mußten, um das Gleichgewicht zu halten.

Dann sprang sie.

Die Beine leicht auseinander und die Arme zur Seite gestreckt wie Flügel, beschrieb ihr Körper einen Bogen in der Nacht, während es in dem alten Holzwerk im Hinterhaus knisterte und knackte. Der ganze Hof war erleuchtet, und sie hörte laute Stimmen von der Straße, nahm auf einmal Befehle und hektisches Gelaufe wahr. Die anderen Häusergiebel waren orange gefärbt in breiten Rahmen aus angebranntem Schwarz, und Brandgeruch traf ihre Nasenlöcher.

Dann landete sie mit einem Knall auf dem Blechdach, der das Feuer übertönte. Sie glaubte einen Augenblick, daß irgend etwas aufplatzte, was auch so war, aber sie merkte es nicht, weil sie mit der Tasche unter dem Arm weiterlief, als hätte sie einen Schubs bekommen, weiter den Hof hinunter, der gelb und rot wie der Eingang zu einem Nachtklub leuchtete. Ihr Augen standen weit offen, und der Mund bebte die letzten Meter, um den Schmerz abzuwehren, der ihr vom Knöchel über die Schenkel und den Rücken in den Hinterkopf jagte, bis sie umfiel.

Dann waren da die Hände, die ihren Körper mit festem Griff packten, die nackten Füße, die über die Erde geschleppt wurden, die Blitze, die schwächer und schwächer wurden, die Stimmen dicht an ihren Ohren und der schwache nächtliche Umriß einer Männergestalt, die davonschlich und hinter einer Straßenecke verschwand.

Wie – und ob – sie das letzte überhaupt richtig mitbekommen hatte, wußte sie nicht. Das war wieder einer dieser Grenzfälle, wo man nicht wußte, was Einbildung war und was Wirklichkeit.

Recht sicher war sie sich allerdings, daß es regnete. Zum ersten Mal. Schwarze, zerfetzte Wolken glitten in das Licht vom Mond, der ausnahmsweise richtig herum stand. Schwere Tropfen fielen vom Himmel herab, legten sich wie große Puppen in den Staub auf der Straße und kühlten ihre Stirn.

Sie glaubte auch, daß sie für einen kurzen Moment die Augen öffnete, den Gehsteig entlangsah und noch ein klein wenig ihren Alptraum lüftete, während vier Arme ihre Bahre trugen.

How nice to see you!« Die Stimmen füllten den großen Saal des Vereins »Friends of Denmark«.

Bis stand mit dem einen Bein im Eingang, mit dem anderen im Saal, und betrachtete die Menagerie. Sie hatte Lust, eine Bombe mitten in die Heuhaufen von aufgestecktem Haar und glitzernden Juwelen zu werfen. Sie hatte auch Lust, gestreichelt zu werden und Honig um den Mund geschmiert zu bekommen. Sie hatte Lust, schmollend in einer Ecke zu sitzen, sie hatte Lust zu tanzen.

Die nahmen sie überhaupt nicht wahr. Wie tritt man mit Stil zu einer Tür hinein? Seewolf im Fischkasten. Lächeln, entblößte Vorderzähne. Ein gewaltiger Drang, in die Punschbowle zu pinkeln. Lust, schreiend von hier wegzulaufen; Lust, einer Freundin zu erzählen, wie sie sich fürchtete. Einer Freundin. Warum hatte sie keine? Warum hatte sie nie eine gehabt?

»Wie sind Sie nur zugerichtet?«

Die Schrammen und ein kleines Hinken brachten Sympathie. Der Begrüßungsdrink hatte eine sofortige Wirkung. Gefährlich, da sie immer noch Schmerzstiller nahm. Sie erzählte vom Brand, von dem alle in der Zeitung gelesen hatten, nahm eine natürliche Heldenrolle ein, die sie mit Sorgfalt herunterspielte.

»Waren Sie es, die sprang?«

Erzählte laut, so daß sie sicher war, daß alle es hörten.

Brach einen Vorsatz, nachdem sie die Hälfte des Begrüßungsglases getrunken hatte, und meinte, daß sie jemanden gesehen hätte, der davongelaufen war.

Der Wirt, der dänische Konsul und Direktor der Westindischen Kompagnie auf St. Thomas, wendete eine Spur den Kopf, sie sah ihn aus den Augenwinkeln. Innerhalb weniger Sekunden hatte sie die Gesellschaft erobert. Dänische Geschäftsleute, Nachkommen von Dänen auf den Inseln, Lebende und Verstorbene waren zur Stelle, einzelne dänische Honoratioren, neu hinzugekommene Grundbesitzer, amerikanische Ehegatten und Geschäftspartner. Jene, die nicht auf St. Croix wohnten, waren mit dem Flugzeug von St. Thomas und St. Jan gekommen. Es glitzerte in den Kronleuchtern im großen Saal des Gouverneursgebäudes in Christiansted, in den Armbändern und im Halsschmuck und in den Augen der Frauen, die schon beim dritten Aperitif waren, und immer mehr lauschten der Kronzeugin des Dramas in der King Street – oder Kongensgade – in Christiansted.

Gewöhnliche Touristen waren hier keine. Als sie die goldumrandete Einladung erhalten hatte, hatte sie bereits geahnt, daß hier nicht jeder Beliebige willkommen war. Die Einladung war von Senator Frits Lawaetz gekommen, auch »The Bull« genannt aufgrund seiner Façon bei den Parlamentsdebatten und aufgrund seiner erfolgreichen Viehzucht. Er war einer von denen, die noch unter der dänischen Herrschaft geboren worden waren, und in der Einladung lag auch, das spürte Bis, eine Anerkennung ihrer Studien der dänischen Zeit. Den dänischen Westindies fiel es mitunter schwer, ihre Verbitterung darüber zu verbergen, ganz einfach für Geld verkauft worden zu sein. Denken Sie doch nur, mit Menschen zu handeln, Fräulein Hagensen!

Das Interesse, das ihr aufgrund des Brandes entgegengebracht wurde, verschwand, ehe sie es sich versah. Plötzlich gab es etwas anderes, das interessanter war.

»Sie sind! Sie sind doch...«

Es war eine etwa sechzigjährige Dame, die da sprach. Sie kam recht nahe zu ihr hin und starrte sie begeistert an. Ihre Perlenkette glitzerte, sie ähnelte Marlene Dietrich ein bißchen, ihre Augen strahlten, und sie sprach ein Kopenhagenerisch, wie man es in den zwanziger Jahren auf der Classenschen Legatschule getan hatte.

»... Anne-Birgitte, *my God!*«

Die Dame, die sich als Frau Feddersen vorstellte, benahm sich ziemlich frei heraus. Sie hatte ihre Eltern gekannt und sie auch, als sie klein war.

Sie war eine Freundin des Hauses gewesen.

»Ich habe Ihnen die Windeln gewechselt!«

Sie hatte Frau Hagensen geholfen, die Gardinen auszuwählen, die sie in der Main Street auf St. Thomas kauften, Dronningensgade, Sie wissen schon, es war so schwer, bis die Falten richtig fielen.

Bis ließ die Gedanken während ihres Redestroms ein klein wenig schweifen. Wann legte man sich all die kleinen schlechten Angewohnheiten zu, das Zwinkern mit dem einen Auge, eine bestimmte Mundstellung, eine charakteristische Handbewegung und so weiter? Waren das Verteidigungsmechanismen? Reaktionen auf die Situationen von Ohnmacht, die das Leben einem gebracht hatte? In einem alten Gesicht konnte man das Leben lesen. Da bahnte sich eine Scheidung an, da gab es eine Enttäuschung, diese Bewegung kam vom Unvermögen, die Realität zu ertragen, und da hatten wir eine Notlösung, die dauerhaft geworden war.

Frau Feddersen war nicht reich. Das war deutlich. Sie und ihr Mann hatten zur untersten Beamtenschicht während der dänischen Herrschaft gehört. Gendarm mit ein paar Streifen am Ärmel. Als die Inseln verkauft worden waren, wurde ihnen der Teppich unter den Füßen weggezogen. Die Zuckerfabriken, in die sie ein bißchen Geld angelegt hatten, machten Mitte der Dreißiger Pleite. Sie versuchten es mit dem Betreiben von Hotels, der Viehzucht. Hatten feste Jobs für kurze Zeit, ein bißchen in der Westindischen Kompagnie, waren zeitweise arbeitslos. Natürlich hätten sie einfach nach Dänemark zurückgehen können – in ihr Vaterland, wo sie als Kinder einmal in den Sommerferien gewesen waren.

Hier haben wir also die Nachkommen der berühmten dänisch-westindischen Aristokratie, dachte Bis mit einem Blick auf den schmuddeligen Schal und die schlechten Zähne. Dann wurde ihr bewußt, daß ihre Gesprächspartnerin ja eine Zeugin jener Zeit war, die sie interessierte.

»Ich habe neulich Herrn und Frau Lillelund besucht.«

Die Dame schlug die Hände zusammen und sah sie an.

»Sie wohnen in Holte. Es geht ihnen gut«, fuhr Bis fort.

Es war ein Triumph für sie, selbst zur Geschichte beitragen zu können. Aber dann schien Frau Feddersen das Interesse am Thema zu verlieren. Sie zeigte ein klein wenig Unbehagen. All das Gerede über alte Zeiten erinnerte sie daran, wie alt sie schon war. Ihre Augen begannen sich nach anderen Orten umzusehen. Es waren ja auch genügend Menschen zum Begrüßen da. Bis beschloß, es darauf ankommen zu lassen.

»War mein Vater in irgend etwas verwickelt, Emma?«

Das einzige, wonach sie nicht hätte fragen sollen. Das hatte nichts mehr mit Small talk zu tun. Was bilden Sie sich eigentlich ein, junge Dame. Hier ist sie überschritten, die Grenze. Vertraulichkeiten waren zur späteren Verwendung. Bis schaute die Dame an, die es bereut zu haben schien, daß sie ihr das Du angeboten hatte, und ihr wurde klar, daß sie es vorzog, die Frage einfach zu überhören. Sie hatte eine Art Schlag in den Magen bekommen, sah keinen anderen Ausweg als die Flucht. Gleichzeitig lag ein schmerzvoller Glanz aus einer fernen Vergangenheit in ihren Augen.

»Haben Sie, hast du schon etwas anderes zum Wohnen gefunden?«

Die Frage war der letzte Ausweg. Frau Feddersen war leicht zu durchschauen. Die Antwort war ihr egal, aber sie war erleichtert, den Notausgang gefunden zu haben. Das registrierte Bis, während sie von ihrer Unterbringung erzählte – sie hatte so viele nette Menschen getroffen!, darunter den dänischen Konsul und einen Bank- und Versicherungsmann, der ihr einen recht großen Vorschuß auf die Entschädigung gab, aufgrund ihrer Situation und aufgrund der Klarheit der Sache, wie er sagte.

»Entschuldige mich bitte einen Moment.«

Bis sah sie gehen.

Die lange erwartete Pause im Geschwätz trat jetzt ein. Eine Weile stand sie allein da und stieß lange Rauchschwaden aus. Verlagerte das Gewicht vom schlechten Bein. Schaute auf ihre Nägel. Fühlte sich verlassen. Die Gespräche wurden immer lauter. Bald würde zu Tisch gerufen werden. An einem Ende des Saals stand ein weißer Flügel. Herr Borge hatte versprochen, heute abend nicht zu spielen, erklärte plötzlich jemand, mit jenem eigenartigen Humor, der dem des Weltstars ähnlich war. Er hatte gerade eine Villa in der Hill Street gekauft, und viele sonnten sich in der neuen Nachbarschaft.

Dann sah sie einen alten Bekannten.

Ihr wurde warm. Die Wärme stieg in ihr auf wie ein Geysir, bis sie knallrot wurde. Danach wurde sie bleich und begann zu zittern, es fing an mit den Händen, dann zog es weiter hinauf, und schließlich bebten die Lippen, und ihre Kehle wurde trocken. Dann riß sie sich zusammen.

Warum zitterst du? fragte sie sich selbst, dann machte sich wieder Panik in ihren Gedanken breit, und sie erwog, aus dem Fenster zu springen, während er sich näherte. Was macht er hier? fragte sie sich und gab sich die Antwort gleich selbst. Natürlich: Hattest du das nicht erwartet? Nein, aber ich bin eigentlich nicht überrascht. Die Toilette? Ja. Nein. Nimm dich zusammen.

Sie beobachtete ihn aus der Entfernung, das gleiche goldene Lächeln, die gleiche Zigarre.

Jetzt ging er in seinem weißen Smoking umher, gab jedem die Hand und sprach kurz mit dem Betreffenden. Dann kam er direkt auf sie zu. Sie nickte ihm mit klopfendem Herzen zu.

»Guten Tag«, sagte er mit gedämpfter Überraschung. »Sie hätten im Hotel Rabatt haben können, wenn ich gewußt hätte, daß Sie zu Forschungszwecken hier sind. Ich war neulich vielleicht ein bißchen hart zu Ihnen«, sagte er und lächelte auf diese Art, die sie als nichts anderes als Scharlatanerie auffassen konnte. Offensichtlich hatte er schon ordentlich einen sitzen, aber das war Teil seines ganzen Stils geworden, er tat sich auf diese Art noch selbstsicherer hervor, dieses angedudelte Beinahe-Stolpern über die Worte verlieh ihm geradezu Eleganz.

Bis hörte sich selbst reden. Er hörte zu – wieder in dieser eigenartigen Mischung aus Oberflächlichkeit und Interesse. Gelegentlich nickte er abwesend und sah beiseite, zupfte sich einen Tabakkrümel von der Zungenspitze.

Andreas von Arndt-Sehested war eine Art inoffizieller Mittelpunkt. Das merkte sie schnell. Alle wollten mit ihm sprechen, alle wollten ihn berühren.

Leicht irritiert bemerkte sie, wie sie Schlange standen und ihrer Konversation mit den Augen folgten, auf ein baldiges Ende hofften, um selbst dranzukommen. Seine Augen begannen zu flackern, sie spürte, daß er das Interesse zu verlieren begann.

Sie beendete das Gespräch abrupt und ließ ihn gehen. Sie näherten sich ihm mit einer besonderen Ehrerbietung. Vielleicht geradezu Furcht. Sie stutzte. Beinahe ekelte sie sich. Er stand da im Smoking und hielt Hof, ganz einfach. Die Menschen waren nicht auf einem Ball, sie waren bei einer Audienz. Er bewegte sich keinen Zentimeter, sie kamen zu ihm.

Sie selbst war einen Augenblick einen Schritt zurückgetreten. Fühlte es beinahe unangenehm. Achtete darauf, ihn nicht allzu freundlich anzulächeln. Ich bin nicht einer deiner Untergebenen. Wenn du etwas willst, kannst du selbst wiederkommen.

Er nickte einem älteren Ehepaar zu, das von sich selbst erzählte, und lächelte mit einer gewissen Distanz, wie ein Oberhaupt, das das offizielle Programm über sich ergehen ließ, ehe man zum Wesentlichen übergehen konnte: der Mahlzeit und dem Wein.

Was schuldeten sie ihm? Hatten sie Geschenke für ihn dabei? Warum war ihr ungekrönter König ein Mann, der mindestens die Hälfte seines Lebens in einem Renaissance-Schloß auf der anderen Seite der Erdkugel verbrachte?

Bis kam mit einem Herrn ins Gespräch, der von ihr gehört hatte und wissen wollte, wie es mit der Geschichtsforschung an der Universität Kopenhagen vorwärts ginge.

Ihr neuer Gesprächspartner redete und redete, und es fiel ihr nicht schwer, von Sehested aus den Augenwinkeln im Blick zu behalten. Schließlich jedoch konzentrierte sie sich auf das Gespräch vor ihr. Der Mann hörte ihr interessiert zu. Plötzlich wurden seine Augen unruhig. Seine ganze Aufmerksamkeit richtete sich auf einen Punkt hinter ihr.

Sie drehte sich um, und ihr Gesprächspartner trat den Rückzug an.

Andreas von Sehested machte eine kleine entschuldigende Handbewegung. Warum war er zurückgekommen? Sie war geschmeichelt, verwundert und ängstlich.

»Sie wissen ja, wie das ist.«

Sie plapperte drauflos, fühlte sich geehrt, ganz im Gegensatz zu ihren Intentionen. Hörte sich selbst kleinmädchenhaft reden. Es stärkte seine Position, daß er nicht einmal erwähnte, daß sie ihn damals bezüglich ihres Namens angelogen hatte.

Noch vor einem Augenblick hatte sie sich vorgenommen, die Distanz zu wahren. Jetzt plapperte sie also von ihrem Coup – im Licht ihres Gesprächs auf Hesseltoft vor drei Wochen – und bereute es sofort. All das ging ihn doch gar nichts an. Interessieren tat es ihn wohl auch nicht. Sie riß sich zusammen.

Er hob die Augenbrauen. Es mochte Interesse sein, aber sie zweifelte. Er war im Begriff zu gehen.

»Sie müssen aufpassen, daß Sie sich nicht übernehmen«, sagte er schließlich.

Bis hatte das sichere Gefühl, daß mehr als ein Paar Augen ihrer kurzen Konversation gefolgt waren. Es lag irgendeine Form von Elektrizität in der Luft, wenn sie beide miteinander sprachen. Es war, als ob die Hintergrundgeräusche ein klein wenig abgenommen hätten. Vielleicht bildete sie es sich aber auch nur ein.

Die Art zu formulieren. Wie der Vater, so der Sohn. Warum lag ein schwaches Knurren unter all den Höflichkeiten? Sie müssen aufpassen, daß Sie sich nicht... zu weit vorwagen. War es das, was er hatte sagen wollen? Diesmal war sie nicht besonders überrascht. Das war eine Warnung. Noch eine.

Als er sich umdrehte, sagte sie:

»Im übrigen kann ich Sie darüber informieren, daß die Schwarzen ihren Herrn und seine Frau mit einem abgedroschenen Maisstrunk abwischen *mußten,* wenn diese der Natur folgend in ihre geheimen Gemächer gegangen waren. Johan Lorentz Carstens, später Castenskiold, Pflanzer auf St. Thomas 1705–39.«

An wieviel kann man sich erinnern im Alter von drei Jahren?

Die Bilder tauchten wie Regentropfen auf einem Aquarell auf. Sie standen dort klar und deutlich für Bruchteile von Sekunden. Sie sah sich selbst als Dreijährige, sah die hellen Locken auf dem Kopf, hörte ein fröhliches Lachen, sah die Mutter im langen Kleid und mit rundem Hut, sah den Vater mit braunen Oberarmen am Strand, dann verwischte das Ganze und verschwand.

Es war auch wie ein kleiner Zettel in einem heißen Kamin. Man erblickte vier Buchstaben und ein Datum, man starrte verzweifelt darauf, während die Flammen sich in die Nachricht hineinfraßen. Man versuchte, wie weit man mit den Fingern hineinlangen konnte, ohne sich zu verbrennen, und plötzlich war der Zettel verkohlt, er wurde rissig und zerfiel in kleine Stücke oder flog mit der Wärme den Schornstein hinauf.

Bis ist drei Jahre. Sie steht mit einer ... es ist eine Puppe. Der Kopf ist abgegangen. Sie kann ihn nicht wieder dranbekommen. Sie ist aus dem Bett gestiegen. Danach ist alles dunkel. Dann ist da ihre Mutter, die bitterlich weint, und dann kommt der Mann wieder – und das Bündel, das mit den dunklen Streifen hinter sich am Strandsaum liegt.

Ah. Dann war es wieder weg. Sonne und eine warme Brise. Das Wasserflugzeug der Carib Air lag an der Insel Protestant Cay in Christiansted bereit, Bis stand im Boot, als es hinausfuhr, obwohl das verboten war. Dann begann das Boot zu schaukeln, sie setzte sich und starrte in das blaue karibische Wasser, das ihr ins Gesicht spritzte. Die Tropfen trafen ihre Stirn, und sie schloß die Augen und ließ sie sich über die Wangen hinablaufen. Jedes Mal, wenn eine der rauhen Wellen die Bootsseite traf, gab es ein kleines Rucken im Körper. Mehr, mehr, sagte sie sich, und dann legte das Boot auch schon an den Pontons des Wasserflugzeugs an, und die Passagiere wurden gebeten, an Bord zu gehen.

Die Propeller begannen mit einem Brüllen zu schnurren, und das Flugzeug sprang wie ein flacher Stein hart über das Wasser, es neigte sich auf die eine Seite, dann auf die andere, ihr Herz schlug ihr bis zum Hals, dann ließen die Pontons das Wasser los, sie waren in der Luft.

Einen Augenblick später war der Umriß der Höhenzüge auf St. Thomas scharf am Horizont zu sehen. Der Abstand betrug nur sechzig Kilometer, sie waren bald da. Sie schaute aus dem Fenster und bekam einen steifen Nacken davon, wollte alles sehen, auch die Schaumkronen.

St. Thomas näherte sich schnell. Hier hatte alles begonnen.

Bis hielt den Blick lange auf die Insel gerichtet. Jetzt konnte sie den Naturhafen an der Südspitze ausmachen. Eines Abends im Frühsommer 1652 hatten hier die ersten dänischen Schiffe den Steven gegen den Wind gelegt und die Segel herabgelassen. Hier lag die Zukunft. Dann richtete sie die Blicke auf die grünen Berge und den weißen Strand.

Nichts hatte sich geändert.

Bis tat einen langen Zug aus ihrer Zigarette und schaute für einen Moment die Rückenlehne des Sitzes vor ihr an.

Auch für mich nicht, dachte sie. Das wichtigste in ihrem Leben? Ein Tiefwasserhafen auf einer Tropeninsel. Deswegen kam ihr Vater hier herüber, deshalb wurde sie hier geboren, deshalb war sie jetzt hier. Warum war sie nicht als Tochter eines Lehrers in Brønshøj geboren worden?

Das zwanzig Faden tiefe Wasser bei Havensight war die wichtigste Aktiva der Insel. Als der dänische Staat sich entschloß, die Insel zum ersten Mal zu verkaufen, versuchte der Gründer der Kompagnie, Seine Exzellenz H. N. Andersen, die Regierung davon abzubringen. St. Thomas war der einzige Tiefwasserhafen im Karibischen Meer. Es gelang ihm nicht.

Die Dänen verschwanden, ØK blieb. Als sich auf den Virgin Islands nach dem Verkauf an die Amerikaner die schwärzeste Depression einschlich, wuchs die ØK-Gesellschaft Westindische Kompagnie zum größten Arbeitsgeber der Insel heran. Plantagensanierung, Speicher, Hafenbetrieb.

Die Frachtschiffe der Region suchten den Hafen auf, um zu proviantieren oder Kohle zu bunkern. Während des Ersten Weltkriegs hatte sich die amerikanische Flotte hier vor den Deutschen versteckt. Während des nächsten Krieges wurde der Hafen zur U-Boot-Basis vertieft, dann wurden Anlagen für Kreuzfahrtschiffe, Öltanker, danach Containeranlagen errichtet, all dies hatte Andersen im Jahre 1902 instinktiv gespürt. Doch der dänische Staat war anderer Ansicht gewesen.

Dann kamen die Touristen.

Zuerst in kleiner Zahl schon Anfang der Dreißiger, wo die alten dänischen Hotels sie beherbergten, dann nach dem Krieg wurden es mehr, und noch mehr in den Fünfzigern.

Das kleine Flugzeug schraubte die Umdrehungszahl abrupt herunter. Es war, als ob die Motoren stoppten, und sie schwebten das letzte Stück in lautloser Höhe. Die Berghänge von St. Thomas drehten sich in der Luft und kamen ihr entgegen, das Meer ging in den Himmel über, und aus dem blauen Wasser streckten sich wütende Felsen, weiß vor Schaum.

Die Maschine nahm den Wasserspiegel mit einem leichten Sog, sie neigte sich, so daß man dachte, sie würde gleich in den Wellen umkippen, sie übersprang ein paar Herzschläge, dann trugen die Pontons, der Pilot gab wieder Gas, und sie fuhren langsam zwischen den Schären in den Hafen von St. Thomas ein.

Gerade legte das Kreuzfahrtschiff »Caribbean Queen« von Nassau am Kai des einzigen Tiefwasserhafens in der ganzen Karibik an. Voll beladen reichte es acht Meter unter die Wasserlinie. Es waren eintausendsiebenhundert reiche Amerikaner an Bord, in Kürze würden sie sich durch die schmalen Gassen von Charlotte Amalie drängen. Die Tourismusindustrie war größer geworden, als irgend jemand zu hoffen gewagt hatte.

Von dem Kreuzfahrtschiff bei Havensight ging eine schwere Trosse an Land. Sie segelte wie ein Gummi ganz oben vom weißen Steven des Riesenschiffes und traf auf den Asphalt. Ein Mann von der Westindischen Kompagnie lief hin, um sie aufzunehmen.

1926 standen hier der Buchhalterassistent Hagensen und Frau an der Reling und hielten einander im Arm. Sie hatten Sterne in den Augen, und das Schiff lief mit zwölf Meilen Fahrt in der Abendbrise. Die Insel trat immer deutlicher im Westen hervor. Ihre Herzen klopften beim Gedanken an all das Neue und Aufregende, das ihnen bevorstand. Sie drückte fest seine Hand und wurde von einer großen Zärtlichkeit erfüllt, und die Erinnerung an diese Stimmung würden die Frischvermählten für den Rest ihres Lebens in ihren Herzen bewahren, wie Frau Hagensen später in ihr Tagebuch schrieb.

War es hier, wo sie an Land gingen? Setzten sie an diesen

Ort ihren Fuß, oder war es etwas weiter drüben? Und war es in Wirklichkeit nicht vollkommen egal? Bis hatte einen trockenen Hals und war einen Augenblick ihres Herumwühlens in der Vergangenheit überdrüssig, als sie auf St. Thomas an Land gesetzt wurde.

Dennoch suchte sie die alten Orte auf und versuchte sich zu erinnern. Ging durch die Dronningensgade, bahnte sich ihren Weg durch die Touristen. Gerade war wieder eine neue Landung gekommen. Das mußte die »Caribbean Queen« sein, dachte sie und bog in eine steile Straße hinauf, weg von dem summenden Geschäftsleben um die Parfüm- und Juweliergeschäfte in den alten dänischen Lagergebäuden und Speichern.

Ihr Herz schlug schneller, je mehr sie die Stille und die exklusive Stimmung zwischen den herrschaftlichen Villen am Berghang gefangennahm. Ergriffen ging sie einen langen Umweg. Mitten auf einer Treppe mit hundert Stufen mußte sie stehenbleiben und einen Schluck von ihrer Cola nehmen, während sie auf den Hafen hinausblickte. Das große Kreuzfahrtschiff ähnelte einem Modellbauschiff drüben bei den niedrigen weißen Häusern der Kompagnie. Christiansforts feuerrote Mauern, 1669 von streng religiösen Männern erbaut, waren durch eine Laune der Geschichte Mittelpunkt der schillernden Calypsokultur geworden.

Einen Fußweg hinunter, noch eine Straße hinauf, noch ein Blick in die Notizen und die kleine Karte, in die sie ein Kreuz eingezeichnet hatte. Überall quollen grüne Stengel und Blätter hervor, machten Risse in Beton, Mauern und Holzwerk und schossen Treppen hinauf und hinunter und an Mauern entlang. Ab und zu saß da plötzlich eine große schillernde Echse und sah sie mit großen blinzelnden Augen an.

Es herrschte eine eigenartige Mischung aus Unfertigem und Guterhaltenem. Als hätte man sich etwas am Morgen vorgenommen und dann das Interesse verloren, als die Sonne am höchsten stand. Ein frisch gestrichenes Haus mit neuen Fenstern – und ein elendes Blechdach. Eine Villa mit einer schönen weiß gescheuerten Fassade – und ein Anbau, bei dem hier und da zufällig etwas Zement hingeklatscht worden war.

Sie ging und ging, Regnegade, Wimmelskafts Gade, Sneglegade und Crystal Gade, Peter von Scholtens Haus, die Synagoge und die Kirche, gegründet von Pastor Kjeld Jensen aus Falster in der allerjüngsten Kolonialzeit. Der Friedhof, hier ruhte eine liebe Mutter und eine geliebte Gattin, Simonine Holm, gestorben auf St. Thomas 1856, und Ane Nielsen, geborene Bjerre, Dänemark im Aug. 1889. Die Eidechsen liefen lautlos zwischen den Steinen auf und ab. Bis stand einen Augenblick ganz still, atmete und fühlte etwas Schweres auf den Schultern, dann ging sie.

Die Atmosphäre hier war ganz anders als in Christiansted mit seinen geraden, durchgeplanten Straßen. Hier hatte das Gelände und nicht der Landvermesser den Stadtplan bestimmt. Häuser, Gärten und Straßen krochen und schlängelten sich den Berg mit Treppen, Absätzen und Terrassen hinauf.

Dann gelangte sie zu einem Haus mit zwei weißen Erkern. No. 12, Queen's Quarter. Sie ging ein Stück vor, ein Stück zurück, als ob sie sich nicht entscheiden könnte. Als sie schließlich davorstand, schnaufte sie ein wenig. Die Augen ruhten auf den Fenstern, als ob sie hineinwollten. Sie sagte sich, daß es sich schon dafür gelohnt hätte.

Ein Zusammenhang war geschaffen worden. Zwei Fenster mit Aussicht über die Schiffe in der Bucht, eine kleine Wohnung mit eigenem Waschbecken und Mitbenutzung des Bades, ein Paradies für eine neugegründete Familie.

Ein älterer Mann trat aus der Tür. Er warf einen Blick auf sie, sie auf ihn. Dann ging er, aber irgend etwas bewog ihn zurückzukehren.

Er sah sie fragend an und hielt eine Hand gegen die blendende Sonne.

»Friends of Denmark, St. Croix, letzten Mittwoch«, sagte sie und lächelte. »Gala-Abend in Christiansted.«

Er kam nicht näher, sondern hielt Abstand und betrachtete sie, als wäre sie eine Konzessionsbeamtin der Gewerbeaufsicht.

»Mein Name ist Hagensen. Ich wurde in diesem Haus vor zweiunddreißig Jahren geboren.«

Sie konnte sich nicht erinnern, wann sie zu weinen angefangen hatte.

Es geschah nicht, als Helene Nielsen auf das Rufen ihres Mannes hin herauskam, oder als sie sie hineinzukommen bat, oder als sie hörte, wer sie war, und die Hände über dem Kopf zusammenschlug und hinausging, um Kaffee zu machen und Selbstgebackenes zu holen, duftende Vanillekränzchen und Spekulatius mit kleinen Zimthäufchen, und ihr Weihnachtsteller zeigte mit einem Hasen am Waldrand und Schloß Rosenborg mit Schnee auf dem Dach von Bing und Grøndal von 1923.

Es geschah auch nicht, als Henry Nielsen, ehemaliger Wägeassistent bei der Königlich Dänischen Zollkammer auf St. Thomas, sie im besten Stuhl Platz zu nehmen bat und ein dickes Fotoalbum aus einem Regal zog und ein vergilbtes Schwarzweißfoto nach dem anderen herausnahm, oder als sich sein Gesicht plötzlich erhellte und er fragte, ob sie nicht ihre eigene Kammer von damals sehen wolle.

Vielleicht geschah es, als Frau Nielsen ihr erzählte, daß Bisserchen als Dreijährige ihnen allen einen Schreck eingejagt hätte, als sie sich weit aus dem Fenster lehnte und die Zunge rausstreckte, so daß ihr Vater die Treppen hinaufstürzen mußte, während ihre Mutter unten im Garten stand und sie beschwor, sich nicht weiter vorzulehnen.

»Da hätten Sie leicht Ihr Leben lassen können, Bis«,

sagte die Frau des ehemaligen Zollassistenten Nielsen ernst.

Und jetzt, jetzt weinte sie, als sie irgendwie nach Hause gefunden hatte.

Alles kam herausgeströmt. Seit fast drei Wochen hatte sie niemanden gehabt, dem sie sich anvertrauen konnte, jetzt sprudelte es wie ein Sturzbach aus ihr heraus.

Sie hatte Schluckauf, als sie erzählte, daß ihr jemand nach dem Leben trachtete, wie sie in einem schummrigen Hinterhof im schwarzen Viertel von Christiansted um ihr Leben sprang, was wollten Sie denn auch an so einem Ort, Anne-Birgitte?, und als sie einen Mann um die Ecke biegen sah, und das war nicht das erste Mal, ich bin mir eigentlich sicher, daß ich auch jetzt verfolgt werde, auch wenn ich niemanden gesehen habe, aber jetzt kann ich bald nicht mehr!

»Aber liebes Kind, was wollen Sie denn?«

Es war Frau Nielsen, die das fragte, während ihr Mann aus irgendeinem Grund zum Fenster ging und den Blick über die Hausdächer schweifen ließ.

»Es klingt vielleicht ein wenig dumm, aber können Sie mir nicht von meinen Eltern erzählen?«

Herr Nielsen drehte sich um, die Hände in den Taschen, diese nordische Sitte hatte er sich nie abgewöhnen können, auch wenn hier die Tagestemperatur sommers wie winters um die dreißig Grad betrug.

Dann fragte Bis. Sie wollte wissen, wie es damals gewesen war, was eigentlich passiert war. Es folgte eine lange Pause, denn Herr und Frau Nielsen sollten etwas erzählen, von dem sie nicht wußten, daß es etwas Besonderes war. Es war so ähnlich, als sollte man sich an das Aussehen seiner Frau erinnern, nur weil sie zwei Tage weggewesen war. Das eigene Leben? Weiß nicht, habe eigentlich nie darauf geachtet.

»Was soll schon passiert sein!«

Herr Nielsen hatte die Hände aus den Taschen genommen und zeigte die nackten Handflächen wie zur Entschuldigung. Er war jetzt Rentner, Kleinaktionär in der Westindischen Kompagnie, hatte seine Schäfchen im trocknen, nicht zuletzt deshalb, weil seine Frau Gemahlin, nach der nationalen Tragödie im Jahre 1917, plötzlich gezeigt hatte, daß sie Handelstalent besaß. Sie hatte ein Geschäft mit Stoffen in Meterware eröffnet, die sie an die Amerikaner verkaufte, während der ehemalige Wäger und Messer die Regale füllte und die Waren bis zur Tür lieferte.

Dieser Mann wußte schlicht nicht, was er mit dem heulenden jungen Ding in seinem Wohnzimmer anfangen sollte. Er ging wieder zu den vergilbten Fotos hinüber.

»Das hier können Sie haben. Und das.«

Nielsen zündete einen Stumpen an und kniff das eine Auge zusammen. »Hmm, das hier auch. Wollen Sie?«

Bis nickte eifrig, während sie sich die Augen trocknete. Kleine gelbbraune Zeugnisse von ihrer ersten Zeit hier, Bilder von ihrem Vater und ihrer Mutter in Ecken, die sie nie zuvor gesehen hatte. Nicht daß es auf irgendeine Weise die Arbeit eines Meisterfotografen gewesen wäre, auf vielen Bildern waren die Mitwirkenden wie kleine Punkte am Horizont zu sehen, während auf einem anderen Bild ein Stück Zeigefinger direkt vor die Linse gekommen war.

Frau Nielsen stand händeringend da, traute sich aber nichts zu sagen, auch wenn sie es gewesen war, die die Familie nach der Tragödie gerettet hatte. Sie rang nur die Hände, während ihr Mann die Familienschätze verteilte. Bis, die es bemerkte, legte einige Bilder zurück.

»Mir reichen schon die drei hier«, sagte sie und registrierte eine gewisse Erleichterung bei der Dame des Hauses.

»Was soll schon passiert sein, Miss Hagensen, die haben ihre Arbeit gemacht, nichts weiter.« Herr Nielsen hatte den Blick immer noch im Fotoalbum.

»Wir haben doch bloß unsere Arbeit gemacht, was anderes taten wir nicht. Das war einige Jahre nach dem Verkauf der Inseln.«

»Ich wurde 1929 geboren.«

»Hm, ja.«

»Und 1932 reisten wir ab.«

»Hm, ja. Das waren harte Zeiten. Ihr Vater war Buchhalterassistent in der Kompagnie. Schöner Job. Na, das wissen Sie ja. Ansonsten war da nichts. Wir kamen irgendwie über die Runden. Und dann waren da ja noch die Mieteinnahmen ... for the mortgage.«

Herr Nielsen starrte in die Luft, einen Augenblick war es so, als ob Bis gar nicht da wäre. Frau Nielsen war wieder in die Küche gegangen. Sie räumte auf, ohne einen Laut zu machen. Eine eigenartige Stille hatte sich über das Haus gelegt. Es war einer von diesen Augenblicken, in denen das Unerwartete geschieht. Die Zeit steht still. Es ist, als ob man jemand auf frischer Tat ertappt, nur weil er sich in sein Innerstes versenkt.

»Wollen Sie nicht die Nacht über bleiben?«

Selbst die Nacht war anders auf St. Thomas. Charlotte Amalie war eine kleine Großstadt, es summte die ganze Nacht, und die Geräusche stiegen von der Stadt in kleinen Kaskaden nach oben, bis sie die Häuser mit Laubengang und offenen Fenstern und Läden erreicht hatten.

Die Geräusche erreichten die Ohren hinter den Läden, wache oder schlafende, sie waren verzerrt und verwischt worden während ihrer langen Wanderung den Berg hinauf, und dann konnten sie zu was auch immer werden.

Wenn eine Schlafende Alpträume hatte, verwandelte sich ein Auto, dessen Motor abgestellt wurde, zu einem fürchterlichen Ungeheuer. Lag diejenige wach oder starrte einfach aus dem Fenster, während sie eine Zigarette rauchte, war es einfach ein Auto, dessen Motor erstarb.

Was von beidem war es?

Bis drückte die Zigarette im Aschenbecher aus, während ihr Herz so wild zu schlagen begann, als wollte es bersten.

Dann zog sie sich langsam vom Fenster zurück, bewegte sich rückwärts, zurück in die Kammer, ihre eigene, in der sie vor dreißig Jahren die Puppe genommen hatte, bei der immer der Kopf abging, und sich mitten in der Nacht zu Vater und Mutter gelegt hatte.

»Sie konnten wegen dieser Puppe so wütend werden, Anne-Birgitte, das war so spaßig.«

Bis hörte wieder Frau Nielsens Worte, während sie sich

geräuschlos zurückzog. Abends auf der Terrasse bei Kaffee und Rum war die Unterhaltung in Schwung gekommen. Herr und Frau Nielsen erzählten und erzählten, Bis saß abwechselnd da und lachte oder machte große Augen.

Sie bückte sich und nahm eine Taschenlampe aus ihrer Tasche. Langsam näherte sie sich wieder dem offenen Fenster. Hier stand sie eine Weile im Schutz des Erkers, versteckt genug und günstig genug, um etwas davon mitzubekommen, was draußen vor sich ging.

Lange stand sie so da und lauschte, bis sie fast einen Krampf in dem einen Bein bekam und sich selbst einzureden begann, daß das Ganze nichts als eine Einbildung sei. Gerade schaute sie in den Aschenbecher und überlegte, ob sie sich eine Zigarette anzünden sollte, als sie ein Geräusch hörte.

Das Auto, dessen Motorengeräusche gerade erstarben, konnte irgendein beliebiges Auto sein. Aber sie war sich sicher, daß es anders war. Der Umriß war derselbe. Das Motorengeräusch. Die Art, wie die Tür zufiel.

Bis' Fenster stand weit offen. Die Läden waren aufgeklappt. Draußen war es kohlrabenschwarz. Willkommen in der karibischen Nacht, wo die Sterne völlig verdreht sind und alles möglich ist.

Dann sah sie unten auf der Straße eine Gestalt.

Dort stand ihr Wachposten. Er war es wieder. Sie sollte anscheinend eingeschüchtert werden. Heraufzukommen traute er sich wohl nicht. Sie hatte Lust, ihre Bluse auszuziehen und das Licht auszumachen. Wie lange wollte er eigentlich noch dort stehen? Wie lauteten seine Befehle? Von wem hatte er sie erhalten? Bis bekam eine Gänsehaut. Eine eigentümliche Mischung aus freudiger Erwartung und Kampfeslust überfiel sie.

Die Gestalt drehte sozusagen eine Runde auf der Straße, mit einer brennenden Zigarette in der Hand. Oft sah er hoch zu ihrem Fenster. Ihr war nicht klar, ob er sie sehen konnte. Ob ihm klar war, daß er entdeckt werden konnte? Zuweilen glaubte sie, daß ihm daran gelegen war, gesehen zu werden. Schließlich drehte er ihr den Rücken zu und ging ein paar Schritte die Straße hinunter. Sie nutzte den Augenblick, ging etwas aus ihrer Toilettentasche holen und schlich sich leise zur Tür hinaus. Sie schloß sie ganz leise, tappte barfuß den Gang entlang und die Treppe hinunter.

Im ersten Stock öffnete sie die Eingangstür und versuchte das Licht der Straßenlaternen zu vermeiden, während sie sich hinausschlich. Die Straße war hier sehr steil und uneben. Der Belag war voller Risse und Spalten. Es kitzelte an ihren nackten Zehen, gleichzeitig fürchtete sie, gegen einen der vielen losen Steine zu stoßen.

Da parkten einige Autos. Sie duckte sich und schlich sich an ihnen entlang, bis sie das richtige erreicht hatte, den braunen Buick. Lange saß sie so mucksmäuschenstill da, dicht am Auto, während sie ab und zu seine Schritte auf der Straße hörte.

Das Auto war nicht abgesperrt, ihre Finger näherten sich dem Türgriff. Sie hielt es für unmöglich, die Tür aufzubekommen, ohne daß es in der stillen Nacht zu hören war. Aber sie war ja nicht immer still. Zum Beispiel fuhr gerade jetzt ein Auto um die Ecke, kam herauf mit röhrendem Motor, und in diesem Augenblick öffnete sie die Tür mit einem Klick, das nicht zu hören war, und ließ sich hineingleiten und auf den Rücksitz sinken.

Dann kam er um die Ecke. Sie drückte sich in den Sitz. Zitterte vor Angst. Gleichzeitig aber war sie fest entschlossen, ihm eine Überraschung zu bereiten, die er nicht so schnell vergessen würde. »Guten Abend, Nick Pointdexter«, sagte sie, knipste die Taschenlampe an und leuchtete direkt in den Rückspiegel, als er sich hineingesetzt hatte und nach den Zündschlüsseln suchte. Der Strahl wirkte in der weichen Dunkelheit beinahe spitz, und einen Augenblick saß er wie gelähmt da.

Seine Überraschung wuchs, als sie die Spitze ihrer Waffe in das Weiche an der Seite seines Halses drückte und ihm sagte, sie würde nicht zögern, das Messer bei der geringsten Bewegung bis zum Nackenwirbel zu stoßen.

Er stöhnte, als wäre die Klinge schon eingedrungen, wurde aber schnell zurechtgewiesen, er wäre besser beraten, keinen einzigen Laut von sich zu geben. Während sie fester drückte, fügte sie noch hinzu, daß sie nächstes Mal auf das Auge zielen würde.

»Um was geht es hier? Wer trägt dir auf, auf mich aufzupassen? Wie kannst du das nur tun, nach allem, was wir zusammen gehabt haben?«

Sie machte kleine Kunstpausen zwischen den Sätzen, aber bei den letzten Worten überschlug sich ihre Stimme ein wenig. Sie hatte eine Grenze erreicht, und sie wußte, daß er es wußte. Sie konnte nicht mehr.

Er warf sich im selben Moment nach vorn, als sie ihre Hand von seinem Hals nahm. Sie lehnte sich zurück und atmete schwer, während er buchstäblich aus der Tür fiel und den Hügel hinabrollte, um sich kurz danach zu erheben und sich aus dem Staub zu machen.

Sie glaubte, etwas Verschrecktes in seinen Augen entdeckt zu haben, als sie sie im Rückspiegel gesehen hatte. Der Mann hatte keine Tiefen und wurde von Leuten eingeschüchtert, die sie hatten. In diesen Sekunden flüchtete er wahrscheinlich entsetzt nach unten, über Fußwege und Gassen, nahm Treppen und Absätze in langen gefährlichen Sprüngen, brach sich vielleicht sogar einen Knöchel, lief aber immer weiter, bloß um zu entkommen.

»Warum flüchtet der Mann vor einem Toilettenartikel?« dachte sie, strich sich die Haare aus der Stirn, atmete tief durch und sah auf die Nagelfeile, die beinahe in ihrer Hand verschwand.

Sie schaute sich um. Hoffentlich hatten Herr und Frau Nielsen nichts mitbekommen. Sie lauschte. Es war still.

Sie zog die Autoschlüssel aus der Tasche, setzte sich nach vorne ans Steuer, startete und ließ das Auto sogleich nach unten rollen, den Fuß auf der Bremse. Sie steuerte mit der einen Hand die Straßen hinunter und um die scharfen Ecken herum, während sie mit der anderen versuchte, das Zittern ihrer Knie abzustellen.

Sie hatte eine Entscheidung getroffen. Sie wußte, daß sie bald zusammenbrechen würde. Sie mußte noch ein bißchen durchhalten, bloß ein bißchen, da war eine Sache, die sie erledigen mußte, dann konnte sie loslassen.

Sie fuhr still und einigermaßen gefaßt den Berg hinunter, jetzt war sie bald da. Die Main Street lag beinahe öde vor ihr. Das einzige Leben drang aus einigen Bars, die noch offen hatten. Das einzige Auto war ein Polizeiauto, das still vorbeifuhr, während die großen schwarzen Unterarme der Beamten aus den offenen Fenstern ragten.

»Eines Tages«, schluchzte Bis, »eines Tages erzähle ich euch alles. Aber jetzt sollt ihr bloß vorbeifahren, hört ihr.«

Sie sah, wie sie ihr mit Blicken folgten, und es war, als ob ihr Herz einen Augenblick stehenbliebe, als sie spürte, wie sie langsamer wurden, als sie auf ihrer Höhe war.

Aber an der nächsten Ecke bogen sie ab. Sie fuhr geradeaus, die Hafenstraße hinunter.

Hier war der Hafen. Der Dreh- und Angelpunkt der ganzen Geschichte. Nichts hatte sich geändert. Es war der Tiefseehafen von St. Thomas, der zu allen Zeiten die Hauptrolle gespielt hatte und bald wieder spielen würde. Hier waren in den Glanzzeiten achtzig verschiedene Nationen vor Anker gegangen. Fünfzehn Faden, immer noch kein Grund, dann zwanzig. Das machte die Insel zu etwas Besonderem.

Bis nahm die Bay Road rund um die Bucht, schneller und schneller ging es, bis sie Havensight erreichte und das Kreuzfahrtschiff genau vor sich liegen sah. Da war Licht. Es saßen noch Leute in den Bars.

Sie mobilisierte ihre letzten Kräfte, versuchte die ganze Zeit krampfhaft an nichts zu denken, um sich nicht selbst einen Strich durch die Rechnung zu machen.

Sie war wütend auf sie, wütend auf das Auto, das ihr neulich auf St. Croix gefolgt war, das ihrem Herzen heute nacht einen Stich versetzt hatte. Sie sollten bestraft werden, am besten mit ihren eigenen Mitteln. Und aus einem Impuls heraus, der sich rational nicht begründen ließ, gab sie Vollgas in Richtung Hafenkai.

Vierzig Meter bevor das Auto die Kante erreicht hatte, schaltete sie es in den Leerlauf und sprang hinaus. Sie landete unglücklich, schlug hart auf dem Asphalt auf und stöhnte vor Schmerz, während sie das schwere Auto über die Kaikante verschwinden sah.

Es ging viel langsamer, als sie gedacht hatte. Sie hatte sich vorgestellt, daß es einen flotten Bogen beschreiben würde, aber es plumpste einfach direkt beim Bollwerk hinein. Sie hatte sich ein kochendes Inferno aus Wasser vorgestellt, jetzt klang es beinahe wie ein Wal, der freundlich schnaubend und begleitet von unzähligen Blasen in die Tiefe verschwand.

Jetzt hieß es Kampf bis zum äußersten. Jetzt gab es keinen Weg mehr zurück. Zitternd lag sie im Bett und drückte die Decke an sich, dann streckte sie sich und sah auf ihre Uhr.
 Es war nach Mittag. Es war still im Haus. Sie beschloß aufzustehen.

Frau Nielsen hatte Frau Feddersen zu Tee und Selbstgebackenem eingeladen.
 Die beiden alten Damen blickten zwischen belanglosen Bemerkungen nervös und ernst, und plötzlich wurde es still im Wohnzimmer, und Frau Nielsen räusperte sich und sagte, daß es für diese kleine Zusammenkunft ja einen Grund gebe. Nervös schaute sie zum Fenster, machte lange Pausen zwischen den Wörtern, doch dann erzählte sie Bis, daß ihr Vater Selbstmord begangen habe.
 Bis hatte den Mund voll Vanillekränzchen und die Teetasse in der Hand. Dann schluckte sie, begann zu husten und stellte die Teetasse mit Hilfe von ein paar Händen ab.
 »Allem Anschein nach. Wir haben uns entschlossen, es Ihnen zu erzählen. Sie sollen nicht in alle Ewigkeit ohne Gewißheit herumlaufen, nach all dem, was Sie durchgemacht haben. Und wenn Sie es wirklich wissen wollen...«, sagte Frau Nielsen, die Hände im Schoß gefaltet.
 Bis wünschte sich, sie wäre in der Lage gewesen, ihren Schmerz hinauszuschreien.

»Ihre Mutter wurde komisch, und das hat sich offensichtlich...«

Bis wurde plötzlich wütend, ohne zu wissen, warum. Hier saßen sie und begrapschten ihr Innerstes, die ganze Zeit hatten sie es gewußt und sie hingehalten. Alle wußten es. Jede einzelne Person auf dieser ganzen Insel, und niemand hatte ihr etwas erzählt. Auch auf ihre Mutter war sie wütend.

Sie verließ das Wohnzimmer mit einem Satz, stürmte hinauf auf ihr Zimmer, nahm ihre Sachen und stand wenig später an der Eingangstür, wo sie sich ein letztes Mal den beiden Damen zuwandte, die mit bekümmerter Miene im Gang warteten.

»Wir wissen, daß es nicht schön ist. Setzen Sie sich doch wieder, Anne-Birgitte. Sie haben es immer so eilig. Es ist noch Tee in der Kanne.«

Mit einem langen Seufzer stellte sie ihre Sachen ab und wurde wieder zu dem kleinen Mädchen, dem die Erwachsenen sagten, was es zu tun hatte.

»Es ist nicht viel, was wir wissen. Das müssen Sie verstehen. Es sind ja meist die Männer. Es gab eine...«

Frau Nielsen suchte nach dem dänischen Wort und erhielt Hilfe von Frau Feddersen.

»...eine Mauer des Schweigens um das Ganze. Es ist ja auch so lange her. Wir erinnern uns nicht an alles.«

Bis starrte sie mit einer Mischung aus Wut und Selbstmitleid an.

»Um es geradeheraus zu sagen, so haben wir keine Ahnung, warum er es getan hat. Es sind in diesen Jahren irgendwelche Geschäfte gelaufen. Es hat etwas mit Geld zu tun.«

Bis hatte wieder die Fassung gewonnen. Endlich schien das Gespräch irgendwohin zu führen.

»Was für Geld?«

»Ich weiß es nicht.«

Bis schaute die andere an, die auch den Kopf schüttelte.
»Kam mein Vater ...«
Es fiel ihr schwer, die Worte herauszubekommen.
»... mit jemand Bestimmtem zusammen in dieser Zeit?«
Sie schüttelten beide den Kopf und schienen zu denken: jedenfalls nicht, soweit wir wissen. Lange war es still, und jetzt schienen die beiden zu denken: mehr können wir Ihnen nicht sagen, Miss Hagensen, Sie gehen jetzt wohl besser, wir haben alles erzählt, was wir wußten, das müssen Sie verstehen.
»Woher wissen Sie, daß es ein Selbstmord ...«
Sie schüttelten wieder beide den Kopf.
»Das war einfach etwas, was man so sagte. Vielleicht hätten wir es Ihnen nicht einmal erzählen sollen.«
Der Tee war kalt geworden. Die beiden Damen sahen so traurig aus, daß Bis ihren Tonfall bereute. Sie stand auf und ging in die Diele, um ihre Sachen zu holen.
Frau Nielsen verabschiedete sich, Frau Feddersen stand in der Tür, Bis wartete auf der Türstufe. Die ältere Dame wollte gerade zumachen, da trafen sich ihre Blicke ein letztes Mal.
Frau Feddersen schaute über die Schulter zurück in die Diele. Kurz bevor sie die Tür zumachte, flüsterte sie, mit einem entschlossenen Blick, von Sehesteds Namen.

Es gab verschiedene Formen von Überraschungen.

Dies hier war keine Überraschung. Dies hier war eine Bestätigung, dachte sie, während sie auf ihre Karte sah, um das Hauptbüro der Westindischen Kompagnie zu finden.

Es lag ganz in der Nähe. Sie wußte, daß sie gegen noch eine Mauer rennen würde, aber sie mußte es sehen, ebenso, wie sie vorhatte, bei den Gebäuden der Kompagnie am Hafen vorbeizuschauen, ehe sie mit dem Boot wieder nach St. Croix übersetzte.

Hier war sie am Ort des Geschehens. Sie war ein einsamer Wanderer durch die Geschichte, tappte blind herum und drehte Stein für Stein um, bloß um herauszufinden, daß sie sich jedes Mal irrte. Und dennoch wurde sie weitergetrieben, denn irgend etwas geschah doch.

Hier war Hans Bergs weiße Villa an der Cathrineborg Road. Bis blieb stehen, wo die Straße einen Knick machte und das Palais mit seinen grünen Läden und 24-Felder-Fenstern zum Vorschein kam. Eine extravagante Pflanzer- und Vizegouverneurswohnung mit Säulengängen und Treppenpartien aus der Mitte des 19. Jahrhunderts. Jetziger Hauptsitz von ØK auf St. Thomas und gleichzeitig dänisches Konsulat. Hier war es, das Dänentum in Westindien. Die dänische Flagge wurde jeden Morgen gehißt und wehte den ganzen Tag an der Seite der Stars and Stripes.

Der Büroleiter schüttelte freundlich den Kopf.

Nur das schwache Rauschen des Propellers an der Decke war zu hören. Es roch schwach nach Reinigungsmittel, und die Papiere lagen in kleinen ordentlichen Haufen auf dem Mahagonischreibtisch.

Er sagte es nicht laut, aber es war zu spüren, daß er dachte, sie spinne. Er ging weder darauf ein, daß sie ohne vorhergehende Terminvereinbarung erschienen war, noch hielt er es für nötig, ihre Kleidung zu erwähnen. Er beschwerte sich auch nicht über ihre Anfrage, in die Archive eintauchen zu dürfen, noch antwortete er auf die Frage, ob sie den Direktor sehen dürfe, den sie erst unlängst auf einer Party getroffen habe. Er saß nur da in seinem weißen kurzärmeligen Hemd und schüttelte sanft den Kopf.

»Damit habe ich auch nicht gerechnet«, sagte sie und erhob sich, um zu gehen. Er sah sie so freundlich wie möglich an und beugte sich wieder über seine Papiere.

Sie hätte eigentlich gerne seine Stimme gehört. Ihre eigene klang wieder fremd und kleinmädchenhaft. Forschungsprojekt, das Engagement der Kompagnie in den schweren Jahren, das Dänentum auf St. Thomas, er sah sie bloß an, als stamme sie von einem anderen Stern. Als sie schließlich, beinahe schon verzweifelt, fragte, ob ihm das Aktenzeichen 383-408-27 etwas sagte, zog er ganz einfach die Augenbrauen zusammen und deutete an, daß der Besuch beendet wäre. Sie wurde höflich zur Tür begleitet, dann stand sie wieder allein draußen in der Sonne.

Auf dem Weg hinunter zum Boot nahm sie einen Umweg über die Gebäude der Kompagnie im Hafen. Sie ging um die Bucht herum, spazierte den ganzen Weg, den sie vor weniger als zwölf Stunden in hohem Tempo zurückgelegt hatte, und als sie fast draußen bei Havensight war, schritt sie zu einer ganz bestimmten Stelle und schaute hinunter ins Hafenbecken, sah nichts, warf einen Blick über die Schulter, schaute noch einmal und ging weiter.

Draußen vor der Kompagnie blieb sie ein Weilchen still stehen und ließ die Augen die niedrigen Häuser entlangwandern.

Wo saß er? Was tat er? Sie prägte sich Details ein, versuchte sich am Ort festzusaugen, schloß die Augen und öffnete sie wieder, ging langsam davon, drehte sich um und schaute wieder, stand still, weil sie glaubte, jemanden winken zu sehen.

Dann ging sie.

Die Post. Sie fand einen überall auf dem Erdball, auch wenn man in einer kleinen Kammer in Christiansted wohnte. Eine Nachsendung vom Dalgas Boulevard, ein kleiner Brief mit einer dänischen Briefmarke und Airmail-Stempeln und Durchstreichungen.

Ein kleiner Umschlag, frankiert mit der Maschine der Königlichen Bibliothek, ein Gruß aus der Welt, die sie zu vermissen begann, den ganzen Weg über den Atlantik war er geflogen, war durch Dutzende von Händen gegangen, die routinemäßig sortierten und ihn in den richtigen Kasten warfen.

Die Sendung erinnerte sie an Nieselregen im Frederiksberg Park, an einen dänischen Postbeamten mit Fahrrad und Schrebergarten in Emdrup und einer blonden Frau, die Leberwurstbrote mit dünnen Gurkenscheiben geschmiert hatte, an Carlsberg und Aalborg Aquavit zum Essen, an piepende Kohlmeisen in den Bäumen entlang der Alleen und alte Damen, die sich zum Essen trafen und lange in die Speisekarte blickten, während der Kellner mit einer weißen Serviette über dem Arm auf den Zehenspitzen wippte.

Bis war ein Teil des Proletariats von Christiansted geworden und sehnte sich zurück nach Hause.

Sie seufzte jedes Mal, wenn sie in ihr Scheckheft schaute, und betastete manches Mal ihr Rückflugticket. Ihr tägliches Menü bestand jetzt aus Früchten und Brot, gekauft auf dem örtlichen Markt. Sie hatte noch ein kleines bißchen Geld von dem Stipendium übrig, in vier Tagen mußte sie nach Hause, und eine einfache Berechnung hatte ergeben, daß sich das nur machen ließ, wenn sie zum Flughafen lief.

In Gedanken schickte sie einen Hilferuf an den Taxifahrer Charles E. Hamilton und drückte den Umschlag nochmals. Wo war sein schwacher Punkt? Es waren fünf Meilen zum Flughafen. Sie würde zu ihm gehen und ihm ein Exemplar der fertigen Diplomarbeit schenken, wenn er sie fuhr. Außerdem würde sie ihn und seine Frau zu einem großen Essen einladen, wenn sie irgendwann zu Geld käme und die Insel irgendwann wieder besuchen würde. Versprochen. Und nicht zuletzt würde sie ihm wie ein kleines Mädchen direkt in die Augen schauen, und das würde wohl mehr bedeuten als manches andere.

Gleichzeitig gehörte sie hier so langsam dazu. Die meisten in der Nachbarschaft hatten auf die eine oder andere Weise von ihr gehört, sie wußten, daß sie die Dänin war, die bald wieder nach Hause reisen und über die Grausamkeiten der Sklaverei schreiben würde, und insbesondere wußten sie, daß sie es war, die vom ersten Stock in den Hof gesprungen war, als das Haus brannte, und schon am Tag danach das Hospital verlassen hatte, weil es nichts Schlimmes war, wie sie sagte. O hello, Miss Hagensen, hörte man es vielerorts, wenn sie kam. Die Kinder liefen ihr hinterher, in der Hoffnung, noch eine Lügengeschichte oder ein Stück Schokolade zu ergattern, und die Erwachsenen lächelten ihr zu und baten sie zum Punsch herein. Da saß sie dann und lächelte und lauschte stundenlang ihren Geschichten, sie handelten von nichts, die Details wurden ins Unendliche wiederholt, es wurde mehr und mehr über dieselbe Pointe gelacht, und bei solchen Gelegenheiten beschloß sie dann, etwas davon mit nach Hause in die Lehrerzimmer von Hellerup und Rødovre zu nehmen.

»Denken Sie daran, die Dinge getrennt zu halten«, tönte es in ihrem Kopf. »Sie sind Historikerin, keine Anthropologin... oder Ethnologin«, hörte sie Lektor Møller murren, während er den Kocher anzündete, der an den Rändern schief gebrannt war von all der Irritation über die Studenten.

»Halten Sie die Dinge auseinander.«

Aber das konnte man doch nicht! Hier hingen sie jedenfalls zusammen, dachte sie und betrachtete die rotznasigen Nachkommen des Sklaven Jupiter, der sechzig war und brauchbar als Wachmann, oder Philippe, zweiundfünfzig, der eher schwächlich war und zu Knochenbrüchen neigte, also nicht effektiv – all das laut der Sklavenliste des Pflanzers Peter Oxholm von St. Croix 1837.

Gleichzeitig wurden ihre Ansichten von ihren neuen Nachbarn nuancierter. Viele waren arm, weiß Gott, aber was hatte Armut mit Rotznasen zu tun? Wie konnte es sein, daß die eine Mutter ihren Kindern die Nase abwischte, so daß diese wenigstens einigermaßen intelligent aussahen und deshalb auch so behandelt wurden, während die andere es bleiben ließ? Was hatte es mit Geld und Ausbildungsmöglichkeiten zu tun, einen sauberen Waschlappen zu benutzen? Irgendwo hatte es etwas damit zu tun, aber Bis war sich nicht sicher, wo.

Ein Touristenaufschwung bahnte sich an. Einige sagten, aus der anderen Welt. Hier und da schossen Hotels in die Höhe. Frau Dawsons Ältester, fünfzehn Jahre, war gerade in die Lehre gekommen und auf einem der großen Bauplätze dabei. Jeden Abend kam er nach Hause und saß mit seiner eigenen Würde da – ohne etwas Besonderes zu sagen, aber mit dem sicheren Wissen um die vier knittrigen Scheinchen, die für ihn auf der Bank lagen und die am Samstag zur Auszahlung kommen würden. Es wurden

Handwerker von den anderen Inseln importiert. Gleichzeitig waren drei von vieren seiner Freunde arbeitslos. Mit beginnenden Alkoholproblemen. Warum? Was hatte das mit der Hautfarbe zu tun? Was hatte das mit Armut zu tun? Was hatte das mit früherer Sklaverei zu tun?

Ab und zu bekam sie einfach Lust, einigen von ihnen in den Hintern zu treten. Mit diesem Gedanken verließ sie das Fenster und wandte sich wieder ihrem Brief zu.

Sie setzte sich aufs Eisenbett und öffnete ihn.

Ein Bibliothekar aus einer anderen Welt, aus einem fernen Jahrhundert, genauer gesagt vom Anfang des Monats, als sie in Kopenhagen umherstürzte und etwas weniger wußte als jetzt, schrieb auf seine eigene Weise, daß es so doch auch nicht gemeint war, hier bitte sehr, aber Sie müssen versprechen, Ihre Quelle nicht preiszugeben.

Sie war ungeheuer überrascht und gerührt. In Gedanken frischte sie ihren Besuch im Lesesaal wieder auf. Sie konnte sich kaum mehr erinnern, gefragt zu haben.

Im Laufe der letzten dreiundreißig Jahre wurden die Bilanzen und Berichte der Ostasiatischen Kompagnie 1897–1933 in der Königlichen Bibliothek nur an eine einzige Person entliehen.

Es geschah am 4. Januar 1938. Seitdem stand das dicke grüne Buch mit den kurzgefaßten Mitteilungen hier, weil Christian VII. in seiner absoluten Weisheit ein Gesetz über die Ablieferungspflicht der Buchdrucker erließ, und sammelte Staubschicht um Staubschicht, so daß schließlich ein halbes Zoll dick darauf lag.

Sie sah den Bibliothekar vor sich, verschwommen, als wäre es vor einem Jahrhundert geschehen. Wie er das Buch mit ausgestrecktem Arm hielt und kräftig auf den Staub blies, während er einen Schritt zurücktrat. In der anderen Hand hatte er eine Quittung.

Sie sah, wie er hinter seinem Schreibtisch verschwand, seine grüne Lampe anzündete und zu schreiben anfing.

Sie ließ ihre Gedanken durch alle Ecken des Kopfes kreisen, mußte sich aber schließlich eingestehen, daß ihr der Name der Person, die im Brief des Bibliothekars genannt war, nichts sagte. Sie ahnte nicht, wer es war, wie alt er war, was er machte oder ob ein Gespräch mit ihm sie auch nur im geringsten weiterbringen würde, aber sie erhob sich und nahm ihr schmächtiges Scheckheft mit.

»Ist Ihnen klar, wie spät es ist?«
Die Stimme in Kopenhagen klang nicht unfreundlich, aber ein wenig tadelnd.
»Nein, wie spät ist es?«
Dann erteilte ihr der Lektor in Staatslehre, Aage Overgaard aus Hellerup, eine kleine Lektion über den Zeitunterschied über den Atlantik, und sie konnte beinahe sehen, wie er sich die Schlafanzughose hochzog. Aber er schien sich auch ein wenig zu amüsieren. Immerhin geschah es nicht jeden Tag, daß man auf der Bettkante saß und von einem wichtigen Projekt erzählt bekam, bei dem es ungeheuer eilte, auch weil es ein wahnsinnig teures Gespräch war.
Der Lektor räusperte sich lange und gründlich, während Bis einen Blick gen Himmel schickte.
Zuerst erzählte er ihr, daß es sich um ein Mißverständnis handeln mußte, aber dann dämmerte es ihm so langsam, daß es schon sein könnte, daß er vor Urzeiten einmal in der Königlichen Bibliothek einen Zettel in einem Buch gelassen hatte, ohne davon zu wissen. Außerdem wäre er wirklich froh, einer jüngeren Kollegin helfen zu können.
»Es tut mir leid, aber ich glaube nicht ...«
»Denken Sie gut nach.«
Der Lektor holte Luft, als ob er es schwer hätte, diesen plötzlichen Rollentausch zu akzeptieren. Es fiel ihm nicht leicht, sich in diesem Ton examinieren zu lassen, aber er antwortete dennoch:

»Mein Projekt war von ganz anderer Art. Es hatte nicht ausgesprochen mit den Inseln zu tun. Mehr mit ØK. Das Aktenzeichen hatte sicherlich etwas mit den Hafengebühren zu tun. Aber Sie werden es niemals schaffen, Einblick in die Archive von ØK zu gewinnen. Wenn es irgendeine Affäre gegeben hat und wenn es überhaupt schriftlich festgehalten wurde, wird es mit Sicherheit streng vertraulich behandelt. Aber ich weiß da von einem Mann auf St. Thomas, der über die fragliche Periode forscht. Er hat ein formidables Detailwissen, soweit ich mich erinnere. Er heißt, äh, wie hieß er doch gleich. Ich glaube, ich habe es hier. Wir korrespondierten. Einen Augenblick ...«

Lektor Overgaard ließ sich Zeit. Bis griff sich an den Kopf und drückte das Scheckheft. Dann bekam sie endlich einen Namen, bedankte sich, fand aber, sie könne es sich nicht leisten, sich auch noch groß zu verabschieden, und legte auf.

In Bis' überhitztem Kopf verursachte es keinen größeren Schock, als sie erfuhr, daß es der frühere Wägeassistent beim Königlich Dänischen Zollwesen auf St. Thomas, Herr Nielsen in der Bjergegade 12, war, der als Quelle für Aage Overgaard den Jüngeren betreffend Hafengebühren für Schiffe in den ersten Jahren der Westindischen Kompagnie vor Ort gedient hatte. Resigniert zuckte sie mit den Schultern und sagte sich, warum nicht?

Sie konnte es sich nicht leisten, nochmals nach St. Thomas zu fahren. Sie war sich auch nicht sicher, ob sie es wirklich wollte. Sie konnte es sich kaum leisten, dort anzurufen.

Dann bezahlte sie mit nahezu ihrem letzten Geld ihr Telefonat und ging in der Mittagshitze die Hauptstraße hinunter.

An der Polizeistation Christiansted blieb sie stehen. Sie schaute die grüne Tür an, dann drehte sie sich um und ließ den Blick über Blechdächer und Fassaden mit abgeblätterter Farbe schweifen. Ein Hund lag im Schatten einer Betonplatte, die auf zwei Eisengitter geworfen worden war, und schlief. Zwei Hühner pickten in der trockenen Erde. Ein Lieferwagen mit offener Ladefläche kam mit zwei Kindern obenauf dröhnend eine Seitenstraße herunter.

Sie ging bis zur Tür der Polizeistation und legte die Hand auf den Türgriff. Dann schaute sie auf ihre Hand herab und biß sich auf die Lippe. So stand sie eine Weile da und dachte nach, dann drehte sie sich um und ging weiter die Hauptstraße entlang.

Im zweiten von zwei neu eingerichteten Hotels an der Hafenfront war ihr das Glück hold. Besser gesagt, handelte es sich eher um schieres Glücksgefühl, als sie entdeckte, daß dort noch ein riesiger Abwasch von einer Gesellschaft vom gestrigen Abend stand, daß der Spüler immer noch nicht gekommen war, auch wenn es schon zwei Uhr mittags war, und daß der Küchenchef nicht wußte, was er tun sollte, da er auch heute abend eine größere Gesellschaft hatte.

Die nächsten beiden Stunden badete sie in kochend heißem Wasser und Dampf mit fettigen Töpfen und Tellern. Als sie den letzten Teller auf seinen Platz stellte und den Stahltisch mit einem zerfetzten Lappen abwischte, stand der Küchenchef in der Tür, mit einem sanften Gesicht und drei Eindollarscheinen in der Hand, und er nickte eifrig, ohne etwas zu sagen, als sie fragte, ob sie heute abend und auch morgen wieder kommen sollte.

Zu Hause füllte sie eine Zinkwanne mit warmem Wasser, balancierte diese in ihre Kammer und wusch sich, aus irgendeinem Grund glücklicher als damals, als sie im Badezimmer im Carambola Beach Resort gestanden hatte.

Was ihr im übrigen so vorkam, als wäre es vier Jahre her. Sie nahm ein gespültes Unterhemd von der Leine am anderen Ende des Ganges und ging auf die Straße, um nochmals zu telefonieren.

Sie war jetzt im Besitz eines Vermögens. Im Laufe eines halben Nachmittags hatte sich ihr Glück gewendet. Vorher total ruiniert, konnte sie sich jetzt zumindest ein paar Telefongespräche zwischen den Inseln leisten, ein anständiges Essen heute abend, und um dem Ganzen die Krone aufzusetzen, gab es wieder Aussicht auf Arbeit für heute abend und morgen vormittag.

Ich forsche nicht in irgendeiner Periode.«

Nielsen klang, als ob er spottete. Als ob er gerne geforscht hätte, ihm aber irgend jemand irgendwann einmal gesagt hatte, daß man dieses Wort für das bißchen Lesen und Schreiben, was er geleistet hatte, nicht verwenden konnte. Dieser Jemand könnte Lektor Overgaard gewesen sein, damals, als er achtundzwanzig Jahre und Professor Großmaul von der Universität Kopenhagen war, der die Hilfe eines Amateurs für seine Abhandlung in Anspruch nahm, dachte Bis und versuchte, die Telefonverbindung nach St. Thomas in Gang zu halten.

»In einem Buch zu lesen, ist Forschung. Einen Mann nach dem Mädchennamen seiner Frau zu fragen. Genauso wie, sich die Bauvorschriften aus dem königlichen Altona im Jahre 1652 anzuschauen. Nochmals danke für die Gastfreundschaft. Ich habe noch nie so gute Vanillekränzchen gegessen. Manchmal kann man forschen, indem man im Wirtshaus sitzt. Kommt darauf an, worüber man forscht und wie man es verwendet.«

Es war still im Telefon. Der Ton der Leitung krümmte sich – beinahe wie eine Seeschlange, die durch die rauhen Wellen zwischen den Inseln schießt. »Ich habe nicht viel Geld, Herr Nielsen. Sie wären wohl nicht...«

»Ja, aber ich habe doch nichts. Ich möchte nicht in etwas hineingezogen werden. Ich bin ein alter Mann.«

»Ja, es ist fürchterlich«, seufzte Bis. »Zweiundsechzig. Etwas älter als meine Mutter. Aber den Weg müssen wir doch alle gehen. Es ist bloß eine Frage der Zeit, die einem auf Erden beschieden ist.«

Nielsen war vollkommen irritiert. Aber sie konnte heraushören, daß er auch irgendwo geschmeichelt war, daß jemand seine Arbeit zu etwas verwenden wollte.

Sie konnte ihn förmlich vor sich sitzen sehen, wie er sich mit Abfahrtszeiten, Ladung und Bruttoregistertonnen befaßte, und sie konnte seine augenblickliche Verlegenheit spüren, weil sein Drang, die Vergangenheit zu registrieren, entdeckt worden war.

Es fiel nicht schwer, sich vorzustellen, wie der gefeuerte Beamte verzweifelt versuchte, an seiner früheren Aufgabe festzuhalten, wie er fast nicht weiterleben konnte, wenn er nicht genau wußte, welches Schiff am Kai auf Havensight angelegt hatte, mit wieviel und zu welchen Preisen an welchen Tagen in welchen Jahren, und wie hoch diese Waren verzollt worden waren.

Offenbar kam es ihm jetzt nutzlos vor. Aber sein Werk einfach so wegzuwerfen, das hatte er also auch nicht übers Herz gebracht.

Die Gesprächspause war so lang, sie biß sich auf die Unterlippe, während er dachte und dachte. Seine salomonische Lösung kam zusammen mit einem tiefen Seufzer.

»Ich bitte meine Frau, es durchzusehen, dann schickt sie heute etwas mit dem Schiff. Ich glaube nicht, daß es etwas ist, was Sie brauchen können. Wiedersehen. Und viel Glück!«

Mit einem Gefühl, daß Herr Nielsen in seiner letzten Annahme fürchterlich recht haben konnte, ging Bis im Schatten entlang der Hausmauern zurück.

Die Ideen standen im Augenblick Schlange. Zu anderen Zeiten – zum Beispiel, wenn man mit dem nächsten Satz in einer Diplomarbeit weitermachen sollte – kam keine einzige. Jetzt galt es, zu sortieren.

All das handelte auch von Zeit, dachte sie und ging im letzten Sonnenlicht des Nachmittags quer über die Straße. Sie hatte noch eine Stunde, bis sie sich an ihrem neuen Arbeitsplatz einfinden mußte. Wenn es rein finanziell so weiterginge, endete es noch damit, daß sie im Duty-free einkaufen konnte. Wenn man massenhaft Zeit hatte, bekam man keine Ideen, ging nichts von der Hand. Wenn man nur eine Stunde bis zum nächsten Zug hatte, bekam man massenhaft Ideen und ging einem alles wie geschmiert von der Hand.

Doktor Toussaint wohnte in einem neuen Viertel hinter der alten Kolonialstadt und dennoch über dem farbigen Stadtteil. Sie hatte ihn am Tag nach dem Brand getroffen, er war es, der ein einziges Mal nach ihr sah, nachdem er sich davon vergewissert hatte, daß ihre Versicherungsverhältnisse in Ordnung waren. Sie hatte registriert, daß ihr Name keinen einzigen Erinnerungsschimmer in seinen Augen hervorrief. Desto enthusiastischer hatte er sich ihrem fast entkleideten Körper gewidmet. Er untersuchte sie mit beiden Händen mehr als gründlich auf Knochenbrüche und ließ danach verdächtig lange den Blick an Schenkel, Bauch und Brust auf- und abwandern – angeblich, um sie auf Brandwunden hin zu untersuchen, von denen es natürlich nicht die geringste Spur gab, weil sie ja nicht direkt mit dem Feuer in Berührung gekommen war.

Sie zwang sich, das Tempo die steilen Straßen hinauf zu drosseln.

»Yes?«

Doktor Toussaint war Anfang Sechzig. Jetzt stand er ihr mit offenem Mund in der Tür seines neuen Hauses am Rande der Stadt und des Regenwaldes gegenüber und wußte weder aus noch ein. Seine letzten paar Härchen lagen in verschwitzten Streifen quer über dem Schädel, er hatte die Brille in der Hand und kniff die Augen zusammen, wie um eine längst verschwundene Zeit zurückzuholen. Es endete damit, daß er sie einließ. Der große dünne Mann mit den traurigen braunen Augen hielt ihr die Tür auf und sah sie genau an, als sie hineinging.

Bis hatte einen Berg von schmutzigen Tellern, der auf sie unten in der Stadt wartete, sowie ein Flugzeug, das in drei Tagen gehen würde, und kam deshalb sofort zur Sache. Auf die eine oder andere Weise konnte sie signalisieren, daß sie keine Zeit hatte, um den heißen Brei herumzureden. Die Sache blieb, wie sie war, egal, wie lange man darum herumredete.

»Ja. Sie haben Glück. Das war wirklich ich.«

Bis hatte so viele Fahrten mit dem Glücksrad versucht, daß sie Glück jetzt mit beinahe derselben Begeisterung registrierte wie Unglück. Nach einer kurzen Unterhaltung zuckte der Arzt mit den Schultern und schaute in seine Archive. Dann schüttelte er den Kopf. Sie schaute auf ihre Uhr. Er suchte wieder. Und schüttelte wieder den Kopf.

»Nein, ich glaube nicht ...«

»Wo sind sie dann? Wo bewahren Sie Ihre alten Papiere auf?« Ihre Stimmführung war die eines Gerichtsassessors geworden, insistierend, ohne unfreundlich zu sein.

»Ich weiß, ehrlich gesagt, nicht, warum ich Ihnen helfe, Miss Hagensen«, sagte er und schaute sie an. Aber dann ging er trotzdem nachschauen.

In Dr. Toussaints kleinem Behandlungszimmer, wo sie der letzte, unerwartete Patient des Tages war, dachte Bis zur gleichen Zeit, nein, nicht schon wieder. Fetzen des Traums kehrten zurück. Sie steht mit der Puppe in der Hand da, der Kopf ist zum vierten Mal abgegangen, und sie weint. Alles ist dunkel, da ist eine geschlossene Tür vor ihr, aber sie geht auf, und eine Frau will sie festhalten. Sie dreht sich um, und am Strandsaum hinter ihr liegt ein nasses Bündel Kleidung, zu dem sie hinläuft. Das Mondlicht schimmert in seinem nassen Nackenhaar, es ist ihr Vater, sie streckt beide Arme nach ihm aus und ist sich sicher, daß sie ihn erreicht, dann knistert und strahlt es vom Himmel, und er treibt weg vom Strand, sie läuft ihm nach, muß aber aufgeben, als ihr das Wasser bis zur Unterhose reicht, er winkt und lächelt ihr nach, sie resigniert und geht ein wenig enttäuscht wieder allein den Strand hinauf.

Bis schüttelte heftig den Kopf und atmete tief durch. Sie preßte die Handflächen gegen die Stirn und drückte fest gegen die Augäpfel. Dr. Toussaint kam zurück. Bis schaute wieder auf ihre Uhr, dann sagte er:

»Es sieht so aus, als hätten wir es hier.«

Bis mußte an sich halten, um ihm nicht das Papier aus der Hand zu reißen. Nachdem sie es gelesen hatte, ließ sie es langsam sinken. Sie saß da und gönnte sich eine Verschnaufpause. Versuchte, das Zittern der Hände und Knie zu unterlassen. Er sah sie mitfühlend an.

Das war die Akte des Arztes über Knud Hagensen, Tod als Folge eines Badeunfalls am 8. Dezember 1932 am Strand eineinhalb Meilen westlich von Point Caye auf

St. Croix. Es wurde angenommen, daß der Tod etwa um zweiundzwanzig Uhr eingetreten war. Als Ursache wurde Ersticken infolge Wasserschluckens beim Schwimmen angenommen. Sie seufzte. Sie hatte eine Menge erfahren, was sie schon vorher gewußt hatte. Es war, als ginge sie die ganze Zeit drei Schritte vor und zwei zurück.

»War es Selbstmord?«

»Das sagten die Leute, aber da mische ich mich nicht ein. Meine Aufgabe war es nur, die Todesursache festzustellen und das Eintreffen des Todes anzugeben.«

»Können Sie sich an die Stimmung an diesem Abend erinnern?«

»Ja. Ich war ein frischgebackener Arzt, neu auf der Insel. Niemand wollte damals hier seine Praxis haben. Alle glaubten, mit St. Croix wäre es vorbei. Schauen Sie sich jetzt um.«

Er lächelte, aber sie reagierte nicht darauf; sie hatte seinen Versuch durchschaut, das Thema zu wechseln.

»Können Sie sich an die Stimmung erinnern?«

»Ja.«

Jetzt kamen die Wörter schleppend und unwillig.

»Sie war gespannt. Es war sehr traurig. Ich weiß nicht. Es war so, als ob es viele gäbe, die eine Verantwortung hatten. Und dann war da ein kleines Mädchen – na ja, das waren wohl Sie ...« Er lächelte entschuldigend. »... und die junge Ehefrau. Fürchterlich tragisch. Aber das Leben geht weiter. Teufel noch mal, wie ist man selbst alt geworden, wenn man so jemanden wie Sie sieht. Aber ich bin froh, Sie zu sehen, wirklich.«

»Ja, das merke ich.«

Bis stand auf, um zu gehen. Ihr fiel nichts mehr ein, wonach sie fragen konnte. Gleichzeitig hatte sie so ein Gefühl, daß da noch mehr war. Sie wußte nicht, was. Vielleicht sollte sie es einfach etwas gelassener nehmen. Aber da war irgend etwas in seinem Blick. Als ob er gerne etwas sagen würde. Vielleicht war es einfach Liebe auf den ersten Blick. Es fiel ihm nicht leicht, seine Augen unter Kontrolle zu halten.

Sie versuchte, etwas mehr Geduld aufzubringen. Wenn man die Geduld zu verlieren drohte, hatte man sie am nötigsten. Dennoch verabschiedete sie sich. Sie konnte ja auch nicht hexen. Wenn die alten Scheißer nicht reden wollten, dann wollten sie eben nicht. Das Leben mußte weitergelebt werden. Sie hatte diese ganze alte Geschichte plötzlich sehr, sehr satt.

In der Diele senkte er die Stimme und machte ein Angebot, das er in jüngeren Jahren garantiert nicht auszusprechen gewagt hätte. Er sah aus wie jemand, der seine Hemmungen abgelegt hatte, nachdem er die Sechzig überschritten hatte.

Am liebsten hätte sie ihm eine scharfe Absage erteilt. Aber im letzten Augenblick änderte sie ihre Meinung. Der Mann war ja nicht unfreundlich. Und wohl auch nicht gewalttätig. Geradezu häßlich war er auch nicht, und fett konnte man ihn auf keinen Fall nennen. Und sie stand da und brauchte eine Information. Und Geld. Dazu kam, daß sie nicht mehr ganz dasselbe Mädchen war wie das, was vor etwas mehr als drei Wochen Kopenhagen verlassen hatte.

Sie blies sich die Haare aus der Stirn und sah ihn sanft an. Der Hauch eines leidenden Ausdrucks in seinen Augen machte ihr Mut. Sie traf eine Entscheidung, ging zu ihm hinüber, den Kopf eine Spur schief geneigt, gab ihm einen Kuß auf die Wange und sorgte dafür, ihn mit dem Oberkörper zu streifen.

»Ich kann nicht mit Ihnen zum Essen gehen. Dazu habe ich keine Zeit. Aber Sie können mich im Hotel Caravelle abholen. Ich bin um halb eins fertig. Ich arbeite in der Küche.«

Sie haben eine große Zukunft vor sich, Miss Hagensen. Das möchte ich Ihnen noch sagen. Ich habe es schon lange sagen wollen. Es ist Ihr Überblick. Die Art, wie Sie Prioritäten setzen. Sie verstehen es, die Dinge nicht zu verwischen. Das tun nämlich viele. Ich könnte Sie für größere Aufgaben gebrauchen. Sie könnten es weit bringen, wenn Sie es wollen.«

Der Küchenchef war aufrichtig, und Bis zweifelte nicht eine Sekunde daran, daß er recht hatte, als sie bei einem kalten Bier beisammensaßen, nachdem das letzte Geschwätz der Abendgäste mit einer Drehung des Schlüssels und einem dankbaren Blick gen Himmel ausgesperrt worden war.

Der reguläre Spüler war gekommen und hatte seinen Job zurückverlangt. Den bekam er auch, samt einer Ohrfeige dafür, daß er gestern blaugemacht hatte, und gleichzeitig beförderte der Küchenchef Bis zur Küchengehilfin für die beiden Köche und ihn selbst, weil er gesehen hatte, daß sie sich sowohl die Nägel bürsten als auch den Kopf benutzen konnte. Daraufhin war der Direktor wütend hereingestürmt gekommen und hatte gefragt, was das denn solle, einfach so Leute einzustellen, woraufhin der Küchenchef einen Suppenlöffel auf den Fliesenboden knallte und sagte, davon verstünde er nichts, und wenn es noch mehr Ärger gäbe, dann würde er auf der Stelle kündigen und die beiden anderen mitnehmen, und dann stände er da mit seiner vierundzwanzigköpfigen Abendgesellschaft. Dabei sah er so aus, als ob er es wirklich ernst meinte, worauf der Hotelchef mit erhobenen Händen den Rückzug aus der Küche antrat.

»Viele glauben, daß es in den Händen liegt.«

Der Küchenchef lächelte verträumt. Er war siebenundzwanzig Jahre und im Begriff, einen seltenen Augenblick am Schopf zu ergreifen, wo er aus seinem Erfahrungsschatz schöpfen und ihn an eine unbekannte Fremde weitergeben konnte.

»Es liegt im Kopf. Man kann nur gut in der Küche werden, wenn man den Kopf benutzen kann. Kombinationssinn, Ordnungssinn, das ist es, worum es geht.«

Er nickte und fügte hinzu, das stimme, und nahm einen Schluck von seinem Bier.

Bis erinnerte ihn an die sieben Dollar, die er ihr noch schuldete, trank aus, zählte nach und ging, während er zurückblieb. Ihm dämmerte, daß er eine andere Taktik hätte anwenden sollen.

Es war zwanzig Minuten nach zwölf, als sie durch die nächtlichen Straßen nach Hause ging. Es war Freitag, und Restaurants und Bars waren hell erleuchtet. Sie konnte es nicht lassen, wieder an ihrer Tasche zu fühlen. Sie hatte nicht mehr als die Hälfte des Geldes von gestern verbraucht. Sie hatte vor, ihren neuen Freund, den Küchenchef, zu überraschen, indem sie sich schon morgen von ihrer Küchenkarriere verabschiedete. Sie hatte sich gedacht, dem Schicksal ein Schnippchen zu schlagen, indem sie hinterher ein Taxi zum Flughafen nahm.

Als sie den belebten Teil der Hauptstraße hinter sich ließ, hörte sie plötzlich Schritte hinter sich. Sie folgten ihr im selben Tempo, das sie vorlegte. Ohne sich umzudrehen, machte sie den Unbekannten scharf darauf aufmerksam, daß sie ein langes scharfes Küchenmesser bei sich hatte, daß sie jeden Moment Amok laufen konnte und daß die Polizeistation nur zwei Blöcke weiter rechts lag. All dies, ohne das Tempo zu beschleunigen, den Kopf stur geradeaus gerichtet, worauf die Schritte verklangen.

Sie ging an ihrer Unterkunft vorbei und weiter den Hügel hinauf in Richtung von Dr. Toussaints Haus. In den meisten Häusern war es dunkel, und auf den Straßen waren fast keine Autos zu sehen.

Dann sah sie ein Auto leise den Hügel herunterrollen. Es verlangsamte seine Fahrt, und der Fahrer schaute sie an, als er vorbeifuhr. Sie blieb stehen. Dann blieb auch er stehen und stieß zurück.

Er öffnete die Tür von innen, sie stieg ein. Er begann sofort an ihrer Bluse zu fummeln. Sie konnte seinen Atem hören. Sie beugte sich zu ihm hinüber, legte eine Hand fest auf seinen Schenkel und flüsterte:

»Laß uns zu dir nach Hause fahren. Ich hätte gerne einen Gin-Tonic und ein Bad. Ich habe fettige Haare. Vom Abwasch.«

Er seufzte und wendete den Wagen.

»Was macht ein nettes Mädchen wie du in einer Hotelküche? Dazu haben wir die Farbigen.«

»Ich habe kein Geld.«

Er sagte nichts, während sie zurück zum Haus fuhren.

Er parkte und versuchte wieder, sie zu begrapschen, woraufhin sie vorsichtig seine Hände wegnahm und lächelte.

»Ich muß mich waschen.«

Drinnen im Haus mixte er die Drinks, während sie unter die Dusche ging. Sie seifte sich gründlich ein, wusch sich die Haare und ließ sich das heiße Wasser direkt übers Gesicht laufen. Dann überlegte sie einen Augenblick, ob sie ihn bitten sollte, zu ihr zu kommen, um sie abzutrocknen, verzichtete dann aber darauf. Sie fand ein Deodorant und einen Haartrockner, föhnte sich das Haar halb trocken, schlang sich ein weißes Handtuch um die Hüfte und ging auf bloßen Füßen ins Wohnzimmer.

Er saß auf einem breiten Ledersofa und sah von seinem Drink auf. Es war still im Wohnzimmer, die Beleuchtung wurde von einer kalten Lampe an der Decke bestritten. Sie ging zum Radio und schaltete es ein. Während sie ihn ansah, nahm sie sein Feuerzeug und zündete zwei Kerzen an, die unter alten westindischen Glasschirmen standen, und machte das große Licht aus.

Dies alles dauerte ein paar Minuten, währenddessen saß er bloß da und sah sie schweigend an.

Dann ging sie zu ihm.

Sie redete sich weiterhin ein, daß dies aus forschungsmäßiger Notwendigkeit geschähe, daß sie eine Akteurin auf der großen Bühne der Geschichte sei, daß sie nicht zurückkönne, auch wenn sie wolle. Sie redete sich auch ein, daß sie überhaupt keine Lust hätte, wobei sie nicht sicher war, ob das stimmte, als sie das Handtuch fallen ließ und nackt vor ihm stand.

»Das kostet zweihundertfünfzig Dollar. Ich bekomme zuerst das Geld.«

Dr. Toussaint hatte *das* Erlebnis seines zweiten Lebens.

Daran hatte sie keinen Zweifel, auch wenn sein Gesicht nur wenig verriet, als sie seine Hand auf ihrem Körper umherführte, auf dem alten Ledersofa der verstorbenen Frau Toussaint, auf dem durch die Jahre so viele Mitglieder des besseren Bürgertums der Insel gesessen und an ihren Drinks genippt hatten, während sie die augenblickliche Situation auf den Inseln kommentierten.

Sie selbst fühlte ein unerwartetes Gefallen an der Sache, besonders weil sie es nicht hinauszuzögern brauchte. Es lag eine geschäftsmäßige Kühle über dem Ganzen, die sie sich gerne gefallen ließ. Der unkontrollierbaren Leidenschaft, die ihr das Ganze so oft verdarb, war die Spitze genommen, hier saß sie mit der echten Ware: Genuß und ein klein wenig Abstand, was ein paar Hemmungen schwinden ließ.

Hinterher, während er dalag und schlummerte, überraschte sie sowohl ihn als auch sich selbst, indem sie ihn wieder zum Leben erweckte. Es war, als ob all ihre aufgesparten Aggressionen, die ganze Spannung und Angst, sich entluden.

Sie betrachtete sein Gesicht, sah all die Jahre darin und spürte, daß sie die einzige Möglichkeit erwischt hatte, wie sie mit dieser ganzen Zeit in Kontakt kommen konnte, mit all diesen verfluchten Jahren, die sie von den anderen trennten, dieser ganzen verstaubten Geschichte, ihrem ganzen Filz und ihrer Gemeinschaft, von der sie nie ein Teil werden konnte, bloß weil sie zu einem anderen Zeitpunkt geboren worden war. All dies sah sie in seinen Falten und Linien, es erregte und reizte sie, und sie erhöhte wieder das Tempo und ritt seine Autorität in Grund und Boden, bis es schließlich zuviel wurde und sie mit einem langen Aah reagierte.

Später saßen sie brav nebeneinander auf dem Sofa und rauchten. Sie hatte noch ein Bad genommen, diesmal kurz, und nahm seine Hand, während sie fragte, ob er sie heimfahren würde, sie sei so müde, so müde.

Er hatte ein oder zwei Drinks mehr, als er sollte, willigte aber ein.

Außerdem hatte ihm der Gin die Zunge gelöst. Bis kämpfte, um die Augen offen zu halten. Er redete und erzählte, während sie sich anzog, dann schlug sie zu.

»Wenn du mir erzählst, was du weißt, komme ich morgen wieder.«

»Teufel auch. Geld und ...«

»Geld und Informationen. Das ist es, worum sich mein Leben im Moment dreht.«

Er schaute sie an und kämpfte darum, wie sie einzuordnen war. Ihr Gesichtsausdruck hatte sich abrupt gewandelt. Jetzt war er nicht mehr verzweifelt und hart, eher hilflos. Sie gingen nach draußen zum Auto, und er fuhr sie die kurze Strecke hinunter in die Stadt.

»Ehrlich gesagt«, sagte er, als er sah, wo sie logierte. »Wäre es nicht passender, wenn ...«

»Nein danke, ich übernachte hier«, sagte sie und wollte aussteigen.

Sie konnte sich kaum mehr auf den Beinen halten, aber etwas fehlte noch. Und er wollte offensichtlich gerne etwas sagen. So viel bemerkte sie durch den Schleier aus Schlaf, der sich über die Augäpfel zu legen begann.

»Ich finde, du solltest wissen ...«

Sie drehte sich um und sah ihn fragend an.

»Selbstmord oder nicht. Da werde ich mich nicht einmischen. Ich bin Arzt. Praktizierender. Kam als ganz junger hierher, als niemand nach St. Croix wollte.«

Sie sah ungeduldig aus.

»Die Todesursache ist in solchen Fällen Aufgabe der Polizei. Aber du hast dich vielleicht darüber gewundert, daß ich geschrieben habe ›vermutlich‹?«

Bis wurde plötzlich sehr wach. Das war es, was ihr die ganze Zeit im Magen gelegen hatte, was sie aber als unbedeutend abgetan hatte.

»Das war meine kleine Rebellion. Ich bin jetzt so alt geworden, daß ich Lust habe, es zu erzählen. Du bist jung. Du mußt mir versprechen, nicht zu sagen, woher du es hast. Ich werde es nicht bezeugen, falls es zu einem Prozeß kommt. Dafür steht zuviel auf dem Spiel. Und ich antworte auch nicht auf weitere Fragen deinerseits. Ich werde alles leugnen, wenn mich jemand verhört.«

Er hatte die Stimme so sehr gesenkt, daß sie sich anstrengen mußte, um ihn zu verstehen.

»Das, was ich dir jetzt sage, steht nirgendwo. Es ist hier«, sagte er und deutete mit dem Zeigefinger auf seine Schläfe.

Sein Gesichtsausdruck veränderte sich plötzlich. Er sah verängstigt und wütend zugleich aus.

»Der Mann hatte Würgemale am Hals. Daumen und Zeigefinger. Vier insgesamt. Die anderen waren undeutlich. Da war auch eine Beule am Kopf. Wie nach einem Schlag. Irgend etwas Schweres. Drei Zentimeter über dem rechten Ohr. Es ist neunundzwanzig Jahre her, aber das vergesse ich nie. Jetzt habe ich es gesagt. Leb wohl.«

Fünf Minuten später lag sie zitternd vor Müdigkeit in ihrem Bett. Der Schlaf übermannte sie mit einem Schlag, doch eine halbe Stunde später erwachte sie ebenso plötzlich wieder, geweckt von fürchterlichen Träumen, die von einem Küchenchef handelten, der sie in den Armen wiegte und ihr die Flasche gab, während ihr Vater hereingestürmt kam und fragte, wer der Adoption zugestimmt hätte. Sie war naß vor kaltem Schweiß, stand auf und trocknete sich ab, lag da und zitterte weiter, diesmal vor Angst, rauchte ein wenig und schlief dann richtig ein.

Am nächsten Morgen erwachte sie durch ein leises Klopfen an der Tür. Es war spät. Sie hatte wie ein Stein geschlafen und fühlte sich wie eine aufgeladene Batterie. Sie sagte schläfrig »Ja«, und die älteste Tochter der Wirtin steckte mit einer Tasse Kaffee den Kopf zu ihr hinein. Gerührt küßte sie sie, während sie die Tasse nahm.

»Hier. Fürs Sparschwein.«

Das Mädchen sah ernst auf die kleinen Münzen, die sie von der dänischen Dame auf die Hand bekommen hatte, dann ging sie wieder.

Bis saß eine Weile im Bett und versuchte, zu sich zu kommen.

Es war, als wäre sie zwei, drei Personen auf einmal. Eine Studentin, die eine Diplomarbeit schrieb. Eine verrückte Frau, die Nachforschungen anstellte über einen ... ja, ein Mord war es jetzt wohl, stellte Bis eigenartig nüchtern fest und sah Dr. Toussaints Gesichtsausdruck vor sich. Und dann die dritte, ein vollgültiges Mitglied von Christiansteds Unterklasse. Die Situation wurde nicht besser dadurch, daß sie noch nicht wußte, ob sie Lust darauf hatte, das zu sein, was sie eigentlich war, nämlich Gymnasiallehrerin in Kopenhagen.

Langsam kehrten ihre Lebensgeister wieder, und sie ging auf die Toilette, die unten im Hof lag. Draußen in der Sonne stand sie eine Weile mitten im Hof, das Nachthemd mit den Armen an sich gedrückt. Einen Augenblick in der Sonne zu stehen war wie den Strom anzuschließen. Sie streckte sich, spürte die brennende Hitze auf der Haut und dachte, es wird schwer werden, sich das wieder abzugewöhnen.

Sie lächelte und winkte schläfrig einem kleinen Jungen zu, der in einer Tür stand und sie anschaute, streichelte eine Katze, die sich an ihr Bein drückte und schnurrte.

Dann nahm sie langsam die Holztreppe hoch zum Laubengang im ersten Stock, wo ihr Zimmer war. Sie sah eine Weile über die Hinterhöfe. Der Berg im Osten erhob sich wie ein großer kluger Kopf. Von hier aus konnte sie auch die Brandstätte sehen. Es kam ihr so vor, als wäre der Brand in einem anderen Leben passiert, auch wenn es nur eineinhalb Wochen her war.

Dann ging sie zurück aufs Zimmer. Schloß langsam die Tür hinter sich. Machte einen Donald-Duck-Laut zu einem Gecko, der auf einem Zweig draußen vor dem Fenster saß und sie anstarrte. Ließ das Nachthemd fallen und streckte die Arme nach beiden Seiten aus. Berührte beide Wände mit den Fingerspitzen, schloß die Augen in einem leisen meditierenden Versuch, die Welt im Zusammenhang zu sehen.

Dann öffnete sie die Augen. Ihr Blick fiel auf ihre Schmutzwäsche, und sie starrte sie einen Augenblick nachdenklich an.

Dann packte sie es an. Es konnte nicht länger verschoben werden. Heute mußte im Hof Wäsche gewaschen werden.

Später am Nachmittag ging sie wieder auf ihr Zimmer, mit einem dünnen Päckchen in braunem Papier, auf dem mit großer deutlicher Handschrift *Miss Hagensen, St. Croix, zur Abholung am Kai* stand.

Herr Nielsens Werk war gründlich. Sie ließ die Augen über die Verzeichnisse laufen. Namen von Schiffen von 1912 bis 1935, Anzahl, Tonnage, Heimathafen, Gütermengen und -art, welche Art Verzollung, wann und von wem sie vorgenommen worden war, sowie Anzahl der Liegetage auf St. Thomas und nächster Bestimmungshafen. Einunddreißig Seiten mit kleinen naiven Zeichnungen von Schiffen vor Anker in der Bucht und am Kai der Kompagnie.

Während sie las, dachte sie darüber nach, wofür sie das verwenden sollte. Sie legte das Buch in den Schoß, griff sich an die Stirn und rechnete rückwärts durch alle Glieder. Ein wütender ØK-Prokurist, ein pensionierter Direktor, die Königliche Bibliothek, ein Bibliothekar, der ihr schrieb, ein vergessener Zettel, ein Universitätslektor in Hellerup, ein früherer Zöllner auf St. Thomas, was hatte all dies mit ihr zu tun?

Sie blätterte die letzten Seiten durch. Nielsen hatte recht gehabt. Sie konnte es zu nichts gebrauchen. Und doch, wer weiß. Vielleicht ein anderes Mal. Sie beschloß, es abzuschreiben und mit einem Dankeschön fürs Ausleihen zurückzuschicken.

Auf der letzten Seite war ein kleiner Zettel von Frau Nielsen, die das Ganze hatte zusammenpacken und schicken müssen. Bis nahm ihn mit einem kribbelnden Gefühl im Bauch.

Auf dem Zettel stand, daß sie es auf gar keinen Fall ihrem Mann erzählen dürfe, daß sie es ihr gesagt hätte, aber es gäbe eine Zeugin des Ereignisses im Jahre 1932 auf St. Croix: Sie wohne noch dort, und so habe ich gewiß genug gesagt, sagen Sie es auch nicht Frau Feddersen, ich weiß nicht, auf was ich mich da einlasse, aber Sie sahen so hilflos aus, und ich wollte Ihnen gerne helfen. Aber Sie verstehen, ich will nichts gesagt haben.

Freundliche Grüße. PS. Die Zeugin heißt Mary-Ann Hartmann, ich weiß nicht, wo sie wohnt, glaube aber, es ist auf St. Croix, ich meine jedenfalls, daß sie nicht mehr hier auf St. Thomas wohnt, viel Glück and take good care of yourself, my dear child.

Bis ließ den Brief sinken und atmete schwer. Vor wenigen Augenblicken hatte es so ausgesehen, als würde alles auseinanderfallen, jetzt war der Zusammenhang da. Vor wenigen Augenblicken war das Ganze ein einziger großer Knoten gewesen, jetzt hatte jemand am richtigen Ende gezogen, und das Ganze war dabei, sich langsam zu lösen.

Es war, als ob die Ereignisse sie umherwerfen würden, kunterbunt durcheinander von einem Ende des Zimmers zum anderen. Jetzt war sie auf irgendeine wundersame Weise mit beiden Beinen auf dem Boden gelandet – im Moment jedenfalls.

Jetzt sah sie Dr. Toussaints Gesicht vor sich, sah Frau Nielsen mit ernster Miene dasitzen und schreiben, während sie verstohlen zu ihrem Mann blickte, und dann wurde ihr das Ganze klar.

Ohne Beweise zu haben, wußte sie jetzt, wie es zusammenhing. Sie schwankte durch das Zimmer, stützte sich auf die wenigen Dinge, die es gab, stand eine Weile am Fenster, warf sich wieder aufs Bett. Sie war eineinhalb Monate im Blinden umhergetappt, in zwei Tagen mußte sie nach Hause, und das Rätsel war kurz davor, gelöst zu werden.

Gelöst? Plötzlich wurde sie wieder von praktischen Fragen übermannt. Wo, was und wie? Von ihr allein? Oder sollte sie zur Polizei gehen?

Ihr Kopf schmerzte.

Dann schaute sie auf die Uhr, fühlte in der Brieftasche nach und stellte fest, daß sie sich eine Inseltour leisten konnte, nach diesem weiteren großen Karrieresprung in der Küche des Hotels Caravelle.

Lächelte der Mann oder fletschte er die Zähne?

Bis betrachtete von Sehested durch ihr Glas. Sie konnte verschiedene Bilder von ihm hervorbringen, klare, verschleierte oder sogar proportionsverzerrende, je nachdem, wie sie das Glas hielt. Wenn sie durch den obersten Teil schaute, stand er ihr klar vor Augen, weiter unten, durch einen Tropfen, wurde seine Gestalt mißgebildet, und die Augen leuchteten böse und hart, und ganz unten, durch die gelbliche Flüssigkeit, wurde er riesengroß im Verhältnis zum Raum.

Sie war müde, schon betrunken nach nur einem Drink, und ähnelte einem Haufen Reisig, der zur Seite gelegt worden war.

Sie hatte beschlossen, sich direkt in die Höhle des Löwen zu begeben, nachdem sie drei große Soßentöpfe saubergemacht und einen vierten einem träumenden jungen Mann mit der Bemerkung, daß sie ja nicht die ganze Nacht warten könne, aus der Hand gerissen hatte.

Schlecht gelaunt hatte sie anschließend einen Abstecher ins Carambola Beach gemacht. Um zu sehen, was das Arschloch von von Sehested und sein speichelleckender Sohn so machten, wenn sie sich unbeobachtet glaubten, und um die Wirkung von ein paar verdreckten weißen Shorts und einer nach Fritierfett stinkenden Ponyfrisur in der Drei-Sterne-Bar des Carambola Beach zu testen.

»Wir, äh, schließen bald.«

Der Barkeeper stand ihr etwas unsicher gegenüber, ein sauberes weißes Geschirrtuch in der Hand. Er feuchtete die Zipfel an und rieb einen Fleck von der spiegelblanken Tischplatte.

Sie zwinkerte ihm zu, lächelte aber nicht.

»Noch einen, Honey«, sagte sie und leerte das Glas in einem Zug.

Die Stimmung war fiebrig und stand in beinahe erschütterndem Kontrast zu der liebevollen Fürsorge, die ihr zuteil geworden war, als sie hier als Gast weilte.

Es war so, als wäre es ein ganz anderer Ort. Es war dieselbe Antiklimax, wie wenn man einen Ort aufsucht, an dem man vor zwei Jahren im Sommerurlaub gewesen ist. Die Personen sind andere, man selbst ist eine andere, die Geräusche und das Licht sind anders.

Der Barkeeper reichte ihr einen neuen Drink und deutete auf seine Uhr.

Sie beachtete ihn nicht und schaute sich um.

Da waren immer noch einige Gäste, obwohl es spät war. Ein halbes Dutzend in der Bar und mehrere Grüppchen, die sich gedämpft an den Tischen unterhielten, benommen im Kopf und glücklich nach noch einem Tag am Strand, unter Wasser und im Schatten von Palmen, seufz, *The American Paradise,* das ist es wirklich, genauso, wie es auf den Nummernschildern der Autos steht, *isn't it wonderful, darling,* sagte eine Art Hausmütterchen mittleren Alters und benahm sich wie eine Frischverliebte, den Kopf auf die Schulter des Mannes gelegt und ihre Hand mit der seinen verflochten.

Hier bekamen sie, was sie brauchen, dachte Bis und schüttete die Hälfte ihres Drinks mit einer Bewegung hinunter, die einen der Bargäste stutzen ließ.

Hier werden sie von morgens bis abends bewirtet, dachte sie weiter, wobei es etwas anderes war, das ihr von ihrem eigenen Besuch in dem Luxushotel in Erinnerung war. Es war eher etwas Zartes und Sanftes... Sie biß sich auf die Unterlippe und spürte einen Stich an empfindlicher Stelle. Dann verdrückte sie sich die Träne und betrachtete wieder die Touristen.

Luxussuiten in den alten Sklavenhütten, Frühstück mit warmen Croissants, geschmückte Schalen mit tropischen Früchten und dampfend heißer Kaffee, die sanften Stimmen der Kellner und ihre schwarzen Augen, die aufmerksam jedem Wink folgten.

Gewürzte Barbecue-Spieße mit Kalb und Champignons, in Rotweinmarinade gewendet, Austern auf tropfenden Eistabletts und Haufen von Krabben, die nach Salzwasser rochen, zum Lunch. Eine nachmittägliche Verführung aus westindischem Fruchtsaft, der den Rum verbarg und den Rausch verstärkte, Abendplemplem mit Perlen von trockenem französischen Rosé zu gegrilltem Schwertfisch, *right from the deep blue ocean, ma'am,* mit honiggerösteten Nüssen bestreut – Bis leerte ihr Glas in einem Zug.

»Noch einen.«

Der Barkeeper wollte protestieren, doch im selben Moment deutete einer der anderen Gäste auf sein leeres Glas, und der Barkeeper schenkte noch mal ein, teilte aber mit, daß der weitere Ausschank alkoholischer Getränke in »The Carambola Late Night Bar« links von der Lounge stattfinden würde.

Von Sehested tauchte ab und zu auf. Der Abend hatte den Punkt erreicht, wo es richtig nett und lustig war. Alle zogen die letzte Viertelstunde hinaus, keiner war skandalös voll, gleich müssen wir zu Bett, kommen Sie doch und setzen Sie sich noch ein bißchen.

Von Sehested lächelte, als ihn ein paar Gäste herwinkten. Der Mann am Tischende bestand darauf, eine Flasche zu spendieren, von Sehested gesellte sich zu ihnen, sagte etwas, das sie zum Lachen brachte.

Er stand an ihrem Tisch, den Oberkörper nach vorne gelehnt und die Hände auf die Tischkante gestützt.

Der Barkeeper machte ein paar Lichter und die Musik aus, so daß Bis mitbekam, was von Sehested zu erzählen hatte. Die Gäste bekamen eine kurze und dichtgepackte Zusammenfassung der Geschichte des Ortes präsentiert, erzählt vom dänischen Grafen höchstpersönlich, Nachkomme der alten Plantagenbesitzer.

»Wonderful!«

Eine Dame ließ ihre Perlenkette los, an der sie herumgespielt hatte, schlug ihre kleinen dicken Hände zusammen, während er vom Sklavenaufstand erzählte, der der Familiengeschichte beinahe ein abruptes Ende gemacht hätte. Mit unbeeindruckter Stimme berichtete er ihnen im Schnelldurchlauf von der Emanzipation, dem Verkauf der Inseln und der neuesten Geschichte, sowie der Tatsache, daß sie sich in diesem Augenblick mitten in der alten Zuckersiederei befanden, die ab und zu einen Schwarzen das Leben gekostet und der Familie das Vermögen gebracht hatte.

Auf die Frage, ob es nicht ermüdend sei, hin und her über den Atlantik zu reisen, antwortete er sanft: »Hat jemand die Mannschaft in den Fregatten des Königs je danach gefragt, ob es ermüdend war? Sie waren zwei Monate unterwegs. Ein Kapitän machte die Reise einundzwanzigmal...«

Die Gäste hörten benommen zu, während er seinen Blick von einem zum andern wandern ließ.

»... aber dann war auch er müde.«

Sie lachten, überzeugt und etwas reicher. Er prostete ihnen zu, und Bis spürte das Charisma, das von ihm ausging, sah es bestätigt in den Augen der Frauen und hörte es im Schweigen der Männer. Als er ging, ertappte sie sich, wie sie ihn mit offenem Mund anstarrte. Er hatte sie nicht gesehen.

Sie warf einen Dollar auf die Theke und ging ihm nach.

Er schritt kerzengerade durch die Eingangshalle und fuhr sich mit einer charakteristischen Handbewegung durchs Haar. An der Rezeption blieb er stehen, um einer jungen farbigen Frau gute Nacht zu sagen, deren Gesicht sich bei seinem Anblick aufhellte.

Er überraschte das Mädchen, weil er sich daran erinnern konnte, daß sie doch schwanger gewesen war, und jetzt wollte er gerne wissen, was es geworden war und ob sie noch immer mit dem Vater zusammenwohnte.

»Gut«, sagte er auf dänisch, »gut«, als sie erzählte, daß es ein Junge geworden wäre, daß sie geheiratet hätten und daß Sweeny, ihr Mann, eine feste Arbeit in der Aluminiumfabrik hätte und daß sie damit rechneten, eine Wohnung zu bekommen – mit eigenem Bad, Mister Seestet.

Er hörte zu, dann streckte er sich und wischte mit einem Finger über einen Hängeschrank und sagte, denken Sie daran, alles abzuwischen, schaute sie noch einmal mit hochgezogenen Brauen an und verschwand.

Bis fand, daß sie ihm lange genug nachspioniert hatte, und wandte sich zum Gehen.

Da kam ein alter Freund ins Blickfeld. Sie flitzte wieder in die Bar, wo der Barkeeper sie irritiert ansah, dann schaute sie wieder in die Eingangshalle hinaus und sah Nick Pointdexter durch eine Tür verschwinden, auf der »Private« stand.

Mit dem sicheren Gefühl, daß es höchste Zeit war, sich davonzumachen, schlich sie sich zwischen zwei Gruppen von Gästen hindurch, die sich laut unterhielten, und floh hinaus in die Nacht.

Draußen lauschte sie eine Weile still der Brandung und den Grashüpfern, die die Hinterbeine im Paarungsspiel aneinanderrieben.

Was machte sie hier? Die Frage stellte sich wie von selbst. Sie hatte Lust, einfach zu verdampfen. Hinauf, weg, wie die Wolken aus Feuchtigkeit über dem Regenwald nach einem Schauer. Sie war müde und konnte keinen Sinn mehr in irgend etwas erkennen. Dieser Mann hatte alles erreicht und war zu stark, als daß sie ihm etwas anhaben konnte.

Ihm etwas anhaben? War es das, was sie wollte? Was wollte sie? Eine uralte und banale Geschichte aufrollen, einen Mann und sein Lebenswerk zerstören, liebenswürdige alte Damen zu Tode erschrecken und ihr eigenes Leben aufs Spiel setzen?

Von Sehested hat dreißig Jahre auf dies hier gewartet, hörte sie einen Mann bei der Zusammenkunft der »Friends of Denmark« neulich sagen. Alle glaubten, daß er verrückt wäre, als er in den Dreißigern vom Tourismus als Zukunft dieser Inseln hier sprach und mehr und mehr Grund aufkaufte. Dann war es langsam aufwärts gegangen nach dem Zweiten Weltkrieg. Die amerikanischen Touristen begannen sich so langsam in Mengen einzufinden, über die zu sprechen sich überhaupt lohnte. Im Laufe der Fünfziger ging es besser und besser, langsam, aber sicher, und dann begann man sich vor von Sehested zu verneigen, so wie man es vor seiner Familie in früherer Zeit getan hatte. Er wurde zum Symbol dänischen Stolzes, zum gemeinsamen Symbol aller Weißen wie Farbigen, daß es doch möglich war, sich selbst an den Haaren aus dem Sumpf herauszuziehen.

Jetzt hatte Castro Kuba dichtgemacht. Die Amerikaner hatten ihren Lieblingsferienort gewechselt. Sie strömten herbei. Das Geld strömte herein. Die Leute zogen den Hut, wenn er sich in der Stadt zeigte oder zwischen seinen Hotels, dem Immobilienbüro oder der Autovermietung hin und her sauste.

Bis atmete schwer. Hier hatte sie nichts verloren.

Gebeugt ging sie auf das große rotgestrichene Tor zu und drehte sich ein letztes Mal um, um das Lichtermeer des

Hotelkomplexes zu betrachten. Es waren nicht mehr viele Lichter an. Die noch übrig waren, wurden ringsherum ausgemacht. Sie ließ den Blick hinaus über das Meer schweifen. Die Brandung leuchtete weiß zwischen den Palmblättern. Der Strand fing einen bleichen Mondstrahl ein. Dann fiel ihr wieder ein, warum sie hier war. Das Mondlicht gab ihr die Kraft zum Handeln wieder, füllte sie mit Lust zu erfahren, was von Sehested im verborgenen trieb.

Sie ging zurück, um ihn, wenn möglich, noch ein letztes Mal zu sprechen. Sie erreichte die Eingangstür, gerade als sich die letzten Gäste lachend von ihr entfernten. Das Personal erledigte die letzten Dinge, müde und ungeduldig knallten sie mit Türen und Schranktürchen, und im selben Moment sah sie ihn um eine Ecke biegen, in die Eingangshalle kommen, um hinter derselben Tür wie Pointdexter zuvor zu verschwinden.

Eine Weile blieb sie stehen und starrte auf die geschlossene Tür, erwog hineinzugehen und durch das Schlüsselloch zu schauen, ließ es aber sein. Dann glitt sie leise zurück in die Dunkelheit des Hofes und entfernte sich ein wenig vom Hotel, um sich einen Überblick zu verschaffen.

An der Giebelseite, dort, wo sein Büro sein mußte, flog eine Tür zu einem französischen Balkon auf, und eine Gestalt erschien. Dann hörte sie laute Stimmen und ging automatisch ein Stück näher.

Unter der crhellten Balkontür stand eine Reihe geparkter Autos im Dunkeln. Sie schlug einen großen Bogen um die letzten Gäste, die aus der Rezeption kamen, bewegte sich lautlos am Rande der Dunkelheit, mit kleinen Schritten näherte sie sich dem Garagengebäude gegenüber dem Hotel. Von hier konnte sie in das Zimmer hineinsehen. Ein Windstoß ließ die Gardine flattern und trug eine Wolke Zigarrenrauch herüber. Dann wurde die Gardine weggezogen. Mit dem Rücken zu Pointdexter, in die Nacht hinein und zu Bis und den Garagen blickend, sprach von Sehested zu ihm.

»Wo ist der Buick?«

Er klang wütend. Sie konnte beinahe hören, wie er die Spitze der Zigarre abbiß und die gepuderten Deckblätter zum Knacken brachte. Aber dann war es vorbei. Von Sehested drehte sich zu seinem Gesprächspartner um, und nichts war mehr zu hören.

Sie duckte sich und kroch zwischen zwei große amerikanische Straßenkreuzer, die Augen auf von Sehesteds Büro gerichtet. Ihre Sinne gewöhnten sich allmählich an die Nacht. Sie bewegte sich ganz sicher zwischen den Autos und stellte sich so dicht wie möglich zum Büro, den Kopf direkt unter einem kleinen Zementvorsprung, auf dem das Eisengitter zur Balkontür saß.

Jetzt konnte sie ihre Stimmen hören, schwach, aber dennoch deutlich durch das nächtliche Summen der Brandung, des Windes und unruhiger Insekten.

»Dir wäre also beinahe der Kopf mit einem Zuckermesser von dieser unbekannten Schönheit abgeschlagen worden. Hatte sie auch ein Maschinengewehr dabei?«

Seine Ironie knallte wie eine Peitsche durch den Raum. Nick antwortete nicht, oder aber er tat es so leise, daß sie es nicht hören konnte. Sie strengte sich an, um noch näher zu kommen, drehte die Hände, packte das Gitter und zog sich zehn Zentimeter an den Armen hoch.

»Und das, was du in Christiansted gemacht hast, war mehr als dumm. Ist dir klar, wie viele Menschen hätten umkommen können?«

Von Sehested machte den jungen Mann nieder. Jedes Mal, wenn er ansetzte, wurde er scharf unterbrochen.

Dann konnte sie sich nicht länger halten. Es tat immer mehr weh, sie bekam Krämpfe, ließ mit einem kleinen Laut los und befürchtete für einen Moment, daß sie es hörten. Außer Atem und mit zitternden Muskeln legte sie sich auf die Kühlerhaube eines Ford Lincoln und atmete schwer. Was sollte das hier? Hing sie an einem Eisengitter, um einem Mordplan auf die Spur zu kommen, der ihr selbst galt? Oder war es nur ein böser Traum, und sie würde bald in ihrem Bett am Dalgas Boulevard erwachen, weil es an der Tür klingelte?

Ein Herr aus einer der Hütten hatte die Güte, nach draußen zu gehen. Er erleichterte seine Blase mit einem Druck von acht Atmosphären und gab seiner Zufriedenheit lautstark Ausdruck. Die Geräusche klangen unnatürlich kräftig in der Stille der Nacht, und Bis mußte sich in die Unterlippe beißen, um nicht zu lachen. Vom Büro kam kein Laut.

Der Mann begann zu summen, aber statt ins Bett zu gehen, schlenderte er zu den parkenden Autos.

Sie versteckte sich zwischen der Mauer und der Stoßstange des Autos. Sie hatte gerade so Platz und war wütend, daß sie der Saufbold störte. Sie wollte hören, worüber sie oben im Büro sprachen!

Während der nächtliche Gast mit einiger Mühe den Schlüssel zum Kofferraum ins Schloß steckte, hörte sie vereinzelte Worte.

»... Nielsen ... St. Thomas ... denk doch mal nach, Mann!«

Der Gast trollte sich mit einer Luftmatratzenpumpe. Sie schlich sich aus der Dunkelheit, packte nochmals das Gitter und hob langsam den Kopf. Diesmal gelang es ihr, sich mit der Spitze ihrer Turnschuhe auf der Motorhaube des Ford abzustützen.

Die Audienz schien beendet zu sein. Als Bis die richtige Höhe erreicht hatte und gerade einen Blick auf die beiden Herren werfen konnte, wurde der junge Pointdexter mit einer Handbewegung hinausgewiesen. Alles ging so schnell, daß sie es in Gedanken noch einmal zu rekapitulieren versuchte. Sah sie, wie sich Pointdexters Mund bewegte, hörte sie, wie er Toussaint nannte? ... Bis ließ sich wieder auf den Kühler gleiten.

Sie hatte gehört, wie er es sagte. Sie waren dabei, ihre Spuren zu finden, sie fanden heraus, was sie machte, egal wie gut sie es verschleierte. Sie waren die ganze Zeit knapp hinter ihr her gewesen, bis zu den Zähnen bewaffnet, sie selbst lief in verdreckten Shorts vorne weg.

Die Tränen begannen zu laufen, sie sackte zusammen. Zusammengekrümmt lag sie weinend auf dem blanken Kühler des Ford, der die Sterne silberbleich spiegelte.

Sie atmete tief durch, und die Motorhaube gab ein Blechgeräusch von sich. Sie hielt die Luft an und ließ sich kurz darauf zwischen die Stoßstange des Autos und die Mauer gleiten. Alles in einer einzigen langen Bewegung, genau rechtzeitig, bevor von Sehested sich zur Balkontür stellte. Sie konnte seinen Atem genau über sich hören.

Plötzlich war ein dumpfes Geräusch auf der Motorhaube zu hören. Sie fuhr zusammen, das Herz sprang ihr beinahe aus dem Leib, oben über ihr lehnte sich von Sehested hinaus und schaute auf das Auto herunter. Bis preßte ihren Rücken gegen die Mauer und starrte mit wildem Blick geradeaus. Genau vor ihr saß ein riesengroßer Gecko mit steifem schwarzen Blick, in einem blau-roten Panzer. Mucksmäuschenstill stand er auf allen vieren und schaute genau auf sie, während sein Halsmuskel in großen Bewegungen vor und zurück ging.

Bis wollte am liebsten schreien und davonlaufen, wußte aber, daß es jetzt nicht der richtige Zeitpunkt dafür war. Der Schweiß lief ihr hinunter, sie bekam Krämpfe in dem einen Bein und schloß die Augen. Von Sehested stand in der offenen Tür zehn Zentimeter über ihr, anscheinend unbeeindruckt. Das nächste, was sie sah, war ein fliegender Zigarrenstumpen. Eine Funkenwolke traf die kleinen Steine auf dem Parkplatz, danach hörte sie, wie die Tür geschlossen wurde.

Sie atmete hörbar aus und trat aus ihrem Versteck, um die Beine auszustrecken.

Es brannte immer noch Licht im Büro. Sie überwand ihren Schrecken vor der Echse, die immer noch wie versteinert dasaß und starrte, dann streckte sie ihr die Zunge raus und packte in einer letzten Kraftanstrengung nochmals das Eisengitter und stützte den Fuß auf den Ford.

Von Sehested telefonierte. Sie betrachtete ihn, während er der Wählscheibe folgte, die sich langsam drehte. Sein Gesicht war zornig, und er hielt den Brieföffner so fest in der Hand, daß die Knöchel weiß hervortraten.

Im selben Moment schlug die Uhr in der großen Halle zwei.

Dr. Toussaint?«

Bis sprach sanft und vertraulich mit dem älteren Herrn, mit dem sie vorgestern abend das Sofa für eine halbe Stunde geteilt hatte.

Sie hätte zu ihm hinaufspazieren können, zog aber das Postamt vor, wo die Angestellte ihr freundlich zunickte, wie man einer alten Kundin zunickt, die mit ihrem täglichen Kommen dazu beiträgt, dem Etablissement Renommee zu verleihen.

Der Schweiß lief ihr zwischen den Fingern hinab, sie umklammerte den Hörer, auch wenn sie wußte, daß der nicht davonlaufen würde. Sie sprach mit einem unsicheren Lächeln in die Muschel.

»Danke für den schönen Abend. Ich habe es auch genossen.«

Das letzte flüsterte sie beinahe. Sie wußte, daß es verkehrt war. So etwas sagte man nicht. Sie sprach mit einem Mann, der ihr Vater hätte sein können, der vielleicht verlegen war, daß er seinem Drang nachgegeben hatte, verlegen darüber, daß er sich in mehr als einer Hinsicht vor einem Mädchen entblößt hatte, das nichts in seiner Vergangenheit zu suchen hatte.

Aber dann sagte sie sich wieder, natürlich habe ich das. Es ist mein Leben, das ihr vertuscht, dachte sie, während es am anderen Ende der Leitung einfach keuchte.

Aus Mangel an Ideen keuchte Dr. Toussaint ganz einfach, dann erweiterte er sein Repertoire und räusperte sich.

»Du bist doch wohl nicht so senil, daß du dich nicht an mich erinnern kannst.«

Es war ihr altes Ich, das jetzt sprach, mit der Gezieltheit, die einem nur ein widerspenstiger Gesprächspartner geben kann.

»Hör mal. Es gab eine Zeugin. Das weiß ich von jemand anderem. Es ist egal, von wem. Aber du mußt die Betreffende gesehen haben. Oder wissen, wer sie ist. Kann es stimmen, daß sie Mary-Ann Hartmann heißt und hier auf der Insel wohnt? Kannst du das bestätigen, und wenn nicht, wo ist sie dann?«

Der Schweiß lief wieder an ihr herab. Ihre eigenen Worte hallten in der Sprechmuschel nach. Es klang, als ob sie einer Sprechblase aus einem Comic-Heft entnommen wären. Sie fühlte sich, als ob sie gerade einen Fremden auf der Straße angehalten und ihm von ihren Kindheitsträumen erzählt hätte.

Das peinliche Schweigen dauerte nicht lange.

Bis wurde wütend, fühlte sich aber auch klein und hilflos, als der Hörer ohne ein Wort aufgelegt wurde.

Sie überlegte einen Augenblick, ob sie überhaupt richtig gewählt hatte, begann wieder nachzuschlagen, doch dann ließ sie das Buch sinken. Sie hatte richtig gewählt. Der Mann *wollte* einfach nicht darüber reden. Sie erinnerte sich plötzlich an seine letzten Worte vom gestrigen Abend.

Dann wählte sie nochmals.

Bei Nielsens auf St. Thomas klingelte das Telefon lange. Ihr stiegen Tränen in die Augen. Nehmt den Hörer ab, ihr alten Kröten, sagte sie laut auf dänisch und spürte, wie die Angestellte die Ohren spitzte. Wenig später stand Bis vor ihr, und sie sah von ihren Briefmarken auf.

»That'll be 35 cents, Miss«, sagte die Angestellte, während sie woanders hinsah und schniefte, das Taschentuch dicht an der Nase.

Bis bezahlte und wandte sich zum Gehen, drehte sich in der Tür aber aus einem Impuls heraus noch einmal um. Sie ging noch einmal zum Telefon und wählte.

»Frau Feddersen, bitte.«

Ihre Stimme war voller Hoffnung. Die Hoffnung stieg, als sie erfuhr, daß Frau Nielsen tatsächlich da war.

Aber die Stimme am anderen Ende klang trocken und kalt. Sie versuchte, sich das Lachen und den Duft von Vanillekränzchen zurückzurufen, in dem sie sie neulich gebadet hatte, fand aber nur Distanz. Plötzlich verstand sie, daß sie gegen etwas Größeres antrat. Jetzt hieß es ihre Zeit gegen meine, es waren ganz einfach zwei Epochen, die sich schlugen, dachte sie, als sie ihren Wunsch mit einigem Stottern und Stammeln vorbrachte und nur ein knisterndes Schweigen am anderen Ende hörte. Sie fuhr fort und fragte, ob sie wirklich glaubten, daß diese ganze alte Geschichte ihr persönliches Eigentum geworden wäre, als der Hörer auch bei diesem Gespräch aufgelegt wurde.

»Keiner will mit mir reden. Ich habe nirgendwo irgendwelche Freunde«, sagte sie in einem Anfall von Galgenhumor, fing aber dennoch an zu weinen, als sie noch fünf Cents über die Theke reichte. Sie entschuldigte sich und ging hinaus, während die Angestellte ihr hinterhersah, wieder in jener eigenartigen Stimmung, wie bald nach jedem ihrer Besuche.

Sie stand eine Weile in der Sonne. Sie war am Ende. Wenn Leute, mit denen sie gelacht und gesprochen hatte, ihr jetzt den Rücken zudrehten, als hätte sie die Pest, mußte sie aufgeben. Sie spürte ein Loch im Bauch, der Mund stand leicht offen, und der Passatwind sauste hinein und trocknete die Lippen auf seinem Weg in den Rachen aus. Hier stand sie vor dem Postamt in Christiansted, verlassen wie ein Muschelhorn, ein Tut-tu, nach dem Spiel an den Strand geworfen, der Wind pfiff durch ihre Schädelöffnungen und Wölbungen und klang wie das Meer bei der Schöpfung vor Millionen von Jahren.

Als sie in den Schatten trat, verstand sie plötzlich.

So war es nicht. Da war irgend etwas an dem Gemurre in der Leitung gewesen, das sagte, es ist nicht unsere Schuld, aber du mußt verstehen.

Ein Telefonanruf konnte das Leben zum Stillstand bringen. Sie sah einen alten Mann mit hartem Ausdruck aus seinem Büro die Scheibe langsam drehen und hörte die große Uhr in der Halle zwei schlagen. Sie sah Herrn und Frau Nielsens Wohnzimmer vor sich. Es lag in tiefer Dunkelheit, als das Telefon die Stille sprengte. Sie erwachten mitten aus ihren Träumen. Dann schlossen sie wieder die Augen und wollten so tun, als hätten sie es nicht gehört. Das Schweigen zwischen den einzelnen Signalen war dröhnend. Sie kämpften gleichzeitig gegen und mit dem Schlaf.

Nach dem vierten Klingeln stand Nielsen auf, stolperte die Treppe hinunter und nahm ab. Er sagte »Hallo« mit ängstlicher Stimme, und dann sagte er nichts mehr.

Sie war heruntergekommen und hatte das Licht angemacht. Die Schatten von den Möbeln erhoben sich wie Ungeheuer. Es sah überhaupt nicht mehr wie ihr Wohnzimmer aus. Sie sagten nichts, sie nahm bloß seine Hand, während er mit der anderen den Hörer auflegte. So standen sie da und starrten. Es war, als ob selbst die Nacht wartete.

Bis sah auch Dr. Toussaints Wohnzimmer. Es war dasselbe Bild, bloß mit dem Unterschied, daß er sich wünschte, Frau Toussaint wäre bei ihm. Die Drohungen dröhnten ihm noch im Ohr, als er den Hörer auflegte und darüber nachdachte, einen alten Gedanken in die Tat umzusetzen.

Er stand auf und schloß sich in seinem Konsultationszimmer ein.

Bis schüttelte den Kopf. Dann ging die Tür vom Postamt auf, und die schwarze Angestellte kam heraus und fing an sich zu entschuldigen, daß sie sich überhaupt einmische, streng genommen dürfe sie überhaupt nicht zuhören, worüber die Kunden sprächen, aber Miss Hagensen spreche ja so laut, daß sie es nicht hätte vermeiden können, aber Mary-Ann Hartmann kenne sie ausgezeichnet, sie hätten sich gelegentlich gesehen, als sie jünger waren, und sie glaube bestimmt, daß sie noch am selben Ort wohne, auf jeden Fall im selben Viertel.

Bis nahm ihr Gesicht in beide Hände und küßte sie auf den Mund. Dann sah sie auf ihre Uhr und bewegte sich die Company Street entlang.

Sie hatte noch fünf Minuten, bis der Bus nach Frederiksted ging.

Jetzt tritt doch endlich aufs Gas, Mann«, dachte sie, während sie die Augen zusammenpreßte und den ganzen Körper anspannte.

Der Bus schlich auf der Zentrallinie dahin, die alte Straße über die Zuckerebene vom einen Ende von St. Croix zum anderen.

Entweder war Nick Pointdexter im Beschatten besser geworden, oder aber er war tot vor Schreck, denn sie hatte ihn die letzten paar Tage nicht gesehen, und sie entdeckte auch jetzt keine Spur von ihm, auch wenn sie das sichere Gefühl hatte, daß sich ihre Wege bald wieder kreuzen würden.

Vielleicht würden sie sich nicht nur kreuzen, vielleicht würde ihr Verfolger sie zum Kern der Sache führen.

Als der Bus über eine große Schwelle in der Straße fuhr und rasselte und klapperte, so daß man glaubte, er würde auseinanderfallen, nutzte Bis die Gelegenheit, um ihr neuerworbenes Schnappmesser auszulösen. Es gab einen scharfen Laut von sich, der in Blechgepolter und knarrenden Federn ertrank, die spitze Klinge fuhr in einem lautlosen Blitz heraus und fing die Sonne ein. So stand sie da und zitterte vor Ungeduld, ehe sie sie wieder hineinschob und sich diskret umsah.

Es waren nur Farbige und Kinder im Bus. Die Fahrt war wie die einer Charabanc. Die neuen Zeiten auf der Insel hatten das Transportsystem noch nicht erreicht. Die guten Zeiten treffen die Guten und Reichen zuerst, danach die Bösen und Armen, dachte sie, als sie von einer Phalanx von drei breiten amerikanischen Autos in einer Staubwolke überholt wurden und eine Mutter auf dem vordersten Sitz ihre Brust herausholte, um das Jüngste zu stillen, während sie das Zweitjüngste schimpfte.

Bis war jetzt eine vermögende Frau, verfügte über fast zweihundert Dollar, die sie selbst auf ehrliche Weise verdient hatte. Sie hätte leicht ein paar davon für ein Taxi verwenden können, aber wie aus alter Gewohnheit war sie in den Bus gesprungen.

Aus alter Gewohnheit ... komisch. Sie hatte ihr neues Leben seit zweieinhalb Wochen gelebt, aber es war so, als wäre es ihr mehr in Fleisch und Blut übergegangen als die vorangegangenen zwölf Jahre.

An der tausendsten Haltestelle, an einer Nebenstraße etwa auf der Hälfte der Strecke, verlor sie die Geduld. Sie sprang aus dem Bus, setzte sich auf den Rücksitz eines Taxis und sagte »Frederiksted, aber schnell«.

Das Ganze ging so schnell, daß ihr gerade noch das Vorderteil eines Autos ins Auge fiel, das an einer Nebenstraße zur Zentrallinie parkte.

Sie erhaschte nur einen flüchtigen Blick. Aber das war genug. Im selben Augenblick, als ihr Taxi wieder in die Centerline Road einbog, fuhr das Auto hinter ihr los.

Auf der geschlängelten Straße ging es mit hohem Tempo dahin. Das Taxi zog eine Fahne aus Straßenstaub hinter sich her, die es unmöglich machte, nach hinten zu sehen.

Ein paar Meilen weiter, am Ende der Centerline Road, bat sie den Fahrer zwischen eine Gruppe Häuser abzubiegen und einen Augenblick zu parken, so daß das Auto von der Straße her nicht gesehen werden konnte.

Der Fahrer reduzierte die Geschwindigkeit so schnell er konnte und riß das Auto um die Ecke, sagte aber nichts.

Bis hatte sich schon längst daran gewöhnt. Diese Menschen sagten selten etwas, sie brachten gegenüber Fremden nichts zum Ausdruck. Aber sie kannte sie jetzt, sie konnte sehen, daß er sich nicht wenig amüsierte.

Sie stieg aus und winkte ihn hinter zwei Schuppen oder Scheunengebäuden hinein, während sie selbst halb verborgen hinter zwei leeren Ölfässern stand, die beinahe so groß waren wie sie selbst. Im selben Augenblick sah sie Mr. Pointdexter in einem neuen Mietwagen aus Sehesteds Büro in Christiansted vorbeirasen.

Dann bat sie den Fahrer, wieder zu starten, und nach einer halben Meile fuhren sie zum dritten Mal an diesem Tag an Pointdexter vorbei, diesmal war er mit beinahe Vollgas in entgegengesetzter Richtung unterwegs.

Bis winkte ihm nach, während der Taxifahrer in ein langes ansteckendes Lachen ausbrach und die Handflächen im Takt der Musik aufs Lenkrad schlug. Womöglich hatte er nicht die Dramatik der Situation verstanden, aber er hatte genug gesehen, um das Ganze lustig zu finden.

Plötzlich endete die Zuckerebene, und ein paar Gummireifen und einige Blechplatten, die auf einem unbebauten Grund herumlagen, erzählten ihr, daß sie den äußeren Rand von Frederiksted erreicht hatten.

Der Fahrer verlangsamte die Fahrt, das Auto fuhr langsam in die Stadt hinein.

Die moderne Zeit war noch nicht bis Frederiksted gekommen.

Die Sonne hatte sich weit in das Holzwerk der Fassaden hineingebrannt, die Veranden stützten sich auf halb verfaultes Kleinholz, es liefen Hühner über die Straße wie zu Beginn des Jahrhunderts. An einem Bach saßen zwei ältere Frauen und wuschen Wäsche im kalten Wasser. Irgendwo im Schatten ging eine aufrechte Eingeborene und wippte mit den Hüften eine Kleinigkeit nach der einen und nach der anderen Seite, ein gut gekleideter weißer Mann rief ihr winkend etwas zu, worüber sie laut lachte. Das Lachen ergab ein trockenes Echo zwischen den Häusern, dann war es für kurze Zeit wieder still. Man hörte nur den Staub, der vom Straßenrand aufgewirbelt wurde. Flüsternde Stimmen sangen ein Lied, das den Toten gehörte. Gestalten bewegten sich still im Wind wie Puppen, flatterten wie Laken zum Trocknen im Abend, die Häuser glichen verlassenen Theaterkulissen, die ganze Stadt war so schmächtig und wirkte wie eine Luftspiegelung mit ihren schnurgeraden Straßen.

Sie saß auf dem Rücksitz und sah nach draußen. Zwischen den Häusern tauchte die große offene Reede in blauem Schimmer auf. Ohne einen Naturhafen hatte es die Stadt nie richtig zu etwas gebracht. Früher vermieden die Schiffe hier zu ankern, wenn sie konnten, und auch heute zogen die Touristenboote Christiansted und Charlotte Amalie auf St. Thomas vor.

Der Fahrer fragte, wo sie hinmußte, doch sie antwortete nicht, und so fuhr er einfach im Schrittempo zwischen den Häusern hindurch.

An wieviel kann man sich erinnern im Alter von drei Jahren? Bis meinte, all das schon einmal früher gesehen zu haben. Die staubigen Straßen, von dem großen gelben Tyrannen am hellblauen Himmel zur Einsamkeit verdammt, die Modellstadt, die aussah, als ob sie aus Streichhölzern erbaut worden wäre. Erinnerte sie sich, wie ihr eigener kleiner Kopf an einen riesigen Busen gedrückt wurde und wie eine schwarze Hand die ihre nahm und hoppe hoppe Reiter sagte? War sie hier früher schon gewesen? Gab es hier ein Zuhause, das sie kannte? Erinnerte sie sich an Hühner in einem Hof und an einen Mann, der nach zwei Hunden trat, die gerade rauften?

Bis fragte den Fahrer, ob er zufälligerweise Mrs. oder Miss Hartmann kenne. Er dachte nach, schüttelte dann aber den Kopf. Es hätte ja sein können, lächelte Bis. Ja, das hätte es, grinste er zurück und zuckte mit den Schultern.

Einen Augenblick hatte sie Lust zu fragen, ob er nicht zufälligerweise wußte, wer ihren Vater mit den bloßen Händen erwürgt hatte, und vielleicht auch warum, vor genau neunundzwanzig Jahren in dieser Gegend hier. Vielleicht hätte sie so bald diesem Alptraum entrinnen können.

Daß sie es nicht tat, hing damit zusammen, daß er mit seiner ruhigen, humorvollen Art und seinem Hemdenkragen, von hinten gesehen, so wirklich aussah und daß das, was sie vorhatte, ihr vor diesem Hintergrund nur noch unwirklicher vorkam.

Statt dessen bat sie ihn, sie am Marktplatz mitten in der Stadt abzusetzen.

Wer war Mary-Ann? Bis ging Frederiksteds halbleere Straßen entlang, und es begann wieder an ihrem Mundwinkel zu zucken.

Ihr schwarzes Kindermädchen mit dem langen sanften Lachen, den großen weißen Zähnen und dicken Lippen, traurigen Augen mit roten Funken, ein Nebensatz im Tagebuch ihrer Mutter, oft ohne Namen, bloß »Nanny«, aber wer war sie?

Stand sie jetzt mit klopfendem Herzen in ihrer Küche und wartete, weil sie wußte, daß etwas kommen würde, alarmiert durch das spinnerte Treiben dieser Dänin auf der Insel?

Irgend etwas mußte sie gehört haben. Bis hatte manchmal das Gefühl gehabt, daß ihrem Kommen stets ein Bote vorausging. Als ob das Ganze zu einem Programm gehörte.

Hatte das alte Kindermädchen Angst vor diesem Treffen mit der Vergangenheit? Würde sie ihr die Tür vor der Nase zuknallen, um die Geschichte nicht wieder da in Schwung kommen zu lassen, wo sie vor drei Jahrzehnten stehengeblieben war? Würde sie schreien, als hätte sie ein Gespenst gesehen?

Bis hatte einen besonderen Draht zu ihr. Sie wußte, daß sie zu Hause war, auch wenn sie nicht im voraus angerufen hatte. Sie wußte, daß sie sie erwartete.

Vielleicht stand sie in diesem Augenblick vor dem Spiegel und betrachtete ihre glänzende schwarze Haut und die Brüste, die die Bluse immer noch aufspannten. Richtete ihr Haar und drehte den Kopf ein wenig. Ihre Augen leuchteten vor Entschlußkraft, jetzt mußte die Abrechnung ein Ende finden, diese mutige dänische Frau sollte nicht vergebens gehen. Vielleicht.

Bis folgte den kleinen Straßen und blieb zuweilen stehen, um auf ihren Stadtplan zu schauen. Sie sah auch auf den zerknüllten Zettel mit dem Namen und der Adresse, auch wenn sie beide Dinge auswendig konnte.

Beim Gehen schaute sie sich nervös über die Schulter.

Der Sieg über den Trottel Pointdexter war zu leicht gewesen. Es lief ihr in der Mittagshitze kalt den Rücken hinunter, als es ihr dämmerte. Er mußte zurückgefahren sein und Bericht erstattet haben. Sie zweifelte nicht daran, daß von Sehested erraten konnte, wohin sie wollte. Natürlich kannte er Mary-Ann. Ihre Familie hatte bei ihm viele Jahre gedient.

Sie versuchte unbekümmert dahinzuspazieren, doch ihr Mut sank mit jedem Schritt, den sie tat. Die Sonne brannte im Nacken, und die Füße schleppten sich durch den Staub.

Es war jetzt nicht mehr so still in Frederiksted. Im Schatten und in den Höfen hinter den Häusern an der Straße waren Klempner und Zimmerer bei der Arbeit, und in mehreren der Säulengänge standen Gruppen von Männern und unterhielten sich. Ein einzelnes Restaurant war offen, auf dem Balkon im ersten Stock saßen sowohl Touristen als auch örtliche Wciße und genossen kühle Getränke.

Dann erreichte sie das Gäßchen ohne Namen. Zwischen dem Drugstore und dem weißen Haus mit den blauen Fensterläden an der Ecke Hospital Street und Hill Street, so hatte es geheißen, sei die Adresse.

Sie schaute ein letztes Mal zurück und sah flüchtig einen hellblauen Jaguar, dessen Fahrer in die Bremsen stieg.

Das könnte er sein. Oder auch nicht.

Schnell ging sie in das Gäßchen und folgte dem gepflasterten Gang bis zu einem Hinterhaus. Es war klein, weiß gekalkt und mit einem flachen geneigten Dach, daneben stand ein kleines Waschhaus ohne Tür. Sie stand eine Weile still vor der Tür, dann klopfte sie mit weichen Knöcheln an. Es war, als würde das Echo durch die ganze Stadt hallen, als würden sich alle nach ihr umdrehen. Sie sah sich wieder über die Schulter. Da war kein Mensch.

Habe ich an der Höllenpforte angeklopft? fragte sie sich selbst und mobilisierte all die Kraft, die sie lebend durch die Ereignisse der letzten drei Wochen gezogen hatte.

Sie schaffte es gerade, noch einmal anzuklopfen, als die Tür langsam geöffnet wurde und ein schönes kohlrabenschwarzes Gesicht zum Vorschein kam, eine Perlenkette rasselte leicht, und eine tiefe Stimme bat sie einzutreten.

Die Wärme, die die Hand der großen Frau ausstrahlte, ließ sie zusammenbrechen. Das war sie. Sie konnte es spüren. Die Frau aus dem Traum, die sie gekannt hatte, von der sie aber nicht wußte, wer sie war. Die Frau zog ihren Kopf an sich, während sie ihr leicht übers Haar strich, bis zur Nase sank sie zwischen die großen weichen Brüste, Rotz tropfte auf das frischgebügelte farbige Hemd, während ein Zittern ihren Körper durchlief.

»Leg doch die Tasche ab. Setz dich her. Ich mache Tee.«

Die Frau sprach langsam mit einer dröhnenden Stimme und langen Pausen zwischen den Sätzen. Dann ging sie mit einem wiegenden Hinterteil hinaus in die Küche.

In Westindien waren die Regenschauer kurz und gewaltig. Es platschte ein paar Minuten lang los, dann stand das Wasser auf den Türschwellen und kochte unter dem blauen Himmel, und einen Augenblick später gab es kein Anzeichen dafür, daß es überhaupt geregnet hatte. Bis schniefte und trocknete sich die Augen.

»Schau mal her!«

Miss Hartmann kam wieder zurück ins Wohnzimmer und hielt eine Fotografie ausgestreckt vor sich hin, während sie lächelte. Bis griff sich mit beiden Händen an die Stirn. Miss Hartmann kam näher. Bis strich sich das Haar mit gespreizten Fingern nach hinten, während sie den Unterkiefer nach unten klappen ließ, und flüsterte, *oh my God,* wie die Halbamerikanerin, die sie zu werden begann. In den Stirn- und Nebenhöhlen ließ die Spannung nach, und im Zwerchfell prickelte es vor Freude und Spannung. Sie bekam in dieser Sekunde ein Teil zu einem Puzzle verehrt, das nicht aufgehen wollte.

»Von 1932. September, glaube ich.«

Das Bild zeigte eine junge schwarze Frau mit einem gut gekleideten, kleinen weißen Mädchen auf dem Arm. Das Kind sah ungewöhnlich mürrisch aus, während die Frau den Fotografen mit einem großen hübschen Gebiß anlächelte. Im Hintergrund ahnte man Nielsens weiße Villa in Charlotte Amalie. Sie standen im Garten, dort, wo Bis in einer dunklen Nacht vor ein paar Wochen Nick Pointdexter zu Tode erschreckt hatte. Sie glaubte, ein paar der Bäume und Büsche wiedererkennen zu können, im Hintergrund ahnte man den Fond eines Ford A. Sie drehte das Bild um. Auf der Rückseite stand mit verblichener Tinte und in der schrägen Schrift ihrer Mutter geschrieben: »Damals, als alles noch schön war!«

»Wie groß du geworden bist ...«

»Das bist du auch.«

Bis konnte es nicht lassen. Das war einer jener Augenblicke, in denen man blitzschnell entscheiden mußte, was erlaubt war und was nicht. In diesem Fall brachen sie beide in Lachen aus. Die Verbundenheit, die sie einmal hatten, war immer noch vorhanden.

»Ah, Miss Hagensen, wir hatten so viel gemeinsam, ich liebte dich.«

»Bis, please.«

Mary-Ann traten vor Begeisterung Tränen in die Augen.

»Bis.« Sie schaute eine Weile in die Luft. »Heißt du immer noch so?«

»Ja. Unter Freunden.«

»Du warst das entzückendste Kind. Ich kann mich noch erinnern, wie ich dich badete. Wir gingen zusammen spazieren. Picknickten im Schatten. Ich achtete immer sehr darauf, dich im Schatten zu halten. Ich kaufte dir Schokolade und gab sie dir, wenn deine Eltern es nicht sahen. Fuhr Auto. Ich war die einzige schwarze Nanny auf St. Thomas, die Auto fuhr. Dein Vater lieh sich einen Ford bei der Kompagnie. Die Leute sahen uns nach, Bis. Später kaufte er selbst ... dein Vater war ... ein großzügiger Mann.«

Mary-Ann schaute verlegen weg. Dann fragte sie schnell: »Wie geht es deiner Mutter?«

»Sie ist verrückt geworden. Wohnt in einem Heim.«

Dieses Mal war die Direktheit vielleicht eine Nummer zu groß für Mary-Ann. Sie sah wieder weg und rang die Hände. Es war still im Wohnzimmer, der Ernst hatte sich wieder ebenso schnell ausgebreitet, wie er zuvor verschwunden war.

Mary-Ann saß da und starrte in die Luft, dann murmelte sie etwas. Bis grübelte später wie eine Irre über das nach, was sie glaubte, Mary-Ann murmeln gehört zu haben, daß nämlich *das,* zum Kuckuck, nicht so eigenartig war.

Mary-Ann kam aus ihrem tranceartigen Zustand zurück, und es war, als ob sie beide wüßten, wenn sie sich etwas erzählen wollten, dann jetzt. Sie fingen zu reden an. Mary-Ann fragte, Bis antwortete und erzählte von ihrem Studium. Mary-Ann war beeindruckt, bekam große Augen und sagte begeistert *yes, yes* und legte die Hände auf ihre und bat sie fortzufahren.

»Erzähl mir von Kopenhagen. Ich bin in New York gewesen. Ich habe dort zwei Jahre gearbeitet. Ist Kopenhagen genauso? Wie sieht deine Wohnung aus? Ist sie so wie meine?«

Die nächsten fünf Minuten erzählte Bis drauflos, aber hinter ihrer beider Freude lag etwas Bedrohliches, von dem sie wußten, daß sie es überwinden mußten. Es nahm immer mehr Besitz von ihnen, und schließlich stockte die Unterhaltung.

Mary-Ann ergriff ihre Hände zum fünften Mal und sah weg. Sie zog sich zurück, als ob sie sich auf etwas vorbereitete, was kommen würde. Sie sah aus wie jemand, der dazu verurteilt war zu warten, zu warten und auszuharren, während alle anderen davoneilten, wie jetzt zum Beispiel diese zweiunddreißigjährige entzückende Frau, die ihr gegenübersaß und sich als ebenso ungestüm erwies wie das kleine Kind, mit dem sie einst hoppe hoppe Reiter gespielt hatte.

»Hoppe hoppe Reiter. Kannst du dich noch daran erinnern? Ich sang dänische Lieder für dich. Der kleine Ole mit dem Regenschirm...« Mary-Ann summte. »Weißt du noch?«

»Ich glaube schon. Ich weiß es nicht. Ich bin im Zweifel, an wieviel man sich erinnern kann im Alter von drei Jahren, Mary-Ann. Ich kann mich an manches von dir erinnern, aber manches muß ich auch erzählt bekommen haben. Oder mir aus Bildern vorgestellt haben. Und geraten. Du mußt dich für mich erinnern. Frau Nielsen sagte, du hast es gesehen. Was ist in dieser Nacht geschehen?«

Mary-Ann schien das Atmen schwer zu fallen. Sie griff sich an den Hals, die Augen waren groß und voller Angst, wie bei einem Pferd, das zum Schlachthof geführt wird. Sie atmete in kurzen Stößen, stand auf, wie um Luft zu schnappen, und mußte sich auf einen Sekretär stützen.

»Hier, leg dich hin.«

Bis umfaßte sie und half ihr, sich auf eine Pritsche zu legen.

»Das ist Asthma. Kommt ab und zu.«

Mary-Ann atmete jetzt in langen, lärmenden Zügen. Sie bat Bis, die Maske in der Schublade in der Küche zu holen. Danach war sie ruhiger. Bis saß am Rand der Pritsche und hielt ihre Hand. Dann sah Mary-Ann sie an, und es verging eine Ewigkeit, ehe sie zu sprechen anhob. Bis sah in ihre schwarzen traurigen Augen, aus denen Tränen rannen. Dann öffnete sie den Mund, und ihre Stimme bebte:

»Du hast es auch gesehen. Du warst mit am Strand. Dein Vater und deine Mutter sollten in einem der Zimmer in seinem großen Haus wohnen. Du kamst mit deiner Puppe heraus, die, von der immer der Kopf abfiel. Dann standest du plötzlich in der Dunkelheit und hast geweint, dann hast du aufgehört und bekamst riesengroße Pupillen in der Nacht. Zufällig fiel das Mondlicht genau auf den... an den Strandsaum. Da lag er. Dann bist du zurückgegangen und hast deine Mutter geweckt und verlangt, sie sollte den Kopf wieder auf deine Puppe setzen«, sagte Mary-Ann und schwieg.

Bis schaute auf ihre Unterarme hinunter und sah, wie sich die Härchen aufstellten. Sie fror plötzlich und wollte etwas sagen, aber die Zunge klebte ihr fest am Gaumen.

Sie hörte eine Autotür. Sie legte den Finger auf den Mund. Dann saß sie mucksmäuschenstill da und lauschte. Es war still in Frederiksted, wie zu einem Begräbnis. Jetzt waren da harte und schnelle Schritte zu hören.

Mary-Ann hatte nichts gemerkt. Bis hielt ihre Hand so fest, daß die Fingerknöchel weiß wurden. Plötzlich sprang Mary-Ann auf. Doch noch bevor sie bei der Tür war, ging diese auf, und Andreas von Arndt-Sehested trat mit einem Blick ein, den keiner von ihnen je zuvor an ihm gesehen hatte. Er sah sie direkt an.

Langsam schloß er die Tür und griff sich an die Innentasche.

»Wann geht Ihr Flugzeug?«

Bis versagte die Stimme. Sie saß bloß da und stellte fest, daß sie wohl bald zu zittern anfangen würde.

Dann sah er sie wieder an.

»Sie müssen dies hier als letzte Warnung betrachten. Sie sind dabei, etwas Großartiges zu zerstören, und das erlaube ich nicht.«

Die Diktion war deutlich, aber der Ton so gedämpft, daß beide Frauen die Ohren spitzen mußten, um die Worte zu verstehen.

Dann stürzte er vor und knallte die flache Hand auf den Tisch.

»Haben Sie verstanden? Das erlaube ich nicht!«

Seine Stimme war jetzt grob, aber immer noch gedämpft. Er zeigte seine Goldzähne und betonte die letzten Worte.

Im Wohnzimmer dröhnte es. Es war, als ob die Worte so groß wären, daß nur für ganz wenige gleichzeitig Platz daneben wäre.

Dann senkte er die Stimme noch weiter und sprach ganz leise: »Ich erlaube es nicht.«

Bis stand ganz still da, alle Antennen auf Empfang gerichtet. Aber auch seltsam zögerlich. Es war die Furcht davor, das Ganze nicht zu verstehen, gerade wo das Rätsel sich zu lösen begann. So wie mitten in einer schweren Vorlesung, wenn das Wesentliche kommt, man aber blockiert, weil man weiß, jetzt gilt es.

Gleichzeitig glaubte sie zu sehen, daß er blanke Augen hatte, als er fortfuhr.

»Fünfundzwanzig Cents waren alles, was übrig war, als wir in den Dreißigern schlossen. Es waren fünfundzwanzig Cents übrig nach hundertfünfzig Jahren Tätigkeit auf diesen Inseln. Hundertfünfzig Jahre war auf unserem Grundbesitz eine Plantage unter humaner Form und mit großem Verdienst geführt worden. Mein Vater und die wenigen Leute, die noch übrig waren, weinten und beteten zu Gott, als der Schlüssel zum letzten Mal umgedreht wurde. Dann nahm er sich das Leben. Hundertundfünfzig Jahre ist unser Name respektiert worden. Vererbt über Generationen. Die Leute zogen den Hut vor uns. Plötzlich war alles weg. Dann habe ich das Ganze wieder aufgebaut. Von Grund auf. Das sind Sie gerade im Begriff zu zerstören, und das«, sagte er und ballte die Faust, »das erlaube ich ganz einfach nicht.«

Das letzte kam sehr, sehr leise. Kaum waren sie sich sicher, daß sie die Worte richtig verstanden. Am Sinn dagegen hatten sie keinen Zweifel.

Bis starrte ihn an. Ein Zipfel des großen Zusammenhangs war so langsam dabei, zum Vorschein zu kommen. Aber es geschah unendlich langsam. Sie verstand nicht ganz, was er sagte, sie verstand auf jeden Fall nicht, was sie direkt mit der Sache zu tun haben sollte.

Ihre Knie hatten auch zu zittern begonnen. Es sauste in ihren Ohren, ein einzelnes Auto, das am Fenster vorbeifuhr, unterstrich die Stille noch. Bis wagte es nicht länger, Mary-Ann anzusehen. Das brauchte sie auch nicht. Sie konnte ein Schniefen hören und wußte, daß Mary-Ann mit dem Gesicht in den Händen begraben dasaß.

Von Sehested wandte sich an Mary-Ann.

»Wie geht es deiner Mutter, Mary-Ann? Sie muß in die Jahre gekommen sein.«

Sein Tonfall war auf einmal beinahe fürsorglich, was Bis verwunderte.

Während er dastand und auf eine Antwort von Mary-Ann wartete, drehte er sich langsam zu Bis und sagte, daß er sie persönlich mit seinem Stock durchprügeln würde, wenn sie jetzt nicht verschwände, und zwar direkt zum Flughafen, oder aber die Sache würde per Handfeuerwaffe entschieden, und er habe eine, die geladen sei, in der Innentasche.

Dann herrschte wieder eine eigenartige Stille. Sie wurde

unterstrichen von Mary-Ann, die auf dem Sofa lag und keuchend Luft holte.

Es war ein entscheidender Augenblick. Alle warteten. Der, der jetzt den richtigen Schritt tat, konnte Sieger werden.

Seine letzten Worte dröhnten in Bis' Ohren.

Eine Kasserolle ist, richtig angewandt, eine fürchterliche Handfeuerwaffe. Nahm man dazu einen fingierten Asthmaanfall und kombinierte man die beiden Dinge richtig, konnte man gegen einen stärkeren Gegner gewinnen.

Das zeigte der folgende Handlungsverlauf. Das Ganze dauerte wenige Sekunden.

Die Kasserolle hing in der Küche. Der Asthmaanfall lag auf dem Sofa. Mary-Ann hustete und bat Bis, die Maske in der Küche zu holen. Von Sehested sah verwirrt aus und schaute Bis nach, die hinaus in die Küche ging.

Dann erhob sich Mary-Ann lautlos vom Sofa und legte ihre großen schwarzen Arme um den Mann, den Kopf ganz nah an seinem, als ob sie ihn liebkosen wollte, so hielt sie ihn gefangen, als wollte sie ein Kind wiegen, eines von all den Kindern, die sie durch die Jahre betreut hatte, nun beruhige dich, hoppe hoppe Reiter, hier geschieht dir nichts Böses, mein Freund, fester und fester hielt sie, während ihre junge Partnerin in dieser Szene, die ihnen beiden hinterher direkt zum Lachen erschien, angelaufen kam und ihre Handfeuerwaffe schwang.

Sie war leicht verbeult und aus Messing. Mary-Ann hatte sie von ihrer Mutter bekommen, als sie ganz jung war. »Du ahnst ja nicht, wie effektiv so eine ist in einer geschickten Frauenhand, die wird wirklich von Nutzen sein«, hatte die Mutter gesagt, und so geschah es. Durch die Jahre machte sie Tausende knallharter und roher Gemüse weich und eßbar, Millionen tödlicher Bakterien wurden in ihrem kochenden Wasser neutralisiert, und genau in diesem Augenblick, der als ein vorläufiger Höhepunkt in ihrer Laufbahn angesehen werden mußte, sauste sie durch die Luft.

Das Geräusch war eigenartig flach und gedämpft. Er schloß sofort die Augen und kippte um, und Bis hatte einen Augenblick Angst, daß etwas Ernstes passiert sein könnte, denn er fiel einfach um und lag zu ihren Füßen. Dennoch umarmten sich die beiden Frauen und waren sich einig darin, daß sie nicht anders hatten handeln können.

Mary-Ann nahm ein paar tiefe Züge aus der Maske, um sich zu beruhigen, dann fühlten sie, ob er atmete. Bis wurde weiß im Gesicht, als sie seinen Puls nicht fühlen konnte, aber Mary-Ann zog sie weg und sagte, das sei die Gemütserregung, Honey, nichts anderes als Gemütserregung, laß mich mal, legte das Ohr ganz dicht an seinen Mund und fühlte mit einem Finger die Pulsader.

»Er hat noch mindestens zwanzig Jahre«, lautete ihre trockene Diagnose, und sie schickte Bis hinten raus, um eine Wäscheleine aus rotem Plastik zu holen.

Sie zerrten ihn hoch auf einen Stuhl, er erwachte einen kurzen Augenblick, nickte dann wieder ein, während sie ihn an die Stuhllehne fesselten. Bis langte in seine Innentasche und spürte kalten Stahl zwischen ihren Fingern. Sie schaute die kleine kurzläufige Pistole an und legte sie auf den Schubladenschrank außerhalb seiner Reichweite.

Dann tranken sie den Tee, der genauso lange gezogen hatte, wie er sollte.

Bis hatte zum ersten Mal Muße, sich in der Wohnung umzusehen. Der Boden war aus Holz, man trat direkt aus der Seitenstraße ins Wohnzimmer. Sie bestand aus zwei Zimmern, wovon das eine Küche und Schlafzimmer zugleich war. Es war sauber, aber spärlich möbliert, die Pritsche, ein Schubladenschrank, ein paar Stühle und ein dünnbeiniger Tisch. Die Wände waren seit zwanzig Jahren nicht tapeziert worden. Die rohen Bretter schauten an mehreren Stellen hervor. Da hingen Porträts von schwarzen und weißen Kindern und einigen älteren Menschen. Ein anderes Bild zeigte Weiße und Schwarze gemeinsam bei einem Begräbnis in Frederiksted. Der Tote wurde von Pferden gezogen, die Damen hatten weiße Kleider an, ganz vorne ging der Priester und eine Gruppe singender schwarzer Jungen.

Bis griff sich an den Kopf. Das mußte es sein, was die Psychologen eine Übersprungshandlung nannten, gerade jetzt über eine alte Fotografie in Gedanken zu verfallen.

In dem kurzen Gespräch, das danach folgte, kamen sie schnell zum Punkt. Die Stimmen senkten sich zu einem Flüstern, je dichter sie ihm kamen. Schließlich fragte Bis, kaum hörbar:

»Traust du dich?«

Während sie auf eine Antwort wartete, ging sie zum Telefon. Sie sagte ein einziges Wort zur Telefonistin und hielt weiterhin Mary-Ann mit den Augen gefangen, während sie wartete.

»Die Verbindung steht jeden Augenblick. Du mußt dich jetzt entscheiden.«

Bis hatte plötzlich eine scharfe Stimme. So viel hatte sie verstanden, jetzt galt es zu schmieden, solange das Eisen noch heiß war.

»Ich weiß es nicht, Miss Hagensen...«, sagte Mary Ann.

»Bis.«

»Entschuldige, Bis. Aber ich weiß nicht, ob ich mich traue.«

Dann stand die Verbindung.

»Christiansted Police Station, hello.«

Bis hielt den Hörer in den Raum als eine letzte Bitte an Mary-Ann. Dann sah sie, daß Mary-Ann von Sehested anschaute, der die Augen aufgeschlagen und den Blick auf sie geheftet hatte. Keiner von ihnen sagte etwas, aber durch ihren bloßen Augenkontakt wurden Tausende von Informationen ausgetauscht. Da gab es eine Verbindung, die Bis irgendwie nicht fassen konnte. Sie verstand höchstens, daß sie aus dem Spiel war.

»Hello, hello«, hörte man es wieder aus dem Hörer. Die Stimme war das einzige, was Bis außer ihrem eigenen Puls hörte, der im Ohr hämmerte. Sie starrte die beiden anderen an, die den Blick fest aufeinander gerichtet hielten, bis Mary-Ann weichen mußte.

»Hello.«

Die Stimme klang, als ob es das letzte Mal wäre. Dann hörte man ein Klicken, und sie waren wieder allein.

»Legen Sie den Hörer auf.«

Von Sehested klang normal, beinahe freundlich.

»Es ist ja eh niemand am anderen Ende. Da ist niemand, der Ihre Anzeige entgegennimmt, Fräulein Hagensen. Oder Sloth Nielsen. Wie heißen Sie eigentlich?«

Bis hatte ihren ersten Schrecken vor dem Mann überwunden. Sie hatte die Verlegenheit überwunden, einen falschen Namen angegeben zu haben. Sie hatte auch den Punkt überwunden, wo sie von Leuten außer Gefecht gesetzt wurde, die ihr wieder und wieder erzählten, daß sie diese Sache nichts anginge. Sie hatte längst entschieden, daß das Gegenteil der Fall war. Die Frage, die sie zu Beginn dieser ganzen Affäre beschäftigt hatte, wem die Geschichte gehörte, erschien ihr jetzt leicht zu beantworten. Sie gehörte dem, der sie haben wollte. Sie war höchstpersönlich auf ihr geritten, mit ihrem eigenen nackten Körper.

Von Sehested hatte die Oberherrschaft wiedererlangt. Mit einem Blick und einer treffenden Bemerkung. Er hatte auch seine Würde wiedererlangt, wie schwer das auch erscheinen mochte, wenn man mit einer roten Plastikschnur an einen Stuhl gezurrt war. Er sah ruhig aus, machte nicht einmal den Versuch freizukommen.

Bis ging eineinhalb Schritte näher.

»Das geht dich nichts an, du altes Arschloch.«

Aus irgendeinem Grund traf ihn das. Sie hatte die Handfeuerwaffe gewechselt. Kopenhagener Straßenmädchenslang anno 1961 war anscheinend nicht seine starke Seite.

»Was geschah an diesem Abend? Raus mit der Sprache! Ich habe genug Zeit für diese alte Geschichte hier verschwendet. Du Narr. Mit deinen Gütern und Schlössern und uraltem Tingeltangel.«

Bis spuckte voll Verachtung und stupste ihn mit einer Hand. Dann machte sie ihn darauf aufmerksam, daß er über kurz oder lang sowieso das Zeitliche segnen würde, dafür sorgt der Herrgott selbst, Freundchen, und daß sie schon hinter die Sache hier kommen würde, auf die eine oder andere Weise.

Von Sehested sah so aus, als würde ihm die Sache über den Kopf wachsen. Es war sehr lange her, daß ihn jemand Freundchen genannt hatte. Es überraschte ihn vor allem. Ohne mit der Wimper zu zucken, wandte sie das denkbar schlimmste Mittel an: auf ihren Altersunterschied anzuspielen.

Dann fragte sie, ob er ihren Vater erschlagen hätte.

»Mit den bloßen Fäusten?«

Sie zitierte ein paar Zeilen aus Dr. Toussaints Totenschein und hielt ihm vor, daß sie davon noch mehr auf Lager hätte, und alles belegbar. Es gäbe Zeugen.

Bis sah sich plötzlich von außen, wie sie da stand, den Arm halb erhoben, und erkannte, daß sie niemals fähig wäre, ihn zu schlagen. Der Grund war weder Mitleid noch Reue, sondern vielleicht einfach der Wunsch danach, den Rest ihres Lebens in Ruhe und Frieden verbringen zu können.

Mit der Wendung, die die Situation jetzt nahm, gewann er wieder an Boden. Sie sah, wie sein Blick ruhiger wurde, was sie noch mehr verunsicherte.

»Ach ja«, sagte er zu ihrer Bemerkung, daß sie Zeugen hätte und schaute ruhig vor sich hin. »Ach ja.«

Dann sah er wieder Mary-Ann an.

»Komm her, Mary-Ann.«

Sprachlos sah Bis, wie Mary-Ann zu ihm ging und den Knoten löste. Er stand auf und zündete sich eine Zigarre an, die er aus einem silbernen Etui aus der Hosentasche holte.

In dem Augenblick verstand Bis, was vor sich ging. Sie sah die Bewegungen der schwarzen Frau, als sie die Schnur löste. Die Hände bewegten sich lautlos und streiften ab und zu seine Haut. Die Hände liebkosten ihn. Es waren Hände, die niemand weh tun konnten. Was die Hände nicht erzählten, übernahmen die Augen. Sie wartete. Sie war zwischen zwei Willen gefangen gewesen, und der stärkere hatte gewonnen. Von Sehesteds hatte tiefere Wurzeln als Bis Hagensens. Es lag die Geschichte von hundertundfünfzig Jahren in den Blicken verborgen, die Mary-Ann und er einander zuwarfen, und diese Tiefe war sekundenschnell aus dem Unterbewußtsein hochgestiegen. Seine Frage, wie es ihrer Mutter ginge, hatte diesen unbekannten Faktor ausgelöst.

Jetzt sah sie das Ganze klar vor sich. Sie sah von Sehested die Miete für ihre Mutter als Dank für alte Zeiten bezahlen. Er saß an seinem Schreibtisch in einer Tabakswolke und kümmerte sich um Rechnungen, und darunter war auch diese, wie so viele andere. Die üblichen Geschäfte. Um das Geschäft mußte man sich kümmern. Die alte Dankbarkeit und Abhängigkeit mußte gepflegt werden. Oder war es gegenseitiger Respekt? Oder beides zu gleichen Teilen? In Mary-Anns Augen sah sie eine uralte Furcht glimmen, die mit Bewunderung gepaart war. Sie sah, wie Reihen von schwarzen Sklaven Zuckerrohr mit gebeugten Rücken schnitten, sah, wie ein Pflanzerkind mit einem einzigen Schlag niedergestochen wurde und ein Aufstand mit harter Hand gebrochen. Sie sah, wie von Sehested Mary-Ann, der etwas Jüngeren, mit einem Bündel

Hundert-Dollar-Scheinen zu einer Reise nach New York verhalf, wo sie versuchen würde, für sich selbst zu sorgen. Es war die Geste eines älteren Gentleman gegenüber einer Familie, die ihm gut gedient hatte, sowohl auf dem Feld als auch im Bett. Sie sah die Reihe von Schwarzen, die ihre Freiheit unter seinem Großvater erhalten hatten sowie einen Kredit unter favorablen Bedingungen und ein Ausbildungsangebot für den ältesten Sohn. Sie sah, wie er Mary-Anns Vater einen kleinen Job bei der amerikanischen Marine verschaffte, jetzt, wo das Ganze zum Teufel gegangen war und der dänische Staat versagt hatte.

Sie sah eine hundertjährige dickflüssige Masse von vermischten Gefühlen, die sich nicht durch ein einzelnes Kasserollen-Drama auflösen ließen.

Das Ganze kam ihr häppchenweise. Bis starrte abwesend in die Luft und erkannte all dies im Laufe von wenigen Sekunden. Die ganze Geschichte war wie ein großes Ungeheuer, das unter einer schweren Plane lag. Der Wind hob ab und zu einen Zipfel der Plane an, aber dann fiel sie wieder in sich zusammen. Jedes Mal wurde sie ein bißchen mehr angehoben, manches Mal ein bißchen weniger, und dann war sie wieder bei Null.

Jetzt hatte sie etwas mehr zu sehen bekommen und war in Bann geschlagen. Zurück blieb immer noch der Körper des großen Tiers, das unter der Pferdedecke liegt und brummt. Vielleicht war es nicht so gefährlich, wenn es darauf ankam. Vielleicht war es ein empfindsames Tier, das sich zu benehmen verstand, wenn man es bloß begriff und ihm Freundlichkeit entgegenbrachte.

»Ach ja. Sie haben Zeugen«, sagte von Sehested wieder. »Ja, dann muß ich wohl einer Anzeige entgegensehen. Wegen was denn eigentlich?« fragte er, griff sich an den Kopf und sagte Au, zum Teufel auch, mit einem Hauch von Humor, und schickte sich an zu gehen, ohne auf eine Antwort zu warten.

»Ich möchte Ihnen, wie anfangs erklärt, raten«, sagte er und langte nach seiner Jacke, »das nächste Flugzeug nach Hause zu nehmen. Hier haben Sie nichts mehr zu schaffen.«

Möglicherweise hatte der Mann recht. Vielleicht hatte sie hier wirklich nichts mehr zu schaffen. Ihr Flugzeug ging morgen. Die Insel gehörte dann wieder ihnen. Ihr Besuch war nicht willkommen gewesen, sie war nirgends mehr zu Hause.

Er nahm seine Pistole mit derselben Selbstverständlichkeit, wie man sich daran erinnert, seinen Kugelschreiber mitzunehmen, und als er ging, klang das Knallen der Tür im Wohnzimmer nach. Sie hörten seine Schritte draußen auf den Steinen und das Auto, das startete. Dann fuhr es an, und das Motorengeräusch verschwand um die Ecke und wurde von den stillen Straßen in Frederiksted geschluckt.

Sie begann zu weinen, während Mary-Ann ihr übers Haar strich, wie sie es früher getan hatte.

Die Schlacht war für ewig verloren. Außer Gefecht gesetzt von einem Aspekt, von dem sie nichts gewußt hatte. Im letzten Moment war der menschliche Aspekt dem Feind zugute gekommen und hatte ihm geholfen. Als er zum Vorschein kam, hatte sie ihn dennoch erkannt. Besonders gut. Es war ein Aspekt, über den sie ihre Diplomarbeit schrieb und über den sie sich mit Lektor Møller mit der sauren Stummelpfeife stritt.

Bis weinte, ließ alles herauslaufen. Es war nicht gerecht. Als ob sie in dieser Sache nicht schon genug Widersacher gehabt hätte. Sie war mit dem Kopf gegen eine Mauer nach der anderen gerannt, und nichts hatte sie erreicht.

Aber vielleicht trotzdem. Die Regenschauer in Westindien waren kurz. Danach lagen die Tropfen auf der Treppe und verdampften. Einen Augenblick später konnte man schon gar nicht mehr sehen, daß es geregnet hatte.

Das dämmerte ihr mitten in der Salzlösung, in die sich ihr ganzer Körper gerade verwandelte, als Mary-Ann sagte, sie würde ihr jetzt erzählen, was geschehen wäre, aber nur, wenn sie verspräche, es niemandem zu sagen.

Dritter Teil

Befriedigend! Befriedigend für ein Stück einzigartige Forschungsarbeit!«

Sie versetzte der Tür zu Lektor Møllers kleinem Büro in der Universität Kopenhagen einen Tritt, daß sie aufsprang, und dieser duckte sich, als sie mit den Papieren durch die Luft wedelte.

»Was soll das denn sein?«

Sie hatte Tränen in den Augen vor Wut. Lektor Møller hustete lange und gründlich, dann begann er sich die Pfeife erneut zu stopfen und zerknüllte ein paar Butterbrotpapiere, die neben ihm lagen, und schüttelte den Kopf.

»Hören Sie schon auf. Was haben Sie sich denn vorgestellt? Sie kommen von den Westindischen Inseln nach Hause gebraust mit einer halbfertigen Moritat über die Bedingungen der Schwarzen im Licht des Sklavenaufstandes von 1759 und einer Menge anderer verwirrender Details. Und dann dieses... nun ja, Sie haben faktisch einen historischen Fund gemacht, nicht wahr? Und dafür sind Sie belohnt worden, nicht wahr? Haben Sie nicht Ihr Examen bekommen? Warum kommen Sie eigentlich her und regen sich auf?«

Die Stimme war hart geworden, er hatte seine Fassung wiedergewonnen.

Das führte zu einem Zusammenbruch ihrerseits. Dann riß sie sich schluchzend zusammen und entfaltete die Papiere, wobei sie gleichzeitig die Beine in den blauen Wranglers überschlug, eine Bewegung, der Lektor Møller mit dem allergrößten Interesse hinter der Brille folgte. Seine Augen wanderten nach oben, wo er zwischen zwei Knöpfen in die Bluse sehen konnte. Er hörte ihr mit großen Augen zu.

»Das kann doch nicht Ihr Ernst sein.«

»Hören Sie mal, Fräulein Hagensen...«

»Anne-Birgitte, bitte. Hören *Sie* mal! Jetzt werde ich Ihnen mal vorlesen, was Sie da geschrieben haben, Sie Stinker: ›... hätte diesen belanglosen und für die Geschichte an sich – *an sich* – ziemlich störenden menschlichen Aspekt weglassen sollen.‹«

Møller hatte seine Augen wieder unter Kontrolle und paffte an der Pfeife. Dann zog er eine Grimasse und kratzte eine qualmende Masse in den Aschenbecher, direkt neben dem Tabaksbeutel, auf dem stand, daß »Perle« in der Pfeife gute Laune machte.

»Was wollen Sie eigentlich? Die Entscheidung ist getroffen. Ich stehe zu dem, was ich geschrieben habe. Sie wissen, daß ich keinen Deut auf noch lebende Quellen gebe. Das habe ich Ihnen wieder und wieder erzählt. Befriedigend ist doch gut. Den Umständen entsprechend. Bonne chance, Fräulein Hagensen, und jetzt gehen Sie und suchen Sie sich einen Job, am besten in Jütland, damit ich einen Augenblick Frieden habe.«

Sie fuhr mit dem Vorlesen fort, während er sich mit einer müden Handbewegung zur Seite drehte.

»›... diese persönlichen Betrachtungen und häufigen Beobachtungen ‚im Feld', die zuweilen für das Verständnis des Ganzen direkt ablenkend wirken und nicht wesentlich zur historischen Authentizität beitragen ... diese moderne Vorstellung, daß die Geschichte nur durch ein heute lebendiges Gefühlsregister erlebt werden kann; all dies trägt dazu bei, das im übrigen glänzende Stück Forschungsarbeit vor Ort, das an den Tag gelegt worden ist, zu schwächen.‹«

Sie ließ das Papier sinken.

»Sie haben sich richtig amüsiert, was?«

Er hatte schon längst aufgehört, zuzuhören. Schließlich legte sie die Bögen in peinlicher Ordnung neben ihn und schlug ihm vor, sich damit den Hintern abzuwischen, knallte die Tür fest zu und ließ Møller allein mit seinen Gedanken zurück.

Es regnete mit feinen winzigkleinen Tropfen. Es war, als hätte die ganze Stadt im Sinn, sich hinter einem Schleier zu verbergen.

Zum letzten Mal ging sie die schwere Tür hinaus und die Steintreppe zum Frue Platz hinunter.

Sie nahm den kurzen Weg zum Gammeltorv im Laufschritt und wurde von einem jungen Mann mit Hornbrille und Vollbart aufgehalten, der Unterschriften gegen das atomare Wettrüsten der Supermächte sammelte. Einen Augenblick sah sie ihn an, würdigte das Dufflecoat mit den Holzknöpfen und den Hut und ließ den Blick über die graue Hose nach unten gleiten, die stramm am Bein endete, einige Zentimeter vor den braunen Schnürschuhen.

»Die Geschichte trägt die Verantwortung in sich selbst«, sagte sie ernst zu ihm und rannte einer Straßenbahn hinterher, während er dastand und darüber nachdachte, ob er gerade Zeuge einer tiefsinnigen Rede geworden war oder ob es sich um reinen Unsinn gehandelt hatte.

Auf dem Weg nach Hause quietschten die Räder, von den Leitungen sprangen Funken, und die Stadt verschwand aus ihrem Blickfeld. Sie saß auf ihrem Klappsitz mit dem klebrigen Lederbezug und sah in die Tropfen auf der Scheibe. Sie liefen zusammen und führten sie in einen Bereich ihres Bewußtseins, der eine Zeitlang verschlossen gewesen war.

Das Treffen mit Møller hatte wie eine Schocktherapie auf sie gewirkt. Jetzt holte das Ganze sie wieder ein, erst jetzt, während sie die Nørregade hinaufratterte, sah sie weit drinnen in den Tropfen sich selbst sitzen und wie versteinert auf ihren Vordermann im Flugzeug starren, während sie vom Hamilton-Flughafen auf St. Croix abhob.

Sie hatte keine Ahnung, wie sie zum Flughafen gekommen war, sie hatte keine Ahnung, ob sie sich richtig von Mary-Ann verabschiedet hatte.

»Mary-Ann.«

Bis sagte es halblaut vor sich hin. Ein Ehepaar, sie im mausgrauen Kostüm, er mit weichem Hut, sahen sie daraufhin noch entrüsteter an.

»Gott bewahre.«

Bis schaute sie stumm an. Dann ließ sie den Unterkiefer ein wenig sinken, die Zunge im Mund nach vorne fallen und schielte ein bißchen.

Das Ehepaar wechselte das Thema, entsetzt, während Bis weiterhin ihre Grimassen schnitt, und in diesem Zustand begann sie plötzlich klarzusehen.

Es hatte geholfen, ihren Namen laut zu sagen.

Mary-Ann.

Das Ganze war effektiv verdrängt gewesen. Es mußte einmal in Frederiksted begonnen haben. Übernachtete sie bei Mary-Ann? Half Mary-Ann ihr nach Christiansted zu kommen, um das Zimmer leerzuräumen und abzurechnen, ehe das Flugzeug ging? Fuhr Charles E. Hamilton sie zurück zum Flughafen?

An den Flug konnte sie sich gerade noch erinnern. Sie sah sich selbst dasitzen und einen langen Bericht niederschreiben. Warum sie das machte, wußte sie nicht, denn sie wünschte nur, alles zu vergessen. Sie schrieb, bis sie Krämpfe in der Hand bekam, jedes Detail stand klar und deutlich da, alles sollte mit aufgenommen werden, und als sie fertig war, packte sie ihn weit weg und wünschte ihn nicht mehr zu sehen. Sie erinnerte sich, daß eine dichte Sonne in den Nebel geglitten war und daß die Ereignisse der vergangenen vier Wochen mit den Wolken draußen vorbeiglitten. Sie schlief und schlief, sie erinnerte sich flüchtig an eine Zwischenlandung in den USA, danach schlief sie wieder mit SAS nach Kopenhagen, und glücklich ließ sie sich von einer kindlichen Unschuld überfallen, Vergessen und Verdrängen, die sie selbst mit großen Drinks nährte.

Katzenjammer und ein riesiger Jet-lag waren der Dank zu Hause in der Wohnung, zwei kalte Bier im Montmartre, danach eine halbe Nacht mit einem Jazzmusiker, hinterher Schlaf und wieder Schlaf, dann Kaffee in großen Mengen und langsames Aufwachen und Umschreiben und Überarbeitung der Diplomarbeit.

Zwei Monate mit Amalie Møllers Tagebuch von 1753 bis 1760, Tage im Zimmer, abends die Beine auf dem Sofa hochgelegt, ein gesundes und einfaches Leben geführt, Radtouren in Frederiksberg, Blumen für die Mutter im Heim, ein Besuch bei einer alten Freundin und hoppe Reiter mit ihren Kindern im Lehmmatsch der Vorstädte, Stiche von Neid über ihr Glück, Ehemänner in Cardigan und karierten Pantoffeln, neubürgerliche Konformität, die sie mitten in einer Zeit der Revolte wunderte.

Zurück in der Wohnung, lesen und schreiben und am Bleistift kauen, Anne-Birgitte, hier ist dein neues Leben. Such dir einen Mann, der passabel ist, der sich um dich kümmert, schreib, lies und sei ordentlich.

Dann war es Møller, der wieder ihr richtiges Ich zum Vorschein brachte.

Der Teufel von Møller, sie liebte ihn fast, jetzt, wo sie dasaß und ein Ehepaar in der Linie 5 anschielte, jetzt, wo ihr gleich der Speichel aus dem Mund lief und sie so langsam begann, wieder sie selbst zu werden.

Wieder schaute sie auf die Tropfen und glitt zurück in

die verlorene Zeit. Sie wollte sie wiederfinden und in die Hand nehmen. Jetzt bewegten sich die Bilder rückwärts von Mary-Anns kleinem Haus zu den staubigen Straßen Frederiksteds, eine Autojagd über St. Croix, und dann mußte sie umsteigen.

Im Nieselregen an der Haltestelle der Linie 2 wurde sie ruhiger. Sie stand mehrere Minuten still da und atmete tief, während das Wasser in die Augenbrauen zu dringen begann.

Es lag etwas Vorherbestimmtes über all dem. Sie bekam wieder den alten Gesichtsausdruck, den gleichzeitig harten und empfindlichen, der auf manche beinahe erschreckend wirkte.

Am Finsensvej sprang sie von der Straßenbahn und ging das letzte Stück. Sie schaute hinauf, als sie den Wohnblock erreichte. Der Himmel war so grau, daß ihre Dachkammern beinahe eins mit ihm zu werden begannen.

Sie keuchte während der Tour die Treppen zum fünften Stock hinauf, schüttelte in der Diele das Wasser ab, zog sich aus und streifte sich den Morgenmantel über. Dann setzte sie Wasser auf, sortierte die Post und schaltete das Radio ein, ein großer Nußbaumkasten, der eine Minute warmlaufen mußte, ehe er einen Laut von sich gab.

Währenddessen sah sie sich um. Das Wohnzimmer ihrer Wohnung war zu einem westindischen Zimmer geworden. Die Karte von St. Croix hing an der Dachschräge, Muscheln vom Strand lagen am Fensterbrett, da waren Bücher, Zeitungsausschnitte, ein Zuckermesser hing neben der Tür, ein Tropenhelm auf einem Nagel, ein Ziegelstein, den sie von einer Plantagenruine gestohlen hatte, war das Fundament für einen Ableger einer tropischen Agave, ein echter westindischer Kerzenleuchter, Seekarten von St. Thomas und St. Jan, Fotografien und Dutzende anderer kleiner Dinge, Broschüren, gestempelte Freikarten und so weiter.

Sie schaute von einem Gegenstand zum anderen, bewegte sich langsam im Zimmer umher, berührte mit den Fingerspitzen vorsichtig die unebene Schneide des Zuckermessers.

Dann war aus der Küche mitten im Fauchen des Gasherds ein Pfeifen zu hören. Sie goß das kochende Wasser in die Tasse mit Pulverkaffee und hielt mitten in der Bewegung inne.

Vor einiger Zeit hatte sie mit der Post einen Brief erhalten, den sie nicht zu öffnen wagte. Sie hatte ihn in der Hand gehalten, als wäre er eine entsicherte Handgranate, dann wollte sie ihn wegwerfen, aber das wagte sie auch nicht.

Sie ging zum Fenster und sah in die Tropfen, die Linien zurück in die Zeit zogen.

Zitternd sah sie einen Brand in Christiansted und eine Nacht auf St. Thomas, wo ein hübscher junger Mann wie ein verletztes Raubtier unter dem Einfluß einer Nagelfeile aus Daells Warenhaus flüchtete.

Sie ist zur Abendparty bei den »Friends of Denmark«, sie weint ihre Tränen bei zwei alten Damen aus, sie sitzt da und starrt eine lebende Echse unter einem französischen Balkon in der Tropennacht an, und schließlich sitzt sie da, mit trockener Kehle, und interviewt einen alten Grafen auf Fünen, während sie sich selbst die Frage stellt, an wieviel man sich erinnern kann im Alter von drei Jahren.

Das Ganze kam ihr immer noch unwirklich vor. Es war, als ob es im vorigen Jahrhundert geschehen wäre, in einem anderen Leben, auch wenn es nur drei Monate her war. Aber langsam begann es wieder, Konturen anzunehmen.

Drei Jahre. Sie war auf den Westindischen Inseln herumgehetzt, um eine halbe Geschichte zu finden. Mußte sie nicht noch weiter zurück, bis dahin, als sie drei Jahre war? Erzählten ihr die Linien vom Regen auf der Scheibe, daß sie zu Ende bringen mußte, was sie angefangen hatte?

Es war immer noch dieselbe Frage.

Was war am 8. Dezember 1932 um 10 Uhr abends am Strand geschehen?

Die Frage stand noch immer zitternd in der Luft. Nach all dem, was sie durchgemacht hatte.

Bis erwog einen Augenblick, wieder in ihre Rockperiode zurückzugleiten, mit wasseronduliertem Haar, Radtouren und ernsthaften Anfragen bei Gymnasien der Nachbargemeinden und der Provinz, doch dann ging sie zum Regal und stellte sich auf die Zehenspitzen.

Die Sache war entschieden. Sie bekam Angst, fühlte sich aber auch abgeklärt.

Sie fummelte hinter dem Stapel mit Quellenmaterial herum.

Mit halboffenem Mund und trockener Kehle fand sie die Blätter, die sie im Flugzeug auf dem Weg nach Hause in einer schockartigen Gemütsverfassung niedergeschrieben hatte. Sie betrachtete die Handschrift, die kaum als ihre eigene zu erkennen war. Es lief ihr kalt den Rücken hinunter, als sie die pathetische Überschrift sah, die sie dem Werk halb in Panik gegeben hatte.

Ihre Augen folgten den Zeilen. Die Sprache war intensiv, halb englisch, halb dänisch, voller Rechtschreibfehler und komischer Abkürzungen, aber präzise und einfach.

Dann fand sie einen dicken ungeöffneten Luftpostbriefumschlag und heftete den Blick auf die Absenderadresse.

Da stand der Absender. Der Poststempel war von St. Thomas. Es war Wirklichkeit, die Quellen gab es, reichlich und präzise. Die Fähigkeit, in die Vergangenheit zu tauchen, hatte sie. Ihrem Leben Farben, Gerüche und Geräusche zu verleihen, vermochte sie auch. Es galt bloß, mit der eigentlichen Geschichte loszulegen, ihrer eigenen. Der Briefumschlag lag schwer und dick auf dem Tisch.

Ihre Hand zitterte leicht, als sie ihn öffnete.

Vierter Teil

In der folgenden Zeit war es so, als bestimmten die Ereignisse – nicht sie selbst – das Tempo. Das eine übernahm da, wo das andere losließ, und führte sie hierhin und dorthin, schüttelte sie, wiegte und lullte sie ein, bis sie sich schließlich willenlos führen ließ, außerstande, etwas anderes als das zu tun, was irgendwelche unsichtbaren höheren Mächte für sie entschieden.

Nehmen wir zum Beispiel einen der nächsten Morgen, als sie schläfrig dasaß und in der Ausgabe der Berlingske Aftenavis vom Vortag blätterte.

Die Morgensonne schickte ihre Strahlen durch das Küchenfenster und traf plötzlich auf eine Todesanzeige des ehemaligen Direktors der Ostasiatischen Kompagnie, Herrn Jørgen Ø. Lillelund, Malmmosevej in Holte, der nach einem langen und arbeitsamen Leben sanft entschlafen war, der von all seinen Lieben vermißt werden würde, einschließlich Ingrid Marie. Bis ließ die Zeitung sinken und starrte lange konzentriert in die Luft, als ob sie versuchen wollte, etwas zu fangen, was in ihr war.

Sie sah von ihrem Küchenfenster über die Dächer der Stadt. Es war klar draußen. Heute konnte man alles sehen.

Dann zündete sie sich eine Zigarette an und ging zum Telefon.

Eine Stunde später hatte sie ein beinahe schicksalhaftes und unvermeidliches Treffen mit einem der härtesten Motorrollerhändler auf Vesterbro.

»Sie müssen verrückt sein.«

»Ja.«

Bis verließ den Laden, indem sie auf dem Absatz kehrtmachte und durch die Glastür schritt, hinaus in die Vesterbrogade. Er, der in ihrem Fall inzwischen schon an so einiges gewöhnt war, sah ihr nach, während die Tür zufiel, fing zu pfeifen an und putzte weiter an dem 62er Modell, das er in der Herbstausstellung haben würde, während Radio Mercur auf voller Lautstärke lief, draußen vom Öresund mit Elvis und Chuck Berry.

»Das wird der ganz große Hit«, hatte er verträumt zu ihr gesagt, indem er jedoch auch den 61er pries, genauer gesagt ihren eigenen alten, den er ihr im Frühjahr für zweitausendzweihundert abgekauft hatte.

»Es sind wirklich viele, die gerne so einen haben wollen. Zweitausendfünfhundert ist wirklich billig«, sagte er. »Ich habe drei Anfragen gehabt. Die Zeit schreit nach Individualismus«, fuhr er, ohne mit der Wimper zu zucken, fort, »Zweirad zu fahren ist ein Glied im Kampf gegen die Monotonie, und dieser hier«, sagte er und rubbelte besonders gründlich an einem Fleck im Lack, »symbolisiert den Freiheitsdrang des Menschen ganz besonders. Die Nachfrage ist gewaltig gestiegen, seit Sie das letzte Mal hier waren. Er war ja in der Zwischenzeit verkauft. Ist aber nur tausend Kilometer gefahren. In dem steckt noch viel drin.«

Wenig später ging die Tür mit einem Knall wieder auf.

»Zweitausenddreihundert, Blutsauger, und keinen Schein mehr.«

Er dachte darüber nach und stimmte dann zu, bat sie aber, in zehn Minuten wiederzukommen, dann wäre der Roller fahrbereit. Zehn Minuten später wartete ihr alter Roller auf den Stützrädern stehend auf sie, der Kratzer war repariert, und sie bekam einen verträumten Blick, als sie die Augen auf ihn heftete und die Gedanken an die panische Fahrt über Fünen zurückschweifen ließ, wurde aber abrupt in die Wirklichkeit zurückgerufen, als er ihr in nasalem Tonfall mitteilte, daß es genau zweitausendfünfhundert machte, mit dem Zubehör.

»Sturzhelm. Handschuhe. Motorradbrille. Genau zweitausendfünfhundert.«

Wütend legte sie das Geld auf eine Werkzeugbank im Hof, bat ihn, seine Finger von ihrem Roller zu nehmen, und fuhr davon, während er mit einem leichten Pfeifen erleichtert aufatmete und einen Kamm durch das fettige Haar zog.

Sie vergaß ihn schnell, genoß statt dessen den brüchigen Laut des Zweitaktmotors, auch wenn es etwas teurer geworden war, als sie gedacht hatte. Dann erinnerte sie sich an die Worte des Bankangestellten, der ihr nahegelegt hatte, daß eine feste Einnahme doch das beste sein würde – für alle Seiten sozusagen. Sie konnte sich momentan sogar aussuchen, wo sie arbeiten wollte. Überall im Land wurden Gymnasien gebaut, alle sollten anscheinend in den kommenden Jahren fit für die Universitäten werden. Aber gerade das machte es ihr schwer, sich zu entscheiden. Sie hatte Kopenhagen satt. Es war zu häßlich geworden mit seinen rechteckigen Betonklötzen und Bankfassaden aus Glas. Århus, die Universitätsstadt des Thronfolgers? Ringkøbing? Rønne? Am liebsten hätte sie Bücher geschrieben und Vortragsreisen über die Westindischen Inseln gemacht, für die sie sich inzwischen als Expertin ansah.

Als sie bei Rot an der Østre Farimagsgade bremste, kam ihr ein komisches Erlebnis in den Sinn, das sie neulich bei einem ihrer Vorträge in einer neuen Bibliothek in Gladsaxe gehabt hatte. Plötzlich hatte sie unter den Zuhörern einen richtigen alten Freund entdeckt, den Obersekretär von ØK, der sie im Frühjahr so freundlich hinauskomplimentiert hatte, als sie ihn um Einsicht in die Buchhaltung gebeten hatte. Er saß da und sah sie so eigenartig an, nicht unbehaglich, eher schwer interessiert, an so einem gewöhnlichen Mittwochabend, mit offenstehendem Hemd an die gelbe Ziegelmauer des Lesesaals gelehnt. Plötzlich wirkte er ganz menschlich.

Sie gab den Strandvej hinaus Gas. Es war noch warm, auch wenn es Mitte September war. Leute gingen spazieren. Ganz flüchtig sah sie Röcke, Kinderwagen mit glänzendem Chrom, toupiertes helles Haar und hochgekrempelte Hemdsärmel.

Zehn Minuten später fuhr sie die Einfahrt zum Hintereingang des Gymnasiums hinunter und stellte den Roller neben der Treppe zum Keller auf den Ständer. Es war geschlossen, es war Samstag nachmittag.

Sie zog den Schlüssel aus der Tasche, den sie dem Hausmeister gegen das feierliche Versprechen hatte entlocken können, ihn wieder abzuliefern, und schloß auf, ging durch den Kellergang und kam zu einer Tür, auf der »Pädagogische Hilfsmittel« stand. Drinnen erblickte sie ein Tandberg-Tonbandgerät, nahm es an seinem Plastikhandgriff und verschwand.

Oben auf dem Hof packte sie das Tonbandgerät hinter sich auf den Roller und fuhr leise davon.

Sie hatte vor Spannung ein Ziehen im Bauch, als sie in den Malmmosevej einbog. Welches Gesicht setzte man am besten auf, wenn man einer Frau gegenübertrat, die soeben ihren Mann verloren hatte? Sie hatte am Telefon nicht sehr verzagt geklungen. Aber vielleicht riß sie sich auch nur gewaltig zusammen.

»Also wissen Sie was, Fräulein Hagensen, darüber will ich überhaupt nicht sprechen, Jørgen ist tot, und diesen

Weg müssen wir ja alle gehen, und auf eine Weise bin ich auch froh, es hinter mir zu haben, obwohl ich ihn natürlich auch vermisse, Sie wissen, Gefühle sind ja widersprüchlich, nicht wahr, aber wissen Sie was, man wird immer respektloser mit dem Alter, das werden Sie zu gegebener Zeit sicher auch feststellen, und nun werden Sie und ich es uns gemütlich machen, wollen Sie nicht meine neuen Hibiskus sehen? Sie haben gerade jetzt die schönsten roten Blüten.«

Frau Lillelund wirkte wie eine Flasche Champagner, die gerade geöffnet worden war. Sie tischte Kaffee auf und viererlei selbstgebackene Plätzchen, schäumte fast über vor Freude, ihre junge Freundin zu sehen.

»Ich liebe es, Gäste zu haben. Jørgen war eher still. Wer weiß, wie viele Jahre mir noch bleiben. Nun möchte ich so viele Gäste haben, wie es mir paßt. Ja, wissen Sie was, Bis, es *ist* nicht leicht, verheiratet zu sein. Haben Sie noch diesen schrecklichen Roller? Mein Gott, wie schön Sie sind. Sie ähneln Ihrer Mutter.«

Frau Lillelund nahm ihr Gesicht in beide Hände, wie um es einzurahmen und besser zu sehen. Bis lächelte. Frau Lillelund mußte sich aussprechen nach all den Jahren, wo es ihr nicht erlaubt gewesen war, überhaupt etwas zu sagen. Es war möglich, daß sie etwas sprang, was Themen und Zeiten anging, aber der Beobachtungsgabe fehlte nichts. Dem Gedächtnis auch nichts. Auch die Analyse war scharf genug, zwischen den Wortkaskaden.

»Aber, mein Gott, was ist denn das für eine Maschine, die Sie da stehen haben?«

Bis wollte gerade etwas antworten, als Frau Lillelund sie am Arm nahm und in den Wintergarten führte, während sie erzählte, wie schwierig es eigentlich sei, Hibiskus zum Blühen zu bringen, besonders in diesen Breitengraden.

Bis hörte zu und lächelte.

Schließlich unterbrach sie.

»Ich möchte gerne, daß wir jetzt anfangen«, sagte sie leise, aber bestimmt.

Das Wochenende verging mit der Reinschrift von vierzig Seiten. Der Schreibtisch quoll über vor Papieren, die Tasten der Olympia schlugen in ungleichmäßigem Rhythmus auf die Walze ein, die Nackenmuskeln schmerzten, eine North State nach der anderen verqualmte im Aschenbecher.

Spät am Sonntag abend fuhr sie zur Schule hinaus mit einem dunklen Bündel, das sie fest auf das Hinterteil ihres Rollers gezurrt hatte, schloß in der rabenschwarzen Nacht den Hintereingang auf, öffnete mit ihrem geheimen Schlüssel neue Türen, ging durch die Gänge des Kellers und knallte schließlich mit einem tiefen erleichterten Seufzen die Tür von draußen wieder zu und steckte den Schlüssel heimlich durch den Briefschlitz des Pedells.

Am Montag morgen rief sie in der Schule an und meldete sich krank. Gegen drei Uhr am selben Nachmittag tätigte sie ein Ferngespräch über den Auslandsdienst der Reichstelefongesellschaft. Es knurrte in der Leitung, und es dauerte eine Ewigkeit, bis der richtige Mann ans Telefon kam. Das Telefon tickte. Schließlich glückte es.

»Ist dort das Archiv?« fragte sie vorsichtig.

Am Tag darauf stand ihr Herz einen Augenblick still, als sie einen Briefumschlag öffnete, der mit einem leisen Bums zur Diele hereingefallen war. Der Briefumschlag stammte von ØK, es gab keinen Absendernamen.

Es pochte in der Pulsader und prickelte in den Beinen, das prickelnde Gefühl begann unter den Schenkeln und zog sich nach unten, als sie ihn öffnete und den Inhalt sah.

Sie fuhr sich mit allen zehn Fingern durchs Haar, während die Augen die Zahlenkolonnen hinabliefen. Sie blätterte auf die nächste Seite um, die nächste und wieder die nächste, und schließlich schaute sie mit einem verklärten Glanz geradewegs zur Decke hoch.

Dann zerrte sie eine Jacke vom Garderobenhaken im Gang und sauste die Treppe hinunter ohne Sturzhelm. Mit flatterndem Haar fuhr sie in die Stadt hinein, bog am Bülowsvej ab, in den Helenevej hinein, wo sie den Roller vor der großen weiß gekalkten Villa abstellte und einen gebückten Mann grüßte, der allein mit steifen Schritten und einem wilden Ausdruck in den Augen die schmale Straße entlangging. »Tag, Karl«, sagte sie, aber er machte nur »pst« und meinte, ob sie nicht sehe, daß der Kleine gerade beim Einschlafen sei.

Dann ging sie zum Haupteingang, erblickte das Schild mit dem Namen des psychiatrischen Pflegeheims und drückte fest auf die Türklingel. Sie wartete, während sie an den Fensterscheiben in der massiven Holztür herumfummelte.

»Urteile nicht zu hart, mein Mädchen«, sagte ihre Mutter als Antwort auf ihre Frage. Für einen kleinen Augenblick lag viel Echtes in der Stimme und vielleicht auch Trauer. Bis stutzte und wünschte, sie könnte den Augenblick ausdehnen.

»Ab und zu denke ich, du bist gar nicht so verrückt, wie du tust.«

Frau Hagensen starrte hilflos die Person an, die ihr gegenübersaß, die sie konstant aufsuchte und sich als ihre Tochter ausgab.

Bis betrachtete sie, und es kam ihr so vor, als finge sie wieder einen kurzen Moment der Nähe ein. Sie glaubte etwas Empfindliches und Verwundetes sehen zu können, als die Mutter den Mund zusammenzog und mit der Stricknadel durch die Luft fuhr.

»Entfernen Sie bitte sofort diese Person. Sie ist ohne vorherige Vereinbarung gekommen«, sagte sie zu einer Pflegerin, die vorbeieilte und so tat, als würde sie nichts hören.

»Es ist so leicht, eine Meinung zu haben. Es ist so leicht, hinterher. Nimm nur mal Frau Storgaard, die gerade ein Brautkleid gekauft hat, nicht daß mir die großen Puffärmel gefielen...«

»Mutter, Frau Storgaards Mann ist vor zehn Jahren gestorben.«

»Ach. Mußt du das jetzt auch noch besser wissen.«

»Kannst du dich an überhaupt nichts von St. Thomas erinnern?«

Bis klang gereizt. Sie legte den Kopf im Stuhl nach hinten, fuhr sich mit beiden Händen durchs Haar und erwartete eigentlich keine Antwort.

»Doch, weiß Gott, das kann ich. Aber jetzt bin ich, ehrlich gesagt, müde. Ich habe meinen Mittagsschlaf noch nicht gehalten«, fuhr die Mutter fort und deutete hinauf zur Wanduhr, die elf Uhr anzeigte. »Es war eine schöne Zeit. Sonnenschein und schlechtes Wetter wechselten sich ab, auf und ab ging es, wie immer im Leben. Es gibt viele gute Erinnerungen. Aber ich war ja ein Kind damals, deshalb ist es natürlich begrenzt, an was ich mich erinnere.«

Bis schlug mit der Hand auf den Tisch und zischte, jetzt sei es aber genug.

Dann bereute sie es, bekam feuchte Augen und küßte ihre Mutter auf die Wange.

»Mach's gut«, flüsterte sie und wollte gehen, blieb aber in der Tür stehen, als sie ihre Mutter in die Luft hinein fragen hörte, ob es jemanden gäbe, der wüßte, was die Nanny damals gesehen habe.

»Was?!«

Bis schloß die Tür wieder. Sie hatte bereits Motorradhandschuhe an und hielt sich beide Hände vors Gesicht, als sie wiederholte:

»Was sah?«

Dann bekam die Mutter wieder ihren alten leeren Gesichtsausdruck, saß da und strickte und strickte, und Bis wußte, daß sie aus ihr nichts mehr herausholen würde.

Dennoch knallte sie die Hand wieder auf den Tisch.

»*Was* sah, zum Teufel noch mal?«

»Was sah«, wiederholte die Mutter und machte den Tonfall nach, »du kommst hier mit einer unmöglichen Frage nach der anderen angerannt. Ich bin wirklich zu alt geworden, um mich dieser Form von Verhör durch irgend jemanden, der einfach so mir nichts, dir nichts vorbeikommt, unterziehen zu lassen.«

Die folgenden Tage verbrachte sie in ihren eigenen vier Wänden und ordnete und sortierte systematisch, schrieb um und brachte die Ereignisse in eine chronologische Reihenfolge. Der ganze Verlauf wurde klargelegt, sogar eine Zeichnung fertigte sie an, mit Pfeilen und Kreuzen und Zeitangaben.

Die Wohnung quoll über vor Briefen, maschinengeschriebenen Seiten, alten Karten und aufgeschlagenen Büchern, und über das Ganze waren vergilbte schwarzweiße Fotografien verstreut. Sie bahnte sich im Zickzack ihren Weg durch die Stapel, wenn sie auf die Toilette mußte oder in die Küche, um Wasser für noch eine Tasse Pulverkaffee aufzugießen.

Sie kontrollierte ihre Aufzeichnungen wieder und wieder, machte noch ein paar Anrufe bei alten Bekannten auf den Westindischen Inseln, und dann endlich spät an einem Nachmittag lehnte sie sich im Stuhl zurück und strich sich mit beiden Händen durch die Haare. Der Nacken schmerzte, sie hatte Kopfweh, war mitten in der ganzen Verwirrung aber auch von einer inneren Ruhe erfüllt.

Sie verließ den Schreibtisch mit steifen Beinen und nahm eine Dusche, zum ersten Mal seit vier Tagen.

Unter der Dusche wurde ihr auch bewußt, daß sie die letzten Tage und Nächte nur von Kaffee, Zigaretten und Knäckebrot gelebt hatte. Der Gasbadeofen toste auf voller Flamme, und durch die Dampfwolke hindurch stand das Ganze plötzlich quicklebendig vor ihr: Es galt eigentlich bloß, die Augendeckel ein wenig zu schließen, dann taten die Kaskaden von Dampf und Wasser den Rest, die rauchenden Feuer in den Blechtonnen der Farbigen, rotznäsige Kinder in Christiansted, Charlotte Amalie und Frederiksted während der Depression, zwölf Jahre nach dem Verkauf an die Amerikaner, die alles besser machen sollten, es aber rein faktisch schlechter machten; Leute, die Hals über Kopf flüchteten, nach Dänemark, nach England oder in die USA; bloß weg von diesem zum Tode verurteilten Fleckchen Land, das immer wertloser wurde, im selben Maße, wie die Plantagenbesitzer aufgaben und die Erde wieder dem Busch überließen.

Konkurs auf Konkurs, eine zum Tode verurteilte Zukkerindustrie, nachdem die Amerikaner und Europäer den Zucker selbst billiger und besser herstellten, und dann der Gnadenstoß für die Rumproduktion in Form des amerikanischen Alkoholverbots.

Ihre Nackenmuskeln lösten sich unter dem heißen Wasser, ein wenig von der Müdigkeit verschwand, und die Fantasie konnte in dem feuchten Pferch so richtig Blüten schlagen. Der Spiegel war ganz beschlagen, die Feuchtigkeit lief die weißgestrichene Tür und die Wände hinunter, bis kein heißes Wasser mehr im Tank war, und ein eiskalter Strahl brachte sie wieder zurück in die Realität.

Während sie sich abtrocknete, sah sie St. Croix öde daliegen nach dem Orkan 1928. Die Palmenstämme ragten wie zerbrochene Zündhölzer auf, irgendwo auf Land lag ein Boot, das von den Wassermassen weggeschleudert worden war. Die Häuser hatten keine Dächer mehr, und die Eisenbleche klapperten im Passatwind.

Sie setzte sich im Halbdunkel ins Wohnzimmer, ohne Licht anzumachen, einen Bademantel um sich gewickelt, das Haar in ein Handtuch wie in einen Turban versteckt.

Es wurde gerade Abend. Die Stapel lagen auf dem Schreibtisch, im Regal und fast überall auf dem Boden, und schienen größer zu sein, als sie waren. In dem schwachen Licht wurde ihr westindisches Zimmer kleiner, und die Dinge an den Wänden und auf den Regalen begannen sich ihr zu nähern.

Ihr Blick fiel auf eine Fotografie einer zerstörten Stadt mit mutlosen Menschen. Ganz vorne ein öder Platz mit halben Baumkronen und Resten von Balken und Bauholz, die herumlagen; ganz hinten Häuser mit Planen und dünnen Platten, um die großen Löcher im Dach zuzudecken; zerborstene Scheiben und Türen, und quer durchs Bild hing eine stromführende Leitung. Farbige mit Hüten gingen hastig über den Platz, mit dem Rücken zum Fotografen schritt eine schwarze Frau in einem langen weißen Kleid mit einem Kind auf dem Arm.

Das Licht schwand schnell. Sie konnte bald das Motiv nicht mehr erkennen. Es war auch egal. Sie kannte das Ganze inzwischen auswendig. In der Dunkelheit geschah es. Hier wurde sie mit ihren Gedanken und Vorstellungen allein gelassen und nicht länger von der Gegenwart gestört.

Sie ließ den Abend sich senken, während sie unbeweglich im Sofa saß.

Das Sausen der Autos, wenn sie durch die Unterführung am Dalgas Boulevard fuhren, wurde zum Brausen des Meeres, das ewige Meer, das gegen die Felsen an der Südspitze von St. Thomas schlug, Tag für Tag, Jahr für Jahr, in einem wütenden Kampf, wie um diese Unglücksinsel über den Haufen zu rennen.

Innerhalb der Schären lag der Tiefseehafen, hier war Leben, hier befand sich die einzige Firma, die mit heiler Haut davonkam, ØK's Westindische Kompagnie, die aushielt, als der dänische Staat versagte.

An dem langen Anlaufkai liegt ein amerikanischer Ozeanliner, der Steven ragt hinaus in Richtung Karibik, während mittschiffs mit lärmenden Kränen Kohle geladen wird. Daneben liegt ein venezolanischer Zollkreuzer und ein kleines Schnellboot der U.S. Coastguard, das in diesem Augenblick die Trossen wirft und Gas gibt. An Land wimmelt es von Leuten, schwarze Männer, die die Schaufel mit beinahe demselben Geräusch in den Kohlenhaufen schlagen, wie sie vorher Zucker schlugen, *switschj switschj,* da stehen Wagen, die mit Säcken bepackt werden, bis sie fast zusammenbrechen, und weiße Aufseher mit Tropenhelm, Schnurrbart und Stock. Von den Hafengebäuden der Kompagnie bei Havensight kann man bis Denmark Hill auf der anderen Seite der Bucht blicken. Hier, hoch über der Stadt, liegt das Hauptquartier dieses Unternehmens, des einzigen, von dem zu sprechen sich in dieser Zeit lohnt, und hier sitzt ihr Vater, der junge Buchhalterassistent Knud Hagensen und ist über alle Zahlen im Bilde.

»Sie müssen ein glücklicher Mann sein, Hagensen!« sagt der Büroleiter oft zu ihm und spielt auf die familiäre Situation an: Er ist frisch verheiratet mit einem schönen Geschöpf mit Korkenzieherlocken, das ihn anhimmelt, er ist soeben in ein interessantes und exotisches Land der Erde entsandt worden, er ist jung, und die Gattin hat ihm gerade die entzückendste kleine Tochter unter der Tropensonne geschenkt; vielleicht schreit sie ein bißchen viel, aber sie ist auch ihres Vaters Augenstern, das kann jeder sehen, wenn die beiden sich im Sonntagsgewimmel on the waterfront in Charlotte Amalie hervortun.

Hagensen besitzt das volle Vertrauen des Büroleiters, wenn er die Abrechnungen in seiner akkuraten Schrift in die großen dicken Bücher einträgt. Die dicken braunen Bücher mit den Zahlenkolonnen sind ein genaues Spiegelbild der Wirklichkeit, nicht ein Frachtschiff geht nach St. Thomas und nicht eine Gruppe von Hafenarbeitern wird angeheuert, ohne daß es auf die eine oder andere Weise in den Büchern registriert ist. Die Zahlen sind Hagensens Welt, wenn er den Blick auf einen achtstelligen Betrag heftet, sieht er Frachter, Schlepper und Leichter; wenn er den Bleistift spitzt, hört er Dampfpfeifen und Schreie von Fregattvögeln auf der Flucht.

Nicht eine Zahl ist falsch, Hagensen ist die Gewissenhaftigkeit in Person, das sind des Büroleiters eigene Worte, und immer mehr wird seiner selbständigen Bewertung überlassen. Nicht daß Büroleiter Lillelund direkt faul wäre, aber ein Arbeitstier ist er möglicherweise auch niemals gewesen, und dann ist es irgendwie bequem mit einem arbeitsamen jungen Mann, der außerdem noch tüchtig ist.

»Sie sind ja tüchtig, Mann!«

Lob, Lob und Lob, aber nie eine Öre mehr in der Lohntüte. Immer größere Verantwortung, doch nicht einen Cent oder Vierteldollar mehr, auch wenn er mehr als ein Mal angedeutet hat, wie schwer es ist, daheim über die Runden zu kommen, mit einer jungen Frau und einem neugeborenen Kind.

Eines Tages trafen sie dann den gewandten Andreas von Arndt-Sehested im Dänenklub.

Er bezauberte sie alle in seinem weißen Tropensmoking, der Krawatte mit dem Wappenschild der Familie und der raschen und respektlosen Replik. Er würde, verdammt noch mal, auf den Inseln bleiben und es all diesen Schlappschwänzen, die geflüchtet waren, zeigen, daß es hier eine Zukunft gab. Die Zukunft bestand im Tourismus, sagte er, ohne daß recht viele der Anwesenden zu verstehen schienen, was er damit meinte, und dann wechselte er unvermittelt das Thema, rühmte das Abendkleid einer Dame mit einem elegant gedrechselten Satz und forderte sie zum Tanz auf.

Er stand im Mittelpunkt jedes dieser Abende, auch wenn

nicht selten auch die Spitze der Westindischen Kompagnie anwesend war. Das lag auch daran, weil alle wußten, daß er sein Scherflein zu tragen hatte. Der Vater hatte Selbstmord begangen, als er keinen Ausweg mehr sah.

Aber von Arndt-Sehested junior, Lehnsgraf zu Hesseltoft daheim auf dem lieblichen Fünen, gab nicht auf. Er kämpfte um die Plantage, verfiel auf immer neue Ertragsquellen, Baumwolle unter anderem, Hühner und Hähne, Maultiere, Vieh, Gemüse, so daß er gerade so über die Runden kam. Die Bank saß ihm mehr als einmal im Nacken und hatte ihn bei einer Gelegenheit gezwungen, sein Auto zu verkaufen, worauf er einen Acht-Sterne-Wutanfall bekommen hatte und den jungen Bankangestellten, der aus den Südstaaten kam, aufgefordert hatte, gefälligst ordentlich mit einem zu sprechen, dessen Geschlecht auf diesen Inseln etwas darstellte, und zwar schon etliche Jahre, bevor es überhaupt etwas gab, das »the United States of America« hieß.

Von Sehested hielt die Fahne hoch, er war – abgesehen von der Kompagnie – der einzige Baum, an den sich das Dänentum in diesen kläglichen Zeiten lehnen konnte.

»Kläglich. Die sind doch nicht kläglicher, als wir sie selbst machen«, fiel es ihm manchmal ein zu sagen. Und dann hob er sein Glas mit dem verbotenen Rum, während die Zuhörer, frühere Gendarmen, Nachkommen von Plantagenbesitzern, frühere Beamte unter der dänischen Krone sowie ØK-Leute und viele andere mit der einen oder anderen Verbindung zum Königreich, erleichtert aufatmeten und lächelten und beinahe applaudierten. Endlich einer, der sich nicht unterkriegen ließ, endlich einer, der seine Würde behalten hatte.

Hagensen stand mit begeisterten Augen und seiner Frau am Arm da und lauschte dem Mann. Als er sich zu ihnen gesellte, lud Hagensen ihn zu einem Drink ein, während die junge Frau ihrer Freundin, Frau Büroleiter Lillelund, einen Blick zuwarf, der besagte, daß sie sich das gewiß nicht leisten konnten.

»Ach was«, entgegnete Frau Lillelund mit einem kleinen Kopfrucken, »man muß nicht immer so vernünftig sein.«

Dann tranken sie, von Sehested spendierte den nächsten und übernächsten und erkundigte sich nach Hagensen und seiner entzückenden Frau – und Sie haben auch ein Kind! Glücklicher Mann, was wollen Sie mehr – und nach seiner Arbeit, besonders nach seiner Arbeit, wo er Hagensen dann verriet, daß seine Tüchtigkeit einem größeren Kreis nicht ganz unbekannt war.

Hagensen ging nach Hause mit Sternen und Monden in den Augen, selbstverständlich vor allem aufgrund des Quantums Alkohol, das er in sich hineingeschüttet hatte, aber auch, weil er zum ersten Mal in seiner Karriere etwas anderem als knausriger Kleinlichkeit begegnet war. Einem Mann mit Format! Der ihn gut leiden konnte! Kein Buckeln und Kratzen vor Lillelund mehr, dessen größte dankbare Geste es war, ihm den Ford A der Kompagnie für einen kleinen Ausflug mit der Familie am einzigen freien Nachmittag der Woche zu leihen, nein, nun sah es so aus, als ob richtig aufgetischt werden könnte.

Ingrid stützte ihn auf dem Weg nach Hause, so gut sie konnte. Ihr war nicht richtig klar, um was sich das Ganze drehte, nur daß sich ihr Mann, den sie aufrichtig liebte, in der nächsten Zeit wandelte. Er wurde distanziert, ausgenommen wenn er sich mit noch nie dagewesener erotischer Kraft über sie warf, woraufhin sie sich noch mehr danach sehnte, seine Gedanken lesen zu können, weil sie das Gefühl hatte, daß nicht sie der eigentliche Gegenstand seiner Leidenschaft war.

»Was ist nur mit dir los, magst du mich nicht mehr?« fragte sie oft leise und strich ihm über das Haar, wenn er schweigend daheim in seinem Stuhl saß. Nur die Augen, die blinzelten, als ob sie einen großen Schatz verbargen.

Wenn kein Außenstehender in diese Inseln investieren will«, sagte von Sehested feierlich und mit einer so verschworenen Miene, daß die anderen völlig verstummten, »wenn diese Scheißkerle an der Börse oder in der Wall Street, oder wo zum Teufel auch immer, bloß wegen einer vorübergehenden Talfahrt der Weltwirtschaft so eine Heidenangst haben, daß sie nicht eine einzige klitzekleine Geldanlage vorzunehmen wagen, dann müssen wir das Geld selbst beschaffen.«

Seine Replik kam ihr absolut natürlich vor. Sie konnte ihn das direkt sagen hören, sie sah ihn förmlich vor sich, während sie tiefer ins Sofa sank. In ihrem kleinen Wohnzimmer war es jetzt stockfinster, sie erhob sich und versuchte, den Krampf aus dem rechten Bein zu schütteln, während sie eine einzelne Kerze und eine Zigarette anzündete.

Das Nikotin besänftigte und erhitzte sie gleichermaßen. Sie betrachtete die Broschüre über das Hotel, die frühere Plantage Amalienlust, die als ein Teil einer kleinen Kollektion an der Wand hing. Sie sah, wie von Sehested, der Jüngere der vier Männer, die ihm gegenüberstanden, einen nach dem anderen anschaute: Feddersen, irgendwo in den Dreißigern und arbeitsloser Gendarm aus der Dänenzeit. Hagensen, blutjunger Mann mit einem geringen Sold, einer jungen Frau mit einem hungrigen kleinen Kind und einem abenteuerlustigen Gemüt. Nielsen, irgendwo in den Dreißigern und übriggebliebener Assistent der Königlich Dänischen Zollkammer auf St. Thomas, vom Königreich wie ein Sklave an den Meistbietenden verkauft. Sowie der junge Hoppe, der sich eine grausame Rache an allem und jedem wünschte, weil sein Vater ein wohlhabender Pflanzer gewesen war, der 1912 Pleite gemacht hatte.

Hoppe konnte sich furchtbar aufregen, wenn er erzählte, wie Dänemark in der Stunde der Not versagt hatte, und es kam den anderen geradezu eine Spur theatralisch vor, wenn er mit der Faust auf den Tisch haute und sagte, daß er wieder ein wichtiger Mann werden und niemals, niemals mehr seinen Fuß nach Kopenhagen setzen würde, sie sollten selbst angekrochen kommen, wenn die Inseln wieder zu blühen begännen.

Bei solchen Gelegenheiten sagte keiner etwas. Die deutlichste Reaktion kam von Nielsen, der sehr genau registriert hatte, daß Hoppe die anderen niemals beim Vornamen nannte. Er sah mürrisch aus, mochte es nicht, wenn sich jemand so aufplusterte; die anderen räusperten sich höchstens und taten so, als ob nichts geschehen wäre.

Hoppe hatte den Großteil des väterlichen Besitzes verkaufen müssen, jetzt wohnte er allein in einer Wohnung in Charlotte Amalie und fuhr mit Farbe und Nägeln auf seinem Handwagen herum und machte verschiedene Tauschgeschäfte mit einer Miene und einer Wortwahl, als wären es Handelsvereinbarungen zwischen großen Nationen. Aus irgendeinem Grund ortete man die Armut nicht in seinem Korpus, seine Birnengestalt entwickelte sich hübsch parallel zur Erweiterung seines Geschäfts, das dann auch Schrauben und Nägel und verschiedene andere nützliche Kleinigkeiten umfaßte.

Er und die drei anderen lauschten unterdessen beeindruckt dem erfahrenen von Arndt-Sehested mit dem zurückgestrichenen Haar, den teuren Gewohnheiten,

Examen von der Akademie Sorø, juristischer Ausbildung, Business College Background und blauem Blut in den Adern. Dieser Mann, der jetzt vor ihnen mit den Daumen in den Hosenträgern und einem Zigarrenstumpen im Mund posierte. Sie hörten seine feine Aussprache der Wörter, ließen sich mitreißen von der Stimme, da war etwas Selbstverständliches, Kraftvolles und Klangvolles in ihr, sie wurden verzaubert von den leuchtend scharfen Augen, und am meisten ließen sie sich mitreißen von seinem Willen.

Er hatte Format, und er dachte in ganz anderen Dimensionen, als sie gewohnt waren. Es war, als lägen ihm die enormen Summen der alten Plantagenbesitzer noch direkt unter der Haut. In der Blütezeit war das Kostenniveau auf den Inseln weitaus höher als in Kopenhagen gewesen, ein wohlhabender Mann von St. Croix war in der Stadt des Königs steinreich. Wenn die Pflanzer zu Hause auf Besuch waren, fuhren sie zum großen Mißfallen des Adels in der sechsspännigen Kutsche mit Goldglanz vor und errichteten Palais und Herrenhöfe, die es mit dem Erbsilber des alten Adels mehr als aufnehmen konnten.

Die Asche fiel von ihrer Zigarette, in den Schoß. Sie stand auf und blies sie weg. Es war kühl geworden. Sie hatte keine Lust, den Ofen anzumachen. Sie mußte sicher auch hinaus, um einen Kanister zu holen. Statt dessen nahm sie eine Decke und hüllte sich darin ein, setzte sich zurück auf das Sofa und nahm wieder ihre Zigarette aus dem Aschenbecher.

Ihr Blick fiel auf den Ableger der Agave am Fensterbrett. Sie hatte ihn auf St. Thomas mitgehen lassen und war dabei, ihn groß werden zu lassen.

Größe. Geld. Zahlen. Das war es, was ihm durch den Kopf gegangen war. Sie sah ihren Vater, wie er der kleinen Familie morgens zum Abschied zuwinkte, während die

Beine beinahe von selbst den steilen Hügel in Charlotte Amalie nach unten fanden.

Die Größe begann an irgendeiner Stelle, warum nicht bei einer Vier? Eine kleine Zahl, die in einem Buch geändert wurde.

Der Schweiß rann ihm herab, als er es das erste Mal tat, und er lag viele Nächte schlaflos da. Von Sehesteds Worte gingen ihm durch den Kopf. Mehrere verschiedene Operationsfelder. Verschleierung der tatsächlichen Handlung. Ein bestimmtes Muster vermeiden.

Dann tat er es, und ihn überkam eine eigenartige Ruhe. Seine Façon änderte sich, er wurde beinahe gefaßt, während Ingrid immer bekümmerter wurde und jeden Abend versuchte, ihn mit ihrem nackten Körper zu erreichen, während die unmögliche Kleine nebenan in der Wiege lag und bis zum hellen Morgen schrie.

Es war nur eine Vier geändert worden. Sie war zu einer Sieben geworden, und der Barbetrag vom Buchhalterassistenten selbst an der Kasse abgehoben worden. Ein Betrag, der im Buch nicht auftauchte, existierte doch nicht. Oder?

Wer zählte die Zahl der schwitzenden Körper am Hafenkai, wenn die »Seven Stars« von New Orleans Kohle bunkerte und proviantierte? Büroleiter Lillelund tat es nicht, denn Buchhalterassistent Hagensen hatte sein volles Vertrauen. Waren heute siebenundfünfzig oder vierundfünfzig Männer in Arbeit? Keine Ahnung, aber die Zahl im Buch behauptete siebenundfünfzig, auch wenn es ehrlicherweise nur vierundfünfzig waren. Das ergab drei Tagelöhne, neunundzwanzig Dollar, genug für fünf üppige Essen in den vornehmsten Restaurants der Insel, geradewegs in die Tasche des jungen Hagensen. Drei Tagelöhne hier und drei Tagelöhne da, plötzlich haben wir einen Betrag, den wir in die gemeinsame Kasse geben können, die von Sehested sich in einer Größenordnung vorstellt, der wir nicht folgen können.

Hagensen arbeitete in der nächsten Zeit zuverlässig und pünktlich wie immer. Er bekam wie üblich Lob vom Büroleiter Lillelund, der immer gut darin war, die großen Linien zu sehen, sich aber niemals für die wirkliche Arbeit interessiert hatte. Für die Kompagnie an sich ging es aufwärts, nach einer mageren Periode, während der hier kaum Schiffe angelaufen waren. Jetzt stieg die Anzahl stetig, viele mußten über St. Thomas, wegen Wasser, Öl oder Kohle, oder um Waren an die amerikanische Flotte abzuliefern, und all dies lud noch weniger dazu ein, die Genauigkeit in Hagensens Buchhaltung zu untersuchen.

Die Beträge wuchsen und wuchsen. Er wurde mutiger und mutiger, je öfters er seine Aktion erfolgreich durchzog. Jetzt wurde nicht siebenundfünfzig statt vierundfünfzig geschrieben, jetzt standen plötzlich hundert Mann auf der Lohnliste, auch wenn Lohn nur an vierzig ausbezahlt worden war, und dicke Bündel von Hundertdollarscheinen wurden auf das Investitionskonto eingezahlt, wie es von Sehested beharrlich zu nennen pflegte.

Gleichzeitig verbrachte Hagensen immer mehr Abende in Saus und Braus zusammen mit von Sehested, der ihm mit seiner Kleidung und Redeweise imponierte. Die Damen waren zuweilen auch dabei. Herr und Frau Nielsen, Herr und Frau Feddersen, Herr Hoppe ohne Begleitung – er war nicht verheiratet – sowie Herr und Frau Hagensen. Sie trafen sich im Restaurant in der Main Street, Charlotte Amalie, oder zu glanzvollen Abendpartys auf dem Plantagenbesitz auf St. Croix. Es gab Live-Musik und Tanz bis in die Nacht, alles bezahlt, das hatte Format, zum Teufel, wir sind endlich in eine andere Welt gekommen, sagten sie zueinander mit leuchtenden Augen, während der Rest der Bevölkerung auf der Insel hungerte und pleite ging.

Von Sehested kaufte Land auf. Keiner wußte wozu, das Land wurde ja gerade von den Leuten aufgegeben, weil es inzwischen nichts mehr wert war. Er erwarb immer größere Areale brachliegenden Landes, einzelne Grundstücke, jedoch mit einer schönen Aussicht über das blaugrüne Meer, soviel konnte man sehen, auch wenn die Depression vielen Menschen einen Schleier vor das Gesicht gelegt hatte.

Wartet nur, sagte von Sehested, wenn den Leuten einfiel zu fragen, welchen Sinn das hatte, wartet nur. Aber seine Augen schienen nervös zu zucken, besonders das linke, wenn er ein Publikum von der Tragkraft seiner Ideen überzeugen wollte. Alle wußten warum, und das machte die ganze Geschichte bloß noch spannender: In einer Zeit, da alle knapsten und knauserten, investierte er verzweifelt mit Geld, das offensichtlich nicht das seine war, und es war nur eine Frage der Zeit, bis die Sache platzte, darin waren sich alle einig. Alles war bis zum Schornstein beliehen, ja, es gab Gerüchte, daß er sogar das schöne Schloß Hesseltoft bis oben zu den kupferfarbenen Turmspitzen verpfändet hatte. Der Gedanke war obszön, aber so stand die Sache also, und früher oder später mußte er wohl scheitern.

Er stürzte auf der Insel umher, mit seinen Ticks am linken Auge, und drückte die bankrott gegangenen Plantagenbesitzer im Preis, so daß einer von ihnen, Henry O'Neill, im übrigen ein alter Freund der Familie Arndt-Sehested, aus Wut und Demütigung über den Preis, den er jetzt für den Besitz angeboten bekam, ihm eine knallte, aber dann fuhr von Sehested einfach mit seinem neuen Kaufbrief unter dem Arm weiter, zwinkerte mit dem einen Auge, als ob er etwas von größerem Karat am Laufen hätte.

Woher bekam er das Geld? Konnte das mit rechten Dingen vor sich gehen? Die Leute schüttelten den Kopf.

Das tat Hagensen nicht. Er verhielt sich still und geheimnisvoll, wenn das Thema bei gesellschaftlichen Zusammenkünften flüsternd zur Sprache gebracht wurde. Obendrein hatte er sich ein paar von von Sehesteds Manieren angeeignet, schwang die Damen und flirtete, etwas mehr, als Ingrid lieb war, aber dann tröstete sie sich einfach mit ihrer Freundin, Frau Lillelund, die sie jetzt Ingrid Marie nannte, so gute Freundinnen waren sie geworden.

Sie zündete sich eine neue Zigarette an und fühlte in derselben Sekunde ein kleines Unbehagen, weil sie in der Vergangenheit ihrer Eltern bohrte.

Sie schaute zum Regal hinüber. Es war dunkel, sie konnte kaum die Tagebücher ihrer Mutter erkennen. Sie ahnte die Buchrücken mehr, als sie sie sah, »1926–32«, erinnerte sich an die spitze Handschrift der Mutter und ließ den Blick weiter in die Dunkelheit gleiten.

Es war deren Vergangenheit, nicht ihre. Sie fühlte sich wie ein unwillkommener und neugieriger Beobachter. Es quälte sie geradezu, wenn es sich um Schlafzimmerszenen handelte. Es war deren Schlafzimmer, deren Glück, deren Zeit. Sie selbst existierte nicht. Man existierte nicht richtig, wenn man ein Säugling ist. Da sitzt man bloß da und sabbert, groß und fett wie ein Kuckucksjunges, das sich im Nest aufplustert, ißt den ganzen Tag lang, ohne selbst etwas zu leisten. Man existiert erst ab da, wenn man sich zu erinnern anfängt. An wieviel kann man sich erinnern im Alter von drei Jahren?

Eine Puppe, der Kopf geht die ganze Zeit ab. Papa, der von der Arbeit heimkommt, Papa, mach die Puppe, los!

Hagensens Betrügereien nahmen zu und nahmen allmählich richtig Format an. Die Kompagnie interessierte sich außer für Schiffahrt und Hafenabgaben auch für Plantagenhandel und kaufte, ebenso wie von Sehested, große zugewachsene Areale auf, wenn bankrott gegangene Familien wegzogen, um ihr Glück andernorts zu versuchen.

Hagensen, der ja das volle Vertrauen von Büroleiter Lillelund hatte, fuhr hinaus und verhandelte mit ihnen. So blieb Lillelund verschont von dem unbehaglichen Treffen mit diesen traurigen Menschen und ihrem Schicksal, ganz zu schweigen von ihren verfallenen Besitzungen, die Heimstatt allen möglichen Getiers war, das sich im Schutz der schwarzen Nacht durch Spalten im Mauerwerk einschlich.

»Damit werden Sie bestimmt selbst fertig, Hagensen.«

Hagensen im Ford. Wie er die Catrinebjerg Road hinuntersauste, mit dem Wind im Haar, die Sugar Estate Road in voller Fahrt hinaus, vorbei an den Bretterbuden, den schwarzen Autowracks ohne Reifen, Kindern, die Kürbisse in eigenartigen Formen an der Straße verkauften – das ganze Armutsbild zog in gebührendem Abstand an ihm vorbei wie ein Schwarzweißfilm. Die ersten Male bezahlte Hagensen dem Plantagenbesitzer tausend Dollar weniger für die Herrlichkeit, als er verbuchte, und steckte das Geld in die Innentasche, um es später auf das Investitionskonto umzuschreiben. Bei späteren Gelegenheiten stieg der Betrag auf das Doppelte, und ein einziges Mal schrieb der junge Hagensen zehntausend Dollar aus der Kasse der Westindischen Kompagnie auf das geheime Konto für einen Handel um, der niemals stattgefunden hatte.

Eines Tages würde das Geld weißgewaschen zu ihm zurückkommen und der Betrag an die Kasse der Kompagnie zurückgezahlt werden, und so war ja eigentlich nichts Falsches daran, sie hatten bloß eine Initiative ergriffen, anstatt mit den Händen im Schoß dazusitzen.

Bis jetzt hatte er nur Taschengeld vom Investitionskonto erhalten, zwar das Doppelte des Buchhalterassistentenlohnes, aber dennoch, ein wenig, um sich eine Nanny zu halten, wenn er und die Gattin auswärts aßen, ein wenig für neue Kleidung, mehr nicht. Solche geringeren Mittel waren auch Nielsen, Feddersen und Hoppe zugeflossen, von Sehested hatte sie eher als ein Zeichen dafür gesehen, daß er zu seinem Teil der Abmachung stand. Die kleinen Beträge sollten die notwendige Loyalität zwischen ihnen herstellen, und eigentlich wirkten sie auch wie beabsichtigt – nicht nur, daß Frau Feddersen ihrem Neugeborenen den Namen Andreas gab, bei mehreren Mitgliedern der Gruppe konnte man sogar eine direkte Nachahmung der Manieren des Chefs beobachten, ein kleines Zucken am linken Auge hier, eine besondere Art, den Fingerring zu drehen, da, und also schufteten sie weiter am Projekt.

Von Sehested hatte großen Wert darauf gelegt, daß die anderen zu sehen bekamen, daß er Wort hielt. Das allererste Geld vom Investitionskonto hatte er für das Einrichten von drei Luxuszimmern in den alten Sklavenvierteln verwandt – eine dreiste Idee, die sogleich ein paar Exzentriker aus New York anzog –, und er spendierte den ganzen kleinen Überschuß sofort an seine Partner. Außerdem hatte er einen verfallenen Hinterhofladen in einer Seitenstraße in Christiansted gekauft und ihn wieder an einen geschäftigen Puertoricaner verkauft, mit einem kleinen Verdienst, der umgehend auf vier Briefumschläge verteilt und weiter nach St. Thomas geschickt wurde.

Lange Zeit geschah nichts, die Leute rackerten nur, ohne recht viel zu bekommen. Dann fiel eines Tages ein schwerer Briefumschlag zur Tür bei Hagensens herein. Die Absenderadresse stammte von *A.-S. Carambola Beach, St. Croix,* und die Sendung war mit Adelsmarke versehen, der flott geschwungenen Handschrift, dem Monogramm in Gold und all dem anderen Tingeltangel sowie einem kleinen Bündel seltener Scheine mit einem lila Band drum herum. Richtiges Geld, das nicht direkt gestohlen, sondern bloß richtig investiert war, in einen größeren bankrott gegangenen Stadtbesitz, den von Sehested gekauft und stehengelassen hatte, bis der richtige Käufer kam, und jetzt kam es rein und frisch gebügelt zurück und endete in Hagensens eigener Tasche. Hagensen war nach den Verhältnissen dieser Zeit beinahe reich geworden. Er erzählte seiner Frau, daß sie ein Grundstück ganz oben in St. Thomas mit der schönsten Aussicht der Welt kaufen konnten, wenn es das war, was sie wollten, und von Sehested erzählte ihm lachend am Telefon, daß das nur der Anfang war, auch wenn sie vereinbart hatten, niemals darüber am Telefon zu reden, aber einmal darf man wohl auch ausgelassen sein.

Im Laufe des nächsten Jahres ging es weiter so, Hagensen war mutig geworden, aber immer noch nicht übermütig, zum Beispiel war er klug genug, kein größeres Auto als einen ganz normalen mittelgroßen Ford T zu kaufen. Das war ausreichend, um die Leute über den tüchtigen jungen Mann, der Karriere machte, reden zu lassen, aber es war immer noch nicht so extravagant, daß das Wort Betrug gedacht, geschweige denn genannt wurde.

Der Reichtum stieg ihm also nicht sichtbar zu Kopf, aber man kann sagen, daß er einen ganz bestimmten Teil seines Gehirns traf, und das geschah ungefähr zur gleichen Zeit, als für von Sehested fünfunddreißig Seemeilen entfernt auf St. Croix der große Durchbruch kam.

Sie stand auf, mit steifen Gliedern, und knipste am Schreibtisch das Licht an, durchsuchte den Papierstapel und fand eine Fotografie einer Zusammenkunft in der Little Princess Coconut Grove am 2. September 1932.

Sie zitterte vor Kälte und Müdigkeit und vor Schmerzen in Nacken und Rücken und vor Zigarettenrauch. Sie sah im Päckchen nach. Es waren nur noch drei da. Es war ein Uhr. Sie mußte sich wohl morgen wieder krank melden. Das mußte mit dem Konto Wohlwollens verrechnet werden, das sie sich erarbeitet hatte, indem sie zwei Jahre lang alle möglichen und unmöglichen Prüfungsaufsichten und Vertretungsstunden übernommen hatte.

Auf dem Schwarzweißbild sah man das letzte Häuflein Dänen zum alljährlichen Ausflug ins Grüne versammelt, wie man das Arrangement im Mutterland genannt haben würde. Da waren Picknickkörbe, halbleere Flaschen mit Marmorstöpseln und karierte Tischdecken auf den Tischen, die auf einer kleinen Lichtung im Palmenhain standen. Am Rande des Waldes erstreckte sich eine Reihe geparkter Ford-Autos. Eine große dänische Flagge wehte von einem der Bäume, und es sah so aus, als ob der Zipfel den Tubaspieler irritierte. Die Flagge berührte beinahe seinen kahlen Schädel. Vielleicht schenkte sie ihm aber auch bloß einen herrlichen Schatten. Auf jeden Fall konnte sie die Töne von »When the Saints go Marchin' in« beinahe hören und den Ekel eines älteren Dänen links im Bild über die Negermusik und seine Sehnsucht nach der alten Zeit spüren.

Die Leute waren kreideweiß gekleidet, alle hatten Strohhüte auf, ein dicker Mann rauchte eine Zigarre mitten im Bild, und ganz links außen sah man eine lachende, schöne junge Frau mit einem Blumenkranz um ihre breite Hutkrempe. Es war deutlich, daß die Gesellschaft fröhlich war. Da standen viele leere Flaschen, und rings herum war viel ausgelassenes Lachen. Es gab auch tiefsinnige Gespräche bei einem Glas und einer Zigarre.

Sie hörte die Gespräche, ein gedämpftes Brausen mit derselben Kraft wie die Meeresbrandung dahinter. An Tagen wie diesem lebte die nationale Demütigung ein eigenartiges Leben. Der Alkohol und die Musik, die Flaggen und die Picknickkörbe waren geradezu herbeigeschafft worden, um sie zu verdrängen, und das glückte auch, aber gleichzeitig tauchte sie in den Pausen mit neuer Stärke auf.

Sie waren die Ratten auf der Schute, die sank. Die Kanonen des Jüngsten Gerichts von der Abtretungszeremonie im Jahre 1917 dröhnten noch in ihren Ohren. Sie standen auf dem Hügel gegenüber der Stadt und hörten es, alle waren sich einig, alle waren froh, fünfundzwanzig Millionen Dollar für die leere Kasse des dänischen Staats, die Amerikaner bekamen eine herrliche Flottenbasis, alle waren froh. Alle?

Ein Mann knallte wütend seine Faust auf den Tisch, und seine Frau mußte ihn dämpfen. Verkauft! Ohne gefragt zu werden!

Danach weinten sie jeder still für sich, alle zusammen, der Mann und auch die Frau und all die anderen, in den Haupthäusern der Plantagen, in den Hütten und in der Stadt, und die Dänenzeit verklärte sich in ihrer Erinnerung, sie wurde groß und gut und gemütlich. Ja, selbst der Umstand, daß die Kranken und neugeborenen Kinder wegen des unzureichenden Krankenhauswesens, das jetzt verbessert worden war, einer nach dem anderen gestorben waren, vergaßen die Leute oft, wenn sie zurückdachten.

Aber jetzt war Picknick! Zum Wohl, und scheiß drauf! Life goes on, und in dieser Stunde wollen wir auch vergessen, daß die Amerikaner eine Riesenenttäuschung waren, finanziell und otherwise. Jetzt kann es doch, dachten viele der Teilnehmer im Little Princess Coconut Grove, zum Teufel noch mal nur aufwärts gehen, wir schreiben doch das Jahr 1932, und in dem Moment setzte das Orchester ein.

Ganz rechts außen, im Gespräch mit einem jüngeren Mann, stand von Sehested, Anfang Vierzig, jung, aber auch erfahren. Sie starrte ihn an und fragte sich, was es war, das er ausstrahlte. Sie wußte es nicht genau, aber es sprach auf jeden Fall das eine oder andere in ihr an, da war sie sich sicher.

Der Mann, mit dem er redete, war ihr Vater. Der junge Hagensen stand in Hemdsärmeln und Krawatte da, die eine Hand in der Hosentasche. Von Sehested rauchte Zigarre, die Augenbrauen waren erhoben.

Bei dieser Gelegenheit wurden die ersten Schritte zu der großen Betrugsnummer ergriffen, die die nächsten vierzig Jahre umstritten sein sollte. Zwei Monate später, nach beharrlicher Arbeit, war von Sehested um dreißigtausend Dollar reicher, eine enorme Summe damals. Der Grundstein zu seinem Imperium wurde da gelegt, an diesem heißen Tag im Little Princess Coconut Grove, während die Mädchen und Jungen zwischen den beiden mit eisgekühlten Limonaden herumliefen, die sie aus der Eisbox holten und einander unter Gejohle auf Bauch und Wangen legten.

Sie schaute die Jungen an, die versuchten, aus den schweren Flaschen zu trinken, ohne zu verschütten, und sah die beiden Männer miteinander sprechen.

Ihr Vater hatte nicht direkt etwas mit dieser Sache zu tun. Er hatte sozusagen das Seine getan, sollte bloß so detailliert informiert werden, wie es von Sehested gefiel, und sich dann über die Geldströme freuen, die bald von St. Croix nach St. Thomas fließen würden, nachdem sie so lange Zeit in die andere Richtung geströmt waren.

Von Sehested stand im Zentrum des Bildes, schaute gleichsam umher, als ob er auf dem Weg zu einer neuen Traube von Menschen wäre. Auf dem Bild waren auch zwei der einflußreichsten Mitglieder im örtlichen Senat zu sehen. Das eine, Cornelius C. Hansen, war noch dazu dänischer Abstammung, das andere, Juan Carlos Garcia, war ein vor kurzem zugezogener Puertoricaner, aber seine Frau hieß Sigrid und war eine geborene Rasmussen.

Den beiden Senatsmitgliedern wurde geradezu aufgelauert mit kleinen delikaten Gerichten aus selbstgemachter Fleischpastete und dazu eingelegten Mangofrüchten, kalten Fruchtdesserts, Wein und Rum, und ganz zufällig saßen an ihrem Tisch auch die aufgewecktesten Köpfe der Dänenkolonie, ein paar Spaßmacher größten Karats sowie von Sehested selbst, so daß die beiden Politiker alles in allem einen prachtvollen Nachmittag hatten, der mit einem Versprechen beendet wurde und damit, daß einer von von Sehesteds Bediensteten sie und ihre Frauen bis vor die Haustür brachte.

Das Versprechen, das sie gaben, war auf den ersten Blick nicht besonders verpflichtend, auf jeden Fall vergaßen die beiden Lokalpolitiker es frohgemut und wurden erst daran erinnert, als sie von Sehested das nächste Mal trafen.

Diesmal war er in ganz anderer Stimmung, nicht sauer, aber wahrlich nicht auch nur annähernd so unterhaltsam und lustig wie neulich beim Picknick, eher insistierend und mit einem festen und ernsten Blick. Es schien etwas in der Luft zu liegen.

»Es sind schwere Zeiten, Cornelius.«

»Jaa.« Cornelius Hansen antwortete unsicher.
»In solchen Zeiten müssen wir zusammenhalten, Cornelius.«
»Jaa.«
»So wie in alten Zeiten.«
»Genau, so wie in alten Zeiten.«
»Bei einem Brand oder einem Sklavenaufstand in alten Zeiten, da hielten die Leute zusammen.«
»Das taten sie.«
»Ein Orkan. Nach einem Orkan kann man nur aufbauen, wenn man zusammenhält.«

Schließlich wurde es dem Councilman of the U.S. Virgin Islands, C. C. Hansen, zu dumm, und er fragte geradeheraus, wenn auch etwas nervös, was von Sehested denn eigentlich wollte.

Von Sehested redete noch ein bißchen weiter von den schlechten Zeiten, die auch die Ausbildungssituation umfaßten, was C. C. Hansen und seine Gattin in hohem Maße anging, da sie es ihrer ältesten Tochter gerade hatten verwehren müssen, in eine der guten Schulen in den USA zu gehen. Es war mit blutendem Herzen geschehen. Hansen hatte die finanzielle Situation von allen Seiten durchgerechnet, aber da war nichts zu machen.

Jetzt saß also Andreas, mit dem er als Kind zusammen gespielt hatte – er erinnerte sich noch daran, wie sie zusammen aus dem Chutney-Krug stahlen und den Hintern versohlt bekamen, als es entdeckt wurde –, er saß jetzt vor ihm und schob einen gelben Briefumschlag mit Monogramm und allem Drumherum unter die Schreibunterlage auf dem Tisch.

»Es ist wichtig, daß wir in diesen Zeiten alle zusammenhalten, Cornelius, ich glaube, daß man das nicht zu oft sagen kann«, sagte er und verließ das Haus mit einem leichten Lüften des Hutes.

Ungefähr das gleiche geschah mit Garcia, das heißt, er

war leider nicht zu Hause, als von Sehested kam, und es hatten in diesen Tagen ja bei weitem nicht alle Telefon, aber seine Frau war zu Hause, Sigrid, geborene Rasmussen, und das war genug.

»Wie soll das alles nur gehen, kannst du mir das sagen, Andreas?« fragte Sigrid Garcia mit verheulten Augen. Ihr Sohn und ihre Schwiegertochter hatten soeben zum dritten Mal in diesem Monat Besuch vom Gerichtsvollzieher bekommen, sie wohnten genau gegenüber, und, damit nicht genug, war auch noch Nachwuchs unterwegs.

Von Sehested hörte ihr lange zu, sah ihr tief in die Augen und drückte ihr einen Geldschein fest in die Hand und sagte, daß sie ihren Mann, das Senatsmitglied, daran erinnern sollte, daß wir in harten Zeiten alle zusammenhalten müssen, ansonsten ginge es nicht. Wenn alle das täten, dann könnte es ähnliche Situationen dieser Art geben. Wenn nicht, so könnte es Unannehmlichkeiten geben. Frau Garcia hörte zu und nickte schluchzend, worauf von Sehested ihr die Hand küßte, sich für den Tee bedankte und ging.

Einige Tage später schaute von Sehested bei Gouverneur Pearson vorbei, der vom amerikanischen Innenministerium angestellt worden war und in dem alten dänischen Gouverneurs-Palais mitten in Christiansted residierte.

Der Gouverneur brach über das Angebot, das man ihm unterbreitete, ganz einfach in herzliches Lachen aus. Das veranlaßte von Sehested jedoch nicht, einen Rückzieher zu machen: »Man muß versuchen, über die jetzige Krise hinauszusehen. Versuchen Sie sich vorzustellen, wie es werden könnte. Die Preise werden in sieben bis zehn Jahren explodieren. Vielleicht früher.«

Der Gouverneur setzte gerade zur Frage an, woher, in drei Teufels Namen, die Regierung der Virgin Islands seiner Meinung nach die besagte Summe beschaffen sollte, aber auch dem kam sein Gast zuvor.

»Aus einer größeren Perspektive gesehen, sind das Peanuts. Dänemark begriff das nicht. Verkaufte diese Perlen. Das ist anders bei den Staaten. Die haben Format. Und das Ganze hat Perspektive. Im Laufe weniger Jahre werden die Inseln das Doppelte wert sein. Vielleicht mehr. Sobald die Weltwirtschaftskrise überstanden ist, kommt eine Hochkonjunktur. Das haben wir schon früher gesehen. Tourismus. Die Engländer fingen damit an. In Südfrankreich. Jetzt kommt er hierher. Amerikanische Touristen, das ist die Zukunft. Besonders für die Inseln hier.«

Die Worte kamen so selbstverständlich und leise, daß sie beinahe Eindruck gemacht hätten auf den Gouverneur, aber eben auch nur beinahe.

»Sie argumentieren gut für Ihre Sache, Mr. Sehested. Und Sie glauben an sich, das mag ich. Es ist sogar möglich, daß Sie recht haben. Aber«, sagte er in abschließendem Tonfall, »Sie müssen verstehen, daß wir solches Geld überhaupt nicht haben. Auch wenn ich einräume, daß wir Boden benötigen werden. Und daß er vor dem beschriebenen Hintergrund billig ist. Aber sehr, sehr teuer in der gegenwärtigen Situation.«

Von Sehested hörte jetzt das einzige Wort, das zu hören er in diesem Gespräch nicht erwartet hatte. War er dabei, zu billig zu verkaufen? Während ihm das Herz im Leibe sprang und die Nullen vor seinen Augen tanzten, setzte er den Preis auf das Doppelte herauf und drehte wieder seine Runde bei den Senatsmitgliedern.

Der halbe Senat war jetzt in die Sache hineingezogen. Alle hatten sie recht große Summen entgegengenommen. Er konnte jederzeit zur Polizei gehen und ihnen eine Anzeige hinknallen, die sich gewaschen hätte. Jetzt sollte die endgültige Schlacht geschlagen werden. Es ging um alles oder nichts. Wenn es jetzt scheiterte, konnte er sich von allem verabschieden, von Hesseltoft, St. Croix, von Namen und Ehre.

An einem Tag im Oktober fand die endgültige Abstimmung im Senat statt. Die Frage war, ob die Regierung siebentausend Acres brachliegendes Land von von Sehested kaufen sollte, und die Sache war zweimal unentschieden ausgegangen und hatte angefangen, den Gouverneur zu ärgern, der ja viele andere Dinge hatte, wofür er das Geld brauchte. Der amerikanische Präsident hatte persönlich angeordnet, daß das Gesundheitswesen und die Trinkwasserversorgung reformiert werden sollten und daß den Ärmsten der Einheimischen eine Parzelle angeboten werden sollte, so daß sie ihre eigenen Feldfrüchte anbauen konnten.

Am Abstimmungstag saß von Sehested selbst ganz hinten in der Zuhörerreihe im Peter-von-Scholten-Saal des Gouvernementsgebäudes in Christiansted. Er sah aufmerksam von einem Mitglied zum anderen. Der Gouverneur ahnte, daß sich irgend etwas anbahnte, und seine schlimmsten Befürchtungen wurden wahr, als der Verkauf mit einer einzigen Stimme Mehrheit durchging.

Danach erzählten viele, daß der Mann in der hintersten Reihe beinahe wie ein Ballon in sich zusammenfiel, aus dem man die Luft herausgelassen hatte. Er soll sich hinaus und die Treppe hinunter geschleppt haben, ohne nach rechts oder links zu schauen, ohne Olsen, Esman Longfor oder Ventura oder wen er sonst auf der Straße traf zu grüßen, und er schien erschöpft zu sein, fertig, aber glücklich.

Sie legte die Fotografie wieder auf den Schreibtisch. Schaute die beigeheftete Rechnung an und sah einen Bankangestellten vor sich, der ihr mit der Brille auf der Nase einprägte, daß man sich nach der Decke strecken müßte. Zündete sich noch eine North State an und ging zurück zum Sofa. So saß sie eine Weile mit der Decke um sich gewickelt da, während sich die Uhr auf zwei bewegte.

Dann ging sie zurück zum Schreibtisch und schaute sich

an, was sie geschrieben hatte. Hielt die Zigarette im Mundwinkel und kniff die Augen zusammen, um den Rauch abzuhalten, suchte in einem Stapel Briefe und verglich das Gefundene mit ihrem eigenen Text.

Sie setzte sich wieder mit ihrer Decke auf das Sofa und ließ sich von dieser Geschichte verführen, die sich mehr und mehr zuspitzte und noch mehr und etwas noch Größeres verriet. Aber das hatte noch Zeit. Zuerst war da der Abschnitt über drei erwachsene Männer, die sich an einem Abend in einem Schuppen westlich von Charlotte Amalie wie kleine Jungen benahmen.

Sie hatten vereinbart, niemandem irgend etwas zu verraten, aber Feddersen konnte es sich lange Zeit später dennoch nicht verkneifen, die Geschichte über von Sehested zu erzählen, der den Hals einer ganzen Flasche Rum abschlug und sie an den Mund setzen wollte.

Es war Abend. Feddersen und Nielsen saßen da und kümmerten sich um ihr kleines Schwarzmarktlädchen am Rande der Stadt.

Sie taten nicht wirklich etwas, gingen bloß herum und warteten auf einen Kunden, der Interesse für ihre Waren gezeigt hatte, die sie gerade zur Verfügung hatten: einige Flaschen Rum aus der eigenen Schwarzbrennerei, ein paar Autoreifen sowie vier Kisten mit ganz neuen Bolzen und Muttern in vier Größen, eine kleinere Partie Waschpulver, das meiste zahlenmäßig von Hagensen aus dem Schwundkonto im Speicher der Kompagnie organisiert oder von Brønsteds Schwimmdock auf Hassel Island geholt. Das Lädchen hatten sie in einem Schuppen mit Blechdach, einem Fenster und einer Tür mit einem riesengroßen rostigen Hängeschloß eingerichtet, und es lag am Ende eines langen Kieswegs in dem flachen Areal westlich der Stadt. Heute abend ließ sie der Kunde offensichtlich im Stich, deshalb machten sie sich schon fertig, um nach Hause zu gehen.

Dann hörten sie ein Auto näher kommen. Doch irgend etwas stimmte da nicht. Das war kein Ford, das hörten sie deutlich am Geräusch. Das konnte zwei Dinge bedeuten: entweder war es ein neuer Kunde, und das wäre gut. Oder aber es war die Polizei, und das wäre schlecht.

Die Scheinwerfer des Autos fegten über die Ebene und trafen sie flüchtig, dann schoben sie schnell den Handwagen weg, taten das Hängeschloß vor die Tür, bliesen das Licht aus und verkrochen sich unter ein paar Decken und verhielten sich still.

»Macht den Schuppen auf, im Namen des Gesetzes. Ich weiß, daß ihr da drinnen seid«, ertönte es mit Donnerstimme, und Nielsen und Feddersen schlossen die Augen und rangen die Hände und versuchten sich noch stiller zu verhalten. Sie sahen ihr ganzes herrliches Familienleben in Brüche gehen, alles stürzte ein, bis Feddersen bemerkte, daß an der Stimme etwas Bekanntes war, auch wenn sich der Betreffende deutlich zu verstellen versuchte.

»Wa ... was zum Teufel.«

Feddersen stammelte, wenn er nervös wurde. Selbst sehr kleine Sätze konnten bei ihm so klingen, als kämen die Worte in Klumpen. Er sah durch einen Spalt in seiner Decke hinaus. Dann sprang er auf und öffnete die Tür.

Hier stand ihr Chef mit einem angezündeten Streichholz direkt vor dem Gesicht und seinem besten Clark-Gable-Lächeln.

»Mach eine Flasche auf, Frede. Strike up the band.«

Feddersen ließ ihn hinein und blieb eine Weile stehen und sah zu einem Spalt in der Tür hinaus. Dann flog ein Korken, und drei Gläser wurden feierlich gefüllt. Auf Orangenkisten sitzend, prosteten sie einander ernsthaft zu, und einer von ihnen schlug vor, Hagensen und Hoppe zu holen, aber aus irgendeinem Grund wurde daraus nichts, das eine Glas folgte einfach dem anderen.

»Hagensen hat seinen Anteil in bar bekommen. Er hat ein hervorragendes Stück Arbeit geleistet.«

Nielsen und Feddersen verging Hören und Sehen, als sie von dem schwindelerregenden Betrag hörten. Ihre Augen wurden immer größer, als sie sahen, wie von Sehested seine Brieftasche hervorholte und jedem von ihnen ein Bündel hinzählte. Sie hatten niemals zuvor so viel Geld gesehen. Nielsen sah die Villa vor sich. Jetzt konnte er es sich leisten, den Rest seines Lebens wohnen zu bleiben. Ein paar der Mieter hinauszuwerfen.

»Ein hervorragendes Stück Arbeit«, wiederholte von Sehested und stieß mit einem angestoßenen Glas mit den beiden anderen an. »Euer Beitrag ist auch nicht gerade klein.«

Dann löste er den Gürtel, nahm einen großen Schluck aus dem Glas und goß in gierigem Schwall wieder ein, während es über den Rand lief, redete und redete, während die beiden anderen zuhörten und versuchten, den Zusammenhang zu verstehen.

Von Zeit zu Zeit ging von Sehested hinaus in die Dunkelheit und erleichterte sich mit einem Plätschern, das weithin zu hören war, rülpste und sagte *aah* mit einem Gebrüll, das von Felsen zu Felsen sprang, und währenddessen saßen Feddersen und Nielsen da und rätselten.

So schritt der Abend dahin, bis schließlich von Sehested eine neue Flasche packte, den Hals an den Metallbeschlägen einer Kiste abbrach und gerade das zersplitterte Glas an den Mund setzen wollte. Da griff Nielsen ein, schockiert und auf einen Schlag nüchtern. Er packte ihn hart am Arm.

»Sie haben den ganzen Mist für dreißigtausend gekauft«, sagte von Sehested, mit Nielsens Hand immer noch auf seinem Arm und der Flasche in der Hand, und starrte abwesend hinaus in die Dunkelheit, beinahe schockiert über seine eigene Bemerkung. Er stellte die Flasche ab und sprach auf einmal leise und klar.

»Ich habe eine vorläufige Bestätigung über den Betrag. Sie ist unterschrieben vom Gouverneur der U.S. Virgin Islands. Es geht darin um das Verteilen von Parzellen an Landwirte. Dreißigtausend. Ich bin in der Stadt gewesen und habe einem Bankangestellten einen Tritt in den Arsch gegeben. Dann bin ich bei einem Automobilhändler gewesen und habe mein altes Auto zurückgekauft. Dann habe ich telegrafisch einen Betrag an eine Bank in Dänemark angewiesen. Dann habe ich das Boot herüber genommen. Jetzt bin ich da.«

Sie starrten ihn beeindruckt an, mit mehreren Fragen in den Augen.

»Sieben Stimmen gegen sechs. Wir haben gewonnen, Jungs.«

Plötzlich faßte er sich ans Herz und fiel nach hinten. Die Flasche hing in seiner rechten Hand, und der Inhalt lief auf die Erde. Nielsen und Feddersen fuhren erschrocken hoch und packten seinen schlaffen Körper, der eine legte die Hand auf seine Brust, der andere hob die Augenlider und klatschte ihm auf die Wange.

Da sprang er mit einem brüllenden Gelächter auf und schlug eine Faust auf die Kiste, daß das Holz splitterte, und warf den beiden Samaritern ein Ha! an den Kopf. Nielsen und Feddersen hatten schon besser gelacht, waren aber dennoch erleichtert.

»Wir haben die erste Runde gewonnen, Jungs.«

Diese Worte waren der letzte verständliche Satz des Abends. Der Rausch wurde schwerer und schwerer zu tragen, zwischen den deutlich ausgesprochenen Worten verging mehr und mehr Zeit, dennoch sanken sie schließlich in einen süßen Schlaf, als sie umkippten.

Jetzt waren sie endlich reich, plötzlich befanden sie sich auf einem Weg aus dem Morast, der vorher kein Ende zu nehmen schien.

Plötzlich waren sie unter den fünf, zehn Prozent auf den

Inseln, die Auto fuhren und auswärts aßen, mit weißem Tropenhut und Stock umhergingen, die Kinder auf die Universität in Kopenhagen oder Boston schickten, dem Küchenmädchen einen Sonntag freigaben und sagten: Keep the change.

Das Fest in dem kleinen Schuppen auf der Ebene westlich von Charlotte Amalie war nichts gegen den Herrenausflug, den von Sehested und Hagensen zusammen unternahmen.

Unter dem Vorwand, daß sie einen Geschäftsfreund in Tampa, Florida, besuchen müßten, einen, der das ganze Landstück zwischen Seven Hills und Great Pond auf St. Croix zum Dreifachen von dem kaufen wollte, was von Sehested gerade dafür bezahlt hatte, reisten sie nach New York, blieben dort drei Tage und zündeten sich Zigarren mit Hundertdollarscheinen an und kauften die teuersten Huren, die die Stadt zu bieten hatte.

Währenddessen war Ingrid Hagensen Hausfrau. Sie machte Essen, führte den Haushalt, kümmerte sich um Bis oder traf sich mit ihren Freundinnen. Es war besonders Ingrid Marie Lillelund, die sie in dieser Periode immer öfter besuchte – mit Bis auf dem Arm und auch oft mit dem Dienstmädchen Mary-Ann, das den Ford fuhr. Auch wenn die junge Frau Hagensen nicht darüber im Bilde war, was ihr Mann da eigentlich tat, hatte sie sich dennoch recht schnell an ein paar der Reiche-Leute-Manieren gewöhnt. Mehrere Freundinnen bemerkten, daß sie angefangen hatte, stiller zu werden. Vielleicht mißbilligte sie die Kunstsprünge ihres Mannes geradezu – dies war Frau Lillelunds Ausdruck, und sie sagte es so spaßig, daß keiner von ihnen sich das Lachen verkneifen konnte.

Im übrigen war der Besuch der Frauen untereinander von einer gewissen inneren Nervosität und einer ein wenig gekünstelten Konversation geprägt.

»An wieviel kann man sich erinnern im Alter von drei Jahren?« fragte Frau Hagensen während einer dieser Besuche, wo Frau Nielsen und gewiß auch Frau Feddersen und ein paar von ihren Kindern anwesend waren.

Frau Lillelund hatte bemerkt, daß ihre Freundin nicht nur sehr betrübt war. Ihr Gemütszustand nahm auch härtere Formen an, da war etwas im Ton und im Gesichtsausdruck, das Frau Lillelund beängstigte, etwas Unbestimmbares, wofür sie keine Worte finden konnte. Ihr war auch mulmig zumute gewesen, als die junge Gemahlin versucht hatte, einige unsichtbare Gesichtsfalten mit den Fingern zu glätten, und gefragt hatte, ob sie fand, daß sie alt aussähe. Und jetzt diese Frage, die so ernst klang, so schrecklich verständig.

Hier begann es ihr plötzlich schwarz vor den Augen zu werden. Sie fror. Das konnte auch allein an der Kälte liegen. Das Dunkel der Nacht war hart, die massiven Gebäude waren draußen nur zu ahnen. Konnte es schon im September Frost geben?

Sie schaute auf die Uhr und betrachtete den kleinen Sekundenzeiger in der Mitte, bis er plötzlich stehenblieb, während sie dasaß und die Augen auf ihn geheftet hatte.

Sie zog die Uhr auf, schüttelte sich, nahm die letzte Zigarette aus der Packung und trank das letzte Schlückchen kalten Kaffee in der Tasse.

Ihr Blick fiel auf den Tropenhelm, den sie in einem Souvenirladen gekauft hatte und der jetzt an einem Nagel an der Wand hing. Alt und zerschlissen war er, das Leinen kaum mehr weiß, an mehreren Stellen hing es in Fetzen, so daß man das Skelett darunter sehen konnte.

»Das ist eine sehr interessante Frage, also, an wieviel man sich erinnern kann, als man ganz klein war«, sagte Frau Lillelund, glücklich über diesen Anlaß, das Thema zu wechseln, und sah Mary-Ann an, die mit Bis und den anderen Kindern draußen im Garten spielte, während die Damen drinnen beim Tee saßen.

»Nicht viel, den Ball da vielleicht, die Puppe, deren Kopf die ganze Zeit abfällt, solche Dinge. Nicht die Gesichter von Vater und Mutter, die sind zu dicht, aber Geräusche und Gerüche vielleicht, Stimmungen. Bis ist doch sehr *observant*«, sagte Frau Lillelund, eine der amerikanischen Redewendungen gebrauchend, die in dieser Zeit nach und nach in die dänische Sprache einflossen.

»James zum Beispiel, das Kind der Nachbarn, kapiert nicht viel. Dafür ist er sehr geschwind auf seinen Beinen. Kinder sind doch sehr verschieden in ihrer Entwicklung, und Bis ist umgekehrt ein bißchen unbeholfen in ihren Bewegungen, nicht wahr?«

Hier war Frau Hagensen gewiß nahe dran, beleidigt zu sein, aber dann besann sie sich eines Besseren, das Kind hatte ja, wie alle sagten, offensichtlich einen guten Verstand.

So saßen sie noch eine Weile da und betrachteten die kleine Bis und Mary-Ann, die spielten, und Frau Lillelund bemerkte den Schatten, der über Frau Hagensens Gesicht glitt, als sie sah, daß es dem Kind anscheinend allerbestens in den weichen Armen der Nanny ging.

Mary-Ann und Bis plapperten und lachten, das Kind zählte ihre weißen Zähne, one, two, three, four, wühlte in ihrem gekräuselten Haar herum und schmiegte sich an ihre Brust, wenn sie müde wurde. Da war eine lässige Freude in dem ansonsten so schweigsamen schwarzen Mädchen, das wie ein Magnet auf das Kind wirkte.

»Nanny, nicht Nammy«, hörte man es von Mary-Ann, die sonst nicht viel in dieser Gesellschaft sagte.

»Nanny, Nanny«, schrie Bis und erntete großes Lob von allen anwesenden Gesellschaftsklassen.

Frau Lillelund näherte sich diskret Frau Hagensens Mißmut und erzählte, daß es immer verschiedene Perioden im Leben eines Kindes gäbe. Einmal war der Vater der einzige, der recht war, dann das Kindermädchen oder die Großmutter, dann die Mutter, es wechselte unvorhersehbar. Ein Kind konnte wirklich eine ganze Familie auf diese Weise tyrannisieren, wenn man es nicht verstand, es gelassen zu nehmen.

Auf dieselbe Weise müßte sie das Benehmen ihres Mannes sehen, sagte Frau Lillelund. Männer sind, wie sie sind, es ist nicht immer so schlimm, wie es klingt, ab und zu müssen wir Frauen auch auf eigenen Beinen stehen, und recht besehen sind Männer nur große Jungs, die dieses Bedürfnis nach Freiheit haben, ohne daß wir zuviel hineinlegen müssen, du solltest mal wissen, in welchem Zustand mein Jørgen neulich nach einem Abend in der Offiziersmesse nach Hause kam! Doch Ingrid Hagensen saß nur still da und biß sich auf die Unterlippe, während sie an ihrem Schmuck spielte.

Frau Lillelund war sich nicht sicher, ob ihre Botschaft überhaupt angekommen war, als sie sich trennten und die kleine halbe Familie sich zum Auto hinunterbewegte. Frau Hagensen hatte die meiste Zeit fern und unnahbar gewirkt und sich zuweilen geradezu etwas scharf gegenüber der jungen Negresse geäußert, wie Frau Lillelund sie nannte.

So war die Situation an der Heimatfront, als ihr Mann plötzlich kalte Füße bekam.

Hagensen bekam ganz einfach eine Heidenangst wegen all der Dinge, die er außerhalb der eigenen vier Wände am Laufen hatte, und änderte sein Benehmen vollständig. Er wurde mehr und mehr nervös und begann viel mit Nielsen zu reden, der ihm gern den Rücken stärkte, jedoch nicht mit ganzem Herzen, denn er war, gelinde gesagt, unzufrieden mit der Trennungslinie, die sich zwischen die fünf geschoben hatte.

Zu Beginn waren sie bei allem gemeinsam durch dick und dünn gegangen, jetzt war es so, als ob Feddersens, Hoppes und seine eigenen Beträge aus ihrem Schwarzmarkthandel nicht mehr richtig zählten, sie waren ja auch um einiges geringer als die formidablen Beträge, die Hagensen aus der Kasse der Kompagnie zauberte.

Hagensen versuchte von Sehested zu erklären, daß er gerne aussteigen wollte, aber von Sehested verstand nichts und versuchte ihn mit allen Mitteln zum Weitermachen zu bewegen.

Der unmittelbarste und natürlichste Ort für Hagensen, um Trost zu suchen, war bei seiner Gattin, und das versuchte er auch, aber ohne großes Glück.

Die junge Frau hörte gewiß nicht richtig darauf, was er erzählte, denn, wie sie Frau Lillelund erzählte, damals, als sie gerne hören wollte, wollte er nicht erzählen, und jetzt sollte er nicht glauben, daß sie einfach so zur Verfügung stünde, wenn es dem Herrn paßte, den Mund aufzumachen. In derselben Weise erging es gewiß dem gemeinsamen Eheleben. Wenn seine Hand jetzt unter der Bettdecke zu ihr kam, erinnerte sie sich an all die Male, als sie ihre Hand unter seine Bettdecke gesteckt hatte und sie hatte zurückziehen müssen oder sogar allein im Bett mit ihrer Sehnsucht gelegen hatte, weil der Herr in der Stadt war.

Sie fand eine Waffe, quälte ihn mit Schweigen, war aber nach außen hin freundlich. Hätte sie all die Huren und leichten Gesellschaftsdamen aufgezählt, die er gehabt hatte, und alle Teller aus dem Fenster im ersten Stock hinausgeworfen und ihm danach anvertraut, wie weh ihr das alles getan hatte, dann hätte sie ihn vielleicht für den Rest des Lebens zahm gemacht, er hätte ihr aus der Hand gefressen.

Aber sie schwieg. Sie nahm ihm fast das Leben mit ihren

zusammengekniffenen Lippen. Es brannte innerlich in ihm und auch in ihr, aber sie widerstand vor dem Hintergrund ihrer Erfahrungen aus dem vergangenen Jahr.

Frau Lillelund sah die Veränderungen bei ihrer Freundin, sah, wie diese aufgeschlossene und recht unkomplizierte Person kleine eigenartige Angewohnheiten annahm, wie zum Beispiel ständig ihre Brosche, die sie von ihrem Mann als Geburtstagsgeschenk bekommen hatte, zurechtzurücken und mit einem leeren, starrenden Blick dazusitzen.

Gleichzeitig wurde es an einer anderen Ecke des Geschehens brenzlig.

Wenn Nielsen pikiert über die Wendung war, die die Dinge nahmen, so war das nichts gegen Hoppes Gefühle.

Frederik Hoppe war jetzt Lager- und Aufsichtsarbeiter bei Brønsteds Schwimmdock A/S in Charlotte Amalie und hatte seine Schwarzhandelsaktivitäten so ausgeweitet, daß sie jetzt sowohl ein Automobil als auch ein Außenlager umfaßten. Jeden Abend nach Einbruch der Dunkelheit lud er kistenweise beste Malerwaren, Werkzeug, Schrauben und Bolzen auf seinen blauen Dodge mit Ladefläche, fuhr die Hälfte hinaus zum Schuppen auf der Ebene westlich der Stadt und die andere Hälfte nach Hause in seine eigene Garage, wo er sein ganz eigenes Lädchen betrieb.

Von Sehested wußte Bescheid über sein Nebengeschäft und war wütend, entschloß sich jedoch, nichts zu sagen, solange das gemeinsame Geschäft lief, wie es sollte. Er gab sich damit zufrieden, Hoppe kaltzustellen, was Hoppe bloß noch mehr anstachelte. Diese Kälte äußerte sich konkret, als die großen Auszahlungen an die anderen stattfanden. Hoppe bekam keinen Cent und explodierte. Jetzt würde er diesem aufgeblasenen Narren zeigen, wessen Sohn und Enkel er war, nämlich von Leuten, die genau so bedeutend wie die Sehesteds gewesen waren. Mindestens, sagte er in Nielsens Beisein und rief sofort auf St. Croix an.

»Warum habe ich nichts bekommen?«

Am anderen Ende der Leitung knackte es. Es gab damals nicht viele Telefonleitungen zwischen den Inseln, und die wenigen, die es gab, waren jämmerlich.

»Du brichst die Vereinbarung.«

»Ich verlange...«

»Du brichst die Vereinbarung...«

»Ich verlange...«

»Mehr gibt es nicht zu sagen. Du kannst dich nicht an eine Vereinbarung halten. Wir haben vereinbart, nicht am Telefon darüber zu sprechen, und ich spreche nicht mit Leuten, die keine Vereinbarungen halten können. Wiederhören.«

So ungefähr verlief das Gespräch. Hoppe wurde weiß vor Zorn und steuerte geradewegs auf den Hafen zu, um das nächste Schiff nach St. Croix zu nehmen.

Sie suchte in dem Päckchen. Es waren keine Zigaretten mehr da. Das bleiche Licht der Straßenlaterne draußen traf sie im Gesicht. Sie nahm eine der dichtbeschriebenen Seiten in die Hand, um zu lesen. Es flimmerte vor ihren Augen, man hörte ein Sausen von einem nächtlichen Autofahrer, der durch die Unterführung am Boulevard unter ihr brauste.

Ihr Blick fiel auf das lange Zuckermesser, das neben der Tür hing. Das Licht vom Boulevard verlieh dem Metall einen bläulichen Schimmer. Noch ein Autofahrer brauste in der Nacht durch die Unterführung. Das Auto klang wie das Zuckermesser, das sich seinen Weg durch das Laub schlug. Sie hörte mehrere scharfe Messer, die durch das Gebüsch zischten und ein Stück unbrauchbares Land wertvoll machten. Wenn man es sehen kann. Wenn man arbeiten will. Wenn man vorwärts möchte. Es gibt Leute, die aus eigener Kraft vorwärts wollen, und es gibt Leute, die das nicht wollen.

Sie steckte in der Geschichte drin, sie war ein Teil von ihr, und jetzt sah sie, wie sich die Macheten einen Weg bahnten. Zoll für Zoll wurde das Areal oben am Hügel zwischen Seven Hills und Great Pond auf St. Croix gerodet. Es gab Leute, die vorwärts wollten. Es gab Leute, die es nicht wollten. Zoll für Zoll.

Der Mann, den zu treffen Hoppe über das Meer kam, hatte gerade einen großen Sieg errungen. Endlich hatte es begonnen vorwärts zu gehen. Doch gleichzeitig gingen ihm akute Probleme durch den Kopf. Mitten im ganzen Erfolg war einer seiner besten Männer dabei, einen Rückzieher zu machen. Hagensen bedeutete ein Problem, das das Ganze zum Kippen bringen konnte, wenn es nicht richtig gehandhabt wurde.

Er arbeitete konzentriert in der Nachmittagshitze. Am folgenden Tag wollte der Mann aus Tampa, Florida, kommen und sich den Grund ansehen. Andreas von Sehested haute mit gebeugtem Rücken, ein Stück davon entfernt standen zwei schwitzende Arbeiter und schwangen die Messer, daß ihnen die Zweige und Blätter um die Ohren flogen.

Solcherart waren die Umstände an dem Tag, an dem Frederik Hoppe so viele Prügel bekam, wie Platz auf ihm hatten.

Hoppes dicker Körper kam über dem Hügelkamm zum Vorschein. In seinem Jähzorn unterschätzte er, wem er gegenüberstand, und schimpfte auf von Sehested ein, danach ging er auf den etwas kleineren Mann los und warf ihn um. Daraufhin kamen die beiden Gehilfen mit erhobenen Macheten angelaufen, und nur weil Andreas ihnen gerade noch etwas zurufen konnte, wurde Hoppe der Kopf nicht mit einem Schlag vom Körper getrennt. Statt dessen gingen die Arbeiter mit den Fäusten auf ihn los, bis er gelb und blau geschlagen war und schließlich hustend und heulend im Gras lag.

Von Sehested sah ihn kalt an, aber statt ihn zu beschimpfen, erklärte er ihm etwas über verschiedene Charaktertypen.

»Schau dir Rodriguez und Jesus Morales an. Sie sind von Puerto Rico hier herübergezogen, um ihr Glück zu versuchen. Gleich haben sie frei. Aber sie arbeiten noch ein halbes Stündchen länger. Sie haben kleine Kinder zu Hause. Und sie sind loyal. Das ist die Art von Leuten, denen die Zukunft gehört«, sagte Andreas, und hier zitterte seine Stimme ein ganz kleines bißchen.

Danach erzählte er ihm von Nielsen und Feddersen.

»Die sind Abend für Abend draußen im Schuppen gesessen. Abend für Abend waren ihre Frauen, und auch ihre Kinder, allein zu Hause. Sie haben sich an die Vereinbarung gehalten. Das Geld aus dem Verkauf ging in unsere gemeinsame Kasse. Das ist die, die unter anderem den Boden bezahlt hat, auf dem du gerade liegst, Frederik.«

Dann erzählte er ihm von Hagensen, der viermal soviel geleistet hatte wie die beiden anderen.

»Ohne zu murren. Und mit ernsthaften Folgen für seine Ehe. Und jetzt möchte ich dir gern von Frederik Hoppe erzählen. Dem Mann, der das meiste mit nach Hause in seine eigene Garage nahm. Dem Mann, der am wenigsten zur gemeinsamen Sache beigetragen hat. Dem Mann, der davon am Telefon spricht, obwohl wir vereinbart haben, darüber nicht am Telefon zu sprechen.«

All dies sagte Andreas, und dann fügte er hinzu: »Du fettes, egoistisches Schwein!« und schlug die Machete in einen Ast direkt neben Hoppes Kopf. Und noch einmal schlug er auf den Ast, der mittendurch brach, dann schmiß er im Zorn das Zuckermesser ins Gras, und Hoppe rollte sich weg, mit vollem Tempo den Hügel hinunter.

Ein roter Strahl beleuchtete das Haus gegenüber. Der Morgen brach gerade an.

Sie hatte Angst vor dem letzten Teil und wollte ins Bett, konnte aber nicht. Sie hörte den Milchmann unten an der Ecke. Es war leicht, sich vorzustellen, was er tat. Wenn man den wesentlichen Inhalt kennt, gilt es bloß, Geräusche und Farben hinzuzufügen. Sie konnte ihn vor sich sehen. Jetzt machte er die Schiebetür an der Seite des Lieferwagens zu, auf dem Bürgersteig neben Fräulein Vesterlunds Milchgeschäft standen vier Kästen Milch und ein einzelner halber und oben auf dem Ganzen ein Kasten mit Butter und die Rechnung in der großen, unbeholfenen Handschrift zwischen zwei Päckchen gesteckt. Dann knallte die Autotür, und sie wußte, daß er lächelte und Fräulein Vesterlund zuwinkte.

Sie fror so sehr, daß sie zitterte, und im ersten kalten Schein des Morgens glitt sie in den Rest der Geschichte.

Auch der Verkauf dieses Stücks Land glückte, und es gab jetzt einen soliden Überschuß, auch wenn Nielsen und Feddersen und Hagensen das Ihre bekommen hatten und auch wenn von Sehested und Hagensen sich ein paar Tage in Manhattan getummelt hatten.

Von Sehested schlug Hagensen vor, noch eine Tour zu unternehmen, doch der lehnte verdrossen ab.

Währenddessen schleppte sich das Leben auf den Inseln dahin.

Die sozialen Reformen wurden nie der große Erfolg, die Farbigen besaßen gleichsam einen ererbten Widerwillen gegen harte Feldarbeit, und viele sagten geradeheraus »Nein, danke« zu dem großzügigen Angebot der Regierung, ihre eigene Parzelle zu bebauen, und gingen statt dessen in die Städte, wo sie in den Straßen herumlungerten oder von Handwerk und Handelsmethoden Gebrauch machten, die im vorigen Jahrhundert aus der Mode gekommen waren. Einige flüchteten auf andere Inseln oder aufs Festland, wo es ihnen nicht viel besser erging.

Stadthäuser und Plantagenbesitzungen waren nach dem Orkan von 1928 lange Zeit ohne Dächer. Es war fast, als ob die Mehrzahl der Einheimischen, Weiße wie Schwarze, aufgegeben hätten.

In der weißen Villa in Charlotte Amalie auf St. Thomas lag Hagensen jede zweite Nacht schlaflos da und versuchte weiterhin, in Kontakt mit seiner Frau zu kommen. Sie schien die Situation jedoch allmählich zu genießen, vielleicht gewann sie wieder an Bedeutung, sie ließ ihn einfach zappeln.

Dann warf sich Hagensen in seiner plötzlichen Gier nach Liebe auf Bis. Bisserchen hier und Bisserchen da, wie Frau Hagensen es zu ihren Freundinnen mit einem dieser harten Ausdrücke sagte, die diese nicht leiden konnten. Die Kleine war keinen Deut besser, sie hatte entdeckt, daß der Kopf von der Puppe abgehen konnte, also riß sie ihn die ganze Zeit ab und kam angestürzt und verlangte, daß Papa sie wieder machen sollte, niemand anderer als Papa.

In diesem Zustand sah Frau Hagensen auch ihren Mann mit dem Kindermädchen flirten, jedenfalls war es das, was sie da hineinlegte, wenn er ihr Geld gab und mit ihr zusammen lachte. Das junge Mädchen war zwar ab und zu von Sehesteds Geliebte, aber sie wäre sehr überrascht gewesen, wenn sie nicht auch das teilten, sie konnte doch zwei und zwei zusammenzählen!

Hier hatte Frau Lillelund eingegriffen und geantwortet, daß sie erstens versuchen sollte, zwischen sicherem Wissen und dem, was sie sich bloß vorstellte, zu unterscheiden, aber sie sollte auch etwas weniger selbstgerecht sein. Wenn ein Seitensprung ein Seitensprung blieb, sich nicht weiter entwickelte, dann sollte man auch die Kraft zum Verzeihen haben, aber dieser Natur war Ingrid nicht, sie kniff den Mund zusammen und wurde bei diesen Worten so wütend, daß Frau Lillelund sie eiligst fragte, ob sie etwas Zitrone in den Tee mochte.

Währenddessen ging Hagensen wieder zu Nielsen, der keine großen Probleme weder mit den Nerven noch mit dem Schlaf hatte, und vertraute ihm an, wie ØK's Gründer, Staatsrat Andersen, nachts im Traum zu ihm kam und die Bücher kontrollierte und sich danach an König Kristian wandte. Der König sah ihn streng an und verurteilte ihn danach zu ewiger Verdammnis und beorderte ihn in Ketten in die Festung Kronborg.

Nielsen selbst hatte keine derartigen Träume. Er wollte einfach aufhören, bevor das Spiel ernst wurde, wie er sagte. Er hatte den größten Teil der Hypothek für sein Haus abbezahlt und konnte eigentlich den Rest seines Lebens bequem leben.

Aber Hagensen saß leichenblaß da und zitterte. Er war nahe daran durchzudrehen. Es war, als ob er alle in seiner Umgebung anbettelte, ob sie ihm nicht einfach helfen wollten, die Zeit zurückzuschrauben. Er wollte dem Ganzen ein Ende setzen, alles wollte er tun, wenn er es bloß hinter sich brächte.

Von Sehested hatte ihm abwechselnd gedroht und zugehört, aber nichts davon half, der Mann war von der Rolle, völlig verrückt. Hagensen sagte, daß sein Leben am Zerbrechen war und daß seine Frau in der Stunde der Not versagte. Jetzt, wo sie kalte Umschläge auf seine fieberheiße Stirn legen und ihn mitten in den Alpträumen trösten sollte, war sie einfach nur kalt und ließ ihn mit all seinen Gedanken allein, obgleich er seine Meinung geändert hatte und jetzt gerne das Kind haben wollte, von dem sie seit zwei Jahren gesprochen hatte. Ihr Verhältnis hatte sich völlig festgefahren, jetzt sprachen sie nicht einmal mehr miteinander, erzählte Hagensen seinem Geschäftspartner und fügte hinzu, daß das warme Wasser auch abgestellt war, wenn er verstand, was er meinte.

»Hör doch auf mit diesem wehleidigen Unsinn«, hatte von Sehested geantwortet, »ich gebe ein Fest, das du niemals vergessen wirst. I'll throw a party you'll never forget.« Dann kündigte er ein Fest an, das alle anderen Feste übertreffen sollte, mit Essen und Trinken und Live-Musik und Tanz bis weit in die Nacht, und danach würde nichts so sein wie zuvor.

Herr und Frau Hagensen erhielten eine elegante Einladung für den achten des nächsten Monats, auf der stand, daß sie in der Luxussuite Nummer fünf einlogiert waren. Die Einladungen flogen bei allen guten Häusern auf den Inseln zu den Briefschlitzen herein. Er ging sogar so weit, daß er Hoppe einlud, bloß um seinen guten Willen zu zeigen. Die Gäste, die von St. Thomas kamen, wurden am Kai in Christiansted in großen amerikanischen Autos abgeholt und direkt zum Haupteingang gefahren.

Herr und Frau Lillelund waren da, der dänische Konsul und Direktor der Kompagnie, Gouverneur Pearson und Gattin, die Senatsmitglieder C. C. Hansen und Garcia zusammen mit allen möglichen anderen Honoratioren.

»Strike up the band, open up the bottles!« sagte der Gastgeber mit seinem gewinnendsten Lächeln und schaute all die Gäste rings herum an, und die Musik begann zu spielen, und die Gäste zu reden und zu trinken. Von Sehested erhob sein Glas nach rechts und nach links, während er versuchte, das Gespräch zu vergessen, das er einige Tage zuvor mit Hagensen gehabt hatte.

Der Mann war im Begriff, einen Sprung in der Schüssel zu bekommen. Bleich und schwitzend war er, unzusammenhängend sprach er, selbst im Job hatte er sich nicht mehr unter Kontrolle.

»Ich zeige mich selbst an, ich gehe zur ... Polizei oder Kompagnie und sage alles, ich kann nicht mehr«, hatte er mit weinerlicher Stimme gesagt und hinzugefügt, daß er wohl frech und unverschämt gewesen war, aber ein Betrüger, das war er im Innersten nicht. Er hatte von Sehested auch daran erinnert, daß sie gemäß der ursprünglichen Vereinbarung alles an die Kompagnie zurückzahlen wollten, wenn sie wieder auf die Beine gekommen waren.

Dann war es Andreas von Sehested, der ihn daran erinnerte, wer es denn war, der betrogen hatte. Hierauf war es still in der Leitung. Es gab nicht einen einzigen lebenden Beweis dafür, daß andere als Hagensen selbst Geld aus der Kompagnie gezogen hatten, in einem Gerichtssaal würden das nur vage Behauptungen sein.

Dann milderte er den Ton und sagte, jetzt solle er sich doch mal zusammenreißen, sich in den Smoking werfen und sich die Frau unter den Arm klemmen, kauf ihr vielleicht ein neues Kleid, und denk an die Nanny. Ihr werdet euch doch nicht den ganzen Abend um das Kind kümmern, hatte er gesagt und aufgelegt.

»The Carambola Beach Grand Evening Party« verlief einigermaßen vorhersehbar, mit unmäßiger Betrunkenheit, ehelichen Skandalen und der üblichen Zahl Festreden bei Tisch, zum Beispiel hielt der Direktor der Kompagnie eine, die Männer vom Kaliber eines von Sehested pries.

»Solange Männer seines Schlags diese Inseln bevölkern, ist noch nicht alles verloren. Männer, die sich trauen. Männer, die sich dem Erbe und der Verpflichtung ihrer Vorväter stellen und die nur wenige Mittel scheuen, um ihre Ideen in die Tat umzusetzen. Männer, die da zupacken, wo die Staaten versagten.«

Eine Sekunde lang Bitterkeit, dann wieder Zuprosten. Büroleiter Lillelund nickte und lächelte Hagensen zu, wie um seinen aufgeweckten Mitarbeiter aufzumuntern, der in letzter Zeit ein bißchen zu verkümmern schien. Lillelund verschwendete darauf nicht viel Aufmerksamkeit. Er wußte, wie schwer die ersten Ehejahre sein konnten. Es fiel ihm überhaupt nicht ein, daß es etwas mit den Abrechnungen auf Denmark Hill zu tun haben könnte.

Frau Lillelund, die tief besorgt war, behielt sowohl Herrn wie auch Frau Hagensen den Rest des Abends im Auge. Er saß anfangs in einer Ecke, etwas abseits, was Anlaß zu einigem Gerede gab. Frau Hagensen beachtete ihn nicht, amüsierte sich offensichtlich gewaltig, wurde zu einem Tanz nach dem anderen aufgefordert und schien jedes einzelne Kompliment zu genießen. Allmählich, als der Alkohol seine Wirkung zeigte, tauschten sie langsam die Rollen. Hagensens augenblicklicher Mißmut fing langsam an, von ihm abzufallen, und er begann beinahe wie früher zu sprechen und sich zu benehmen, und da war Frau Hagensen an der Reihe, dazusitzen und zu schmollen.

Schmollen war vielleicht untertrieben, Frau Lillelund bemerkte wieder einen Ausdruck in ihrem Gesicht, der sie beängstigte. Beide wirkten sie ohnmächtig, weil sie sich nicht darüber im klaren waren, welch große Bedeutung sie für den jeweils anderen hatten, so beurteilte jedenfalls Frau Lillelund die Lage.

Als Hagensen sich in seinem Rausch über irgendein juwelenbehängtes Frauenzimmer beugte und in den Ausschnitt des Kleides blickte, während er ihr mit der Hand über den Hintern fuhr, machte Frau Hagensen auf dem Absatz kehrt, daß das neue hellblaue Seidenkleid nur so raschelte, und verließ den Saal schnellen Schritts. Es war das letzte, was Frau Lillelund an diesem Abend von ihr sah.

Unter normalen Umständen hätte Frau Lillelund einem solchen Flirt im Suff keine recht große Bedeutung beigemessen, und sie beabsichtigte, ihre Freundin zu bitten, dies auch nicht zu tun. Aber dann sagte er etwas Unverzeihliches. Er sagte zu der Dame, der mit dem Hintern und dem ausgeschnittenen Kleid, so laut, daß einige der Anwesenden es hören konnten, daß seine eigene Frau kalt geworden war, und dann fügte er etwas hinzu, das selbst die abgebrühtesten Salonlöwen der Kolonie vorschlagen ließ,

Maßnahmen zu ergreifen, ihn zum Beispiel mit einem kalten Bad abzukühlen, denn er fügte hinzu, daß sie eigentlich nie besonders gut gevögelt hätte.

Die ersten Badezimmergeräusche meldeten sich im Haus. Sie lag steif und mit großen Augen auf dem Sofa und zitterte. Sie konnte die ersten Sonnenstrahlen bleichrot auf das Gebäude gegenüber scheinen sehen. Dann erhob sie sich mühsam und holte ein paar neue Seiten hervor. Sie las ein paar Zeilen und sank dann zurück auf das Kissen und zog sich die Decke bis unters Kinn.

Das letzte Kapitel wurde aus mehreren Blickwinkeln geschrieben. Die Berichte stimmten anscheinend überein. Sie schloß die Augen und fiel für fünf Minuten in einen tiefen Schlaf, dann erwachte sie wieder mit großen ängstlichen Augen und sah die Mondsichel, die wie hingegossen an ihrem Himmel lag und einen Strahl auf den Strandsaum bei Carambola Beach hinabschickte. Der Strahl traf den Kopf eines Mannes, und die kleinen Wellen schoben ihn immer weiter hinauf, während sich das Wasser hinter ihm rot färbte.

Es wurde in zornigem Affekt getan, mit den bloßen Fäusten. Sie sah Dr. Toussaint, den Älteren, vor sich: »Der Mann hatte Würgemale am Hals ... Daumen und Zeigefinger. Vier insgesamt. Die anderen waren undeutlich.«

Von Sehested sah, daß Hagensen seinen Lebensmut wiedererlangt hatte. Das war ja der eigentliche Zweck des ganzen Arrangements, deshalb war er geradezu optimistisch, als er vorschlug, daß sie beide zusammen eine Runde schwimmen gehen sollten, um die Dinge ein für allemal ins reine zu bringen. Außerdem wirkte es sehr passend, ihn gerade jetzt nach draußen zu bringen.

Frau Lillelund erlauschte das Gespräch, das zwischen Hagensen und von Sehested stattfand, kurz bevor sie den Saal verließen.

Besorgt war sie ja, und neugierig, aber überdies sprach von Sehested so laut, daß sie sich ganz einfach die Ohren hätte zuhalten müssen, wenn sie nicht alles hätte mitbekommen wollen.

Hagensen sagte nicht viel, nur etwas davon, daß es schön wäre, abgekühlt zu werden, und das Wasser ist eigentlich nachts am besten, ist dir das schon aufgefallen? Dann näselte er irgend etwas, was sie nicht hörte, und die beiden verschwanden.

Ungefähr zur selben Zeit entfernte sich Mary-Ann kurz aus der Luxussuite fünf, eine der früheren Sklavenhütten, wo jetzt die vornehmsten Gäste ihr Logis hatten. Sie fand, daß sie sich das gut erlauben konnte, jetzt, wo das Kind ruhig schlief und die gnädige Frau selbst zurückgekommen war, wenn auch etwas unausgeglichen, aber trotzdem.

Mary-Ann ging hinüber in die Küche, um mit einer Freundin zu reden, die sie lange nicht gesehen hatte. Sie redeten und redeten über alte Zeiten, über von Sehested und all dies, was er gerade tat, der verrückte Mann, und als sie hinausschaute, sah sie die beiden Männer den Pfad zum Strand hinunterwackeln, die Arme einander um die Schulter gelegt, nur in Badesachen und Handtüchern, die sie über die Schulter geworfen hatten.

Sie stand in der Küchentür und sah ihnen nach, bis sie von der Dunkelheit verschluckt wurden.

Im selben Moment grollte es vom Himmel.

Die dreijährige Bis stolperte den Pfad zum Strand hinunter. Sie war durch das Rumoren des Donners aufgewacht, und außerdem war sie stark verärgert, weil der Kopf der Puppe wieder abgefallen war. Sie hatte festgestellt, daß die Mutter im Bett nebenan lag, aber das interessierte sie nicht, Papa sollte sie wieder richten.

Sie rief ihren Vater den ganzen Weg hinunter zum Strand, warum sie gerade diesen Weg lief, wußte keiner, vielleicht einfach, weil es die natürliche Richtung des

Pfads war, und vielleicht auch, weil sie ihn so gut kannte, von all den Malen, wo sie und Nanny draußen beim Baden gewesen waren.

Gleichzeitig ging Mary-Ann zurück zur Hütte, um zu sehen, ob alles in Ordnung war.

Sie schob vorsichtig die Tür auf und schaute durch einen kleinen Spalt hinein, und als sie sah, daß das Kinderbett leer war, rannte sie instinktiv den Pfad hinunter und fand Bis an seinem Ende stehen, dort, wo er sich im Sand des Strandes auflöste, den Körper der Puppe in der einen Hand und den Kopf in der anderen.

Im Wasser kämpften zwei Männer, und der eine rief laut etwas von einer Vereinbarung, ein Wort, das er mehrere Male wiederholte, während der andere beinahe weinte und sagte, daß er nicht mehr könne. Dann war lautes Platschen und ein Gurgeln und Husten zu hören, und dann wurde es wieder ganz still. Das einzige, was man hörte, war die Brandung am Riff weit draußen, bis ein Blitz den Himmel zerriß und den Strand erhellte.

Der eine Mann schleppte den anderen weiter den Strand hinauf, dann lag er da und schnaufte, entsetzt, und danach war da nur das bleiche Mondlicht.

Dann grollte es wieder, und noch ein Blitz jagte durch die Nacht. Der Mann bei der Leiche sah im selben Augenblick auf, und obwohl ein Steinwurf zwischen ihnen lag, meinte Mary-Ann, daß es gut möglich war, daß er ihr Gesicht gesehen habe.

Dann rief Bis nach ihrem Vater. Mary-Ann packte sie, während die Kleine einen hysterischen Anfall bekam und zum Wasser hinunterzulaufen begann und schrie, daß sie ihren Vater sehen wolle.

Währenddessen erhob sich der Mann und begann zu ihnen hinaufzugehen, Bis begann zu weinen und rief: »Nanny, Nanny«. Kurz bevor Mary-Ann der Kleinen eine schmierte, sie schnappte und so schnell weglief, wie sie konnte, wurde der Strand von einem dritten Blitz erhellt, und sie starrte eine Sekunde lang direkt in die Augen von Andreas von Arndt-Sehested.

Eine Viertelstunde später richtete der junge Dr. Toussaint steif seinen Blick abwechselnd auf seinen Notizblock und auf die Leiche vor ihm.

»Packen Sie hier doch mal einen Augenblick an«, sagte er zu dem einen Beamten, der ihm geholfen hatte, die Leiche hinauf in die Küche zu tragen. Der Beamte kam seiner Aufforderung nach, während der andere stehenblieb und Frau Hagensen stützte, die leichenblaß dastand und unkontrollierbar am ganzen Körper zitterte, auch wenn Mary-Ann, Frau Lillelund und Frau Nielsen alles taten, was sie konnten, um sie zu halten.

Sie drehten die Leiche herum. Im selben Moment kam von Sehested zur Tür herein, und sie fuhren bei seinem totenblassen Anblick zusammen.

Die wenigen Worte, die gesagt wurden, klangen wie trockene Blätter, die von den Bäumen fallen. Die scharrenden Füße erzeugten ein Echo zwischen den Fliesenwänden, und die Atemzüge kamen in tiefen Stößen. Der Arzt schrieb mit zitternder Hand, daß der Tod etwa um 22 Uhr durch Ersticken infolge des Schluckens von Wasser eingetreten sei.

Dann entdeckten seine Augen einen Punkt am Hals der Leiche, und er sah genauer hin. Seine Augen saugten sich an dem, was sie sahen, fest, aber im selben Moment wurde seine ganze Aufmerksamkeit von diesem Mann in Beschlag genommen, der in den Raum gekommen war und sich dem Küchentisch näherte. Da überlegte Dr. Toussaint es sich schnell anders und erklärte die Leichenschau für beendet.

In ihren Zimmern lagen die Ehepaare Nielsen und Feddersen schockiert und konnten nicht schlafen. Hoppe dagegen ging es ausgezeichnet. Jetzt hatte er ihn!

Dieser Verrückte hatte sich so stark vergaloppiert, wie es nur möglich war.

Laut seines späteren Berichts an Nielsen lag Frederik Hoppe da und lauschte der Nacht, und dann nahm das Ganze in seinem Kopf Gestalt an. Jetzt war Schluß damit, Farbdosen zu holen und sie nach Einbruch der Dunkelheit zu verkaufen. Der Weg zu Geld für viele, viele Jahre war gebahnt. Und er hatte keinen Finger gerührt. Er hatte einfach gesehen und gehört, was er gesehen und gehört hatte. Wissen ist Macht und Reichtum, hatte Hoppe gedacht, das Licht ausgemacht und war in einen tiefen Schlaf gesunken.

Dr. Toussaint zeigte das Geschehene am nächsten Morgen um 9.05 Uhr an. Später am selben Tag – genauer gesagt, um 15.38 Uhr – zog er die Anzeige wieder zurück.

Am Morgen war er zur Polizeistation Christiansted gegangen, die damals hinter den dicken Mauern von Fort Christiansværn verborgen war, und dort traf er einen stark schockierten und leicht verkaterten Polizeichef an, der zweifelnd den Kopf schüttelte, als er das Anliegen des jungen Arztes hörte.

»Ja, ja, ja, Sie brauchen nicht ins Detail zu gehen, ich war ja selbst beim Fest dabei«, sagte der Polizeichef. »Ziemlich schockierend, das Ganze, muß ich gestehen. Also Ihre Anzeige hier. Sind Sie sich klar darüber, was Sie da sagen? Und welche Konsequenzen das hat?«

Später am selben Tag bekam Dr. Toussaint Besuch von von Sehested, der ihn mit einer scharfen Smith & Wesson bedrohte und sagte, daß dies das Schicksal wäre, das ihn an jedem einzelnen Tag für den Rest seines Lebens erwarten würde, wenn er Dummheiten machen sollte. Gleichzeitig versprach er, daß es an finanzieller Hilfe nicht mangeln sollte, falls er vernünftig wäre, und dann sagte er noch, ehe er ging, daß die Sache nicht so einfach wäre, wie sie schiene, und daß er aufpassen sollte, nicht zu einseitig zu urteilen.

Sie saß mit weit geöffneten, blicklosen Augen in ihrem Zimmer. Der Milchmann pfiff im Treppenaufgang, es klang, als dringe es aus der tiefsten Hölle nach oben. Der Mann in der Wohnung über ihr schrie seine Frau an, und sie gab ihm eine freche Antwort. Der Sonnenstrahl am Gebäude gegenüber war verschwunden, abgelöst von einem Regenschauer. Es war Morgen in Kopenhagen.

Sie fand ein bißchen Zufriedenheit mitten in ihrem aufgewühlten Gemütszustand. Die Geschichte war erzählt. Sie hatte es getan. Hatte sich selbst überwunden und all die Menschen, die sie daran zu hindern versuchten, die Wahrheit zu finden. Schließlich hatte ihr jemand etwas erzählt, Bruchstücke wurden zusammengesetzt, jetzt lag die Geschichte in ihrer Gesamtheit vor. Irgendwann, wenn alle tot waren, würde sie bei der Polizei Anzeige erstatten. Im Augenblick rührte es bloß an zu vielen baufälligen Wänden, die gerade so im Gleichgewicht standen – und änderte nichts. Aber irgendwann mußte die Wahrheit heraus und in öffentlich zugänglichen Archiven stehen. Die Geschichte sollte korrekt geschrieben werden. Farben und Stimmung schadeten nicht, aber die Tatsachen mußten stimmen, ermahnte sie sich selbst, ärgerlich darüber, Lektor Møller recht geben zu müssen.

Sie schloß die Augen und öffnete sie kurz vor dem Einnicken wieder.

In dem kleinen Augenblick hatte das Zimmer die Farbe gewechselt. Die Septembersonne blitzte durch eine schwarze Wolke und wurde durch die nassen Fenster des Nachbarhauses in ihr westindisches Zimmer mit den schrägen Wänden hineingespiegelt.

Da war irgend etwas an der ganzen Erzählung, das sie störte.

Sie konnte nicht genau sagen, was es war. Vielleicht harmonierten die Farben und die Stimmung nicht mit den Tatsachen. Vielleicht war es von Sehested, vielleicht ihr Vater, ihre Mutter, die Aussage des Arztes, Frau Lillelund, Nielsen, Feddersen und Hoppe, vielleicht war es die Nacht über St. Croix selbst oder das Zischen der Macheten im Laub auf dem Kamm des Hügels, vielleicht war es die Erde und der Mond, der Schlingel, der verkehrt herum in seinem Himmelbett lag und grinste.

Wenige Sekunden lag sie so da und dachte, doch es kam ihr wie viele Stunden vor.

Im Morgenlicht nahmen die Dinge neue Farben an. Das Licht hatte das Regal mit den Tagebüchern ihrer Mutter erreicht. Sie sah die Jahreszahlen auf den Buchrücken, erhob sich, ging hinüber und blätterte.

Zum tausendsten Mal las sie die Abschnitte, in denen nichts stand, abgesehen davon, daß es ein schöner Tag gewesen war, den sie nie vergessen würde.

Dennoch erhielt der Satz jetzt, wo alle anderen Blickwinkel der Sache beleuchtet waren, eine neue Bedeutung. Plötzlich präsentierte er sich in einem neuen Sinn. Sie blätterte zurück und las zufällig ein paar Stellen. Das Ganze war doppeldeutig. Lange stand sie da und dachte mit dem Zeigefinger vor dem Mund nach, dann hörte sie ihre Mutter ins Blaue hinein fragen.

Sie hörte Frau Lillelund die Stimme senken und mit aufgerissenen Augen ein paar Worte sagen. Dann erinnerte sie sich an den Rest von Dr. Toussaints Worten. Sie tauchten geradewegs aus dem reinen Nichts auf und waren vielleicht auch geradezu das reine Nichts. Aber dennoch waren sie etwas. Sie ähnelten einer Bestätigung einer Eingebung, die sie gerade gehabt hatte, und es hatte sich ja im Verlauf des Ganzen viele Male gezeigt, daß ihre plötzlichen Eingebungen ebenso gut waren wie so vieles andere.

Sie stellte das Buch zurück ins Regal und sah auf die Uhr. Sie zeigte Viertel nach zwei. Dann nahm sie das Telefon, erhielt die richtige Uhrzeit und rechnete zurück. In Westindien war es jetzt ein Uhr nachts.

Dann bestellte sie ein Ferngespräch über das Amt und wartete eine Ewigkeit auf die Verbindung, die über eine Zentrale in Alabama ging. Diesmal hielt sie den Hörer, ohne einen hysterischen Anfall zu bekommen. Sie wartete geduldig und antwortete ruhig mit »Ja«, als die Telefonistin sich einschaltete und sagte, es würde sich um diese Zeit gewiß niemand melden, ob sie dran bleiben wolle?

Schließlich stand die Verbindung, bitte sehr, und eine schläfrige Stimme sagte sehr weit weg etwas Unverständliches.

Aber es war dieselbe Stimme, dieselben weichen Lippen, die sie kannte. Derselbe Atemzug, dieselben schläfrigen Augen, dasselbe gekräuselte Haar, in das sie so viele Male die Finger gebohrt hatte, dieselbe Brust, an der sie geweint hatte.

Bis wurde weich ums Herz, und es fiel ihr schwer, ihre Stimme unter Kontrolle zu halten, als sie sagte:

»Ist da nicht etwas, was du vergessen hast, mir zu erzählen, Mary-Ann?«

Fünfter Teil

Die Gruppe dänischer Touristen verschwand um die Ecke bei der Bibliothek am Hafenplatz von Christiansted, und sie winkte den letzten hinterher. In ihren Gedanken war sie ganz woanders. Sie rückte ihre Haarspange und einen Armreif zurecht, nahm einen Spiegel und einen rosa Lippenstift heraus und malte sich die Lippen an.

Eine Weile stand sie da und sah über das Meer hinaus, die Jacke lose über den Schultern. Dann hörte sie die Glocke der lutherischen Kirche und begann langsam in die Stadt hinaufzusteigen.

Die Glocke läutete schwach im Takt zu ihren Schritten. Als sie aufsah, erblickte sie den viereckigen Turm der Kirche. Die Glocke konnte sich gerade so ihren Weg durch den Straßenlärm von den Rastafarimännern mit ihren dünnen Haarlocken und bunten Zipfelmützen bahnen. Sie fuhren durch die Stadt, die Hauptstraße auf und ab, auf der Jagd nach Zerstreuung und Frauen, auf und ab, tagaus und tagein. Die Fenster ihrer verbeulten und verblaßten Autos standen offen, und die Stahltrommeln schlugen dröhnend Calypsorhythmen aus der Stereoanlage.

An der Kirche ging eine kleine Gefolgschaft schweigender Männer und Frauen hinter dem Priester her. Sie schloß das kleine Eisentor hinter sich und gesellte sich zu ihnen. Der Priester räusperte sich und rückte sich die Brille zurecht, hinaus auf die Nasenspitze. Dann schaute er in seine beiden handgeschriebenen Seiten, als ob er wiederholen müßte, und begann mit lauter und klarer Stimme zu sprechen.

»Aber was *sind* gute Taten eigentlich? Paulus gibt keine Antwort, aber ...«

Sie setzte die Brille auf und fühlte in ihrer einen Tasche nach. Dann richtete sie die Aufmerksamkeit auf die kleine geschlossene Gesellschaft, sah den einen, anderen und dritten, den sie kannte oder nicht kannte. Alle, die sie ansah, nickten ihr zu, und sie nickte zur Sicherheit zurück. Wen kennt man? Wer ist man, mehr als Körper, die nach sehr kurzer Zeit ins Grab gelegt werden? Eine Zeit, die so kurz war, daß sie nicht einmal die einfachsten Fragen beantworten konnte.

Wie behandelte das Rechtssystem zum Beispiel eine Mordsache, die einundsechzig Jahre zurücklag und deren Zeugen, Schuldige oder Mitschuldige nicht mehr da waren?

Das ist also der letzte, dachte sie und schaute auf ihre Uhr, während der Priester eine symbolische Schaufel voll Erde auf den Sarg legte und das Zeichen zum Senken des Sarges gab.

Der einzige Ort in der Welt, wo man die Leute ordentlich begräbt, ist Dänemark, grübelte sie mit einem dieser Gedankensprünge, bei denen sie in entscheidenden Situationen oftmals Zuflucht suchte. Sie sah die Eisenkreuze aus dem Unkrautwald hervorragen und die Erdhügel auf der Anhöhe und beschloß, daß sie das Ihre tun wollte, um plötzlich zu sterben, am liebsten an einer Überdosis Hasch, Morphium, Rum oder Gin – irgend etwas Gesundes und Nahrhaftes.

Ihr Blick registrierte eine Bewegung auf der Straße. Sie schaute auf und konnte ein Grinsen nicht unterdrücken. Es war von der jungen Miss Galloway zwar, gelinde gesagt, unangebracht, ihr Gesichter zu schneiden und ihr mit einem Beinzucken auf der Straße mitten in einem Begräbnis ihre neue Hose zu zeigen. Gleichzeitig machte das Mädchen deutliche Zeichen in Richtung ihrer Jacke, sagte mit großer Grimasse »Nice!« und verschwand in der Menge.

Bis schaute wieder auf ihre Uhr und sah die Sekunden verstreichen. Die Zeit schlich sich davon, auch wenn der Priester ein effektiver Mann war. Sie kannte ihn gut und folgte ihm mit den Augen. Er bemerkte es und schickte ihr mitten im Gebet ein kleines Lächeln.

Es kamen ein paar Autos vorbei, den Lautstärkeregler voll aufgedreht.

*Limbo limbo
how low can you go*

Sie stutzte und erinnerte sich an einige Kälteschauer an einem warmen Abend vor langer Zeit. Die Haare waren ihr zu Berge gestanden, an ihren Armen, an anderen geheimen Stellen ihres Körpers, es hatte weh getan – bis daß der Schmerz uns trennte, Pointdexter. Sie starrte in den Kies, in Gedanken weit weg.

Wie war das mit der Liebe? Sie reichte aus, um das Bestehen des Geschlechts zu sichern. Durch einen neckischen Zufall waren Eifersucht, Betörung und Trauer und noch einiges andere dazugekommen, so daß man sie gut eine schillernde Variante des Geschlechtstriebs nennen konnte, den man aus dem Tierreich kannte.

In der Zeit nach dem Liebesabenteuer war sie mit angehaltenem Atem umhergegangen, dann nach dreieinhalb Wochen konnte sie erleichtert aufatmen. Das wäre einfach *zu* possenhaft gewesen.

Sie fuhr sich mit der Hand durch das Haar und schaute noch einmal auf ihre Uhr. Der Priester setzte zur Landung an. Heiliger Jesus, wie lange hat das gedauert, dachte sie. Der neunzigjährige frühere praktizierende Arzt Theodor

Belvedere Toussaint, 1903 in New Orleans, Louisiana, geboren, wurde jetzt zur ewigen Ruhe in Christiansted, The U.S. Virgin Islands, gebettet, während die Glocken wieder zu läuten begannen, Amen.

Sie fühlte zum tausendsten Mal in ihrer Innentasche nach, dann war der erste Psalm vorbei, und sie griff in die Tasche, um ihre Sonnenbrille aufzusetzen.

Irgendwann einmal vor Urzeiten hatte sie sicherlich genau dieselbe Bewegung gemacht. Nahm die Sonnenbrille aus der Tasche, während ein Auto vorbeifuhr und irgendeine Glocke läutete. In Träumen treten Symbole auf. Vielleicht geschah dies auch im wachen Zustand. Die Glocke konnte eines symbolisieren, die Sonnenbrille etwas anderes. Der Friedhof auch. Die Glocke konnte die aufmunternden Zurufe der Hebamme bedeuten, die vom allerersten Start des Lebens gespeichert waren, wer weiß? Das Unterbewußtsein war gewiß nicht ganz erforscht. Die Glocke konnte auch einen Schiffsgong darstellen, der über die Bucht von St. Thomas hallte, während man in einem Kinderwagen den Hügel hinabsauste und sein schwarzes Kindermädchen anlächelte und *Nanny, Nanny!* rief. Sie konnte als Symbol für das Geräusch herhalten, das entstand, wenn man eine nagelneue Vespa auf den Ständer stellte, während die Motorradbrille in einer gleitenden Bewegung ab- oder aufgesetzt wurde. Die Brille, die Augen, all diese Augen durch das ganze Leben. Die farbigen Gläser in einem fünischen Herrensitz, ein katastrophaler Nachmittag, gesehen durch das dicke Fensterglas der Schloßkirche, die Motorradbrille, um die Tränen zu verbergen. Aber es konnte auch das Glitzern der Sonne im Meer während einer Fahrt in einem kleinen Boot hinaus zum Tragflügelboot zwischen den Karibischen Inseln sein. Die kleinen Reflexe, die direkt ins Gemüt gehen und für ewige Zeit gespeichert werden und den Kirchenglocken einen besonderen Klang geben. Die Brille symbolisierte das Sehen, das Licht, einen Himmel, der von einem weißen Blitz zerrissen wurde und einen toten Mann am Strandsaum enthüllte, aber es konnte auch der Schimmer im Auge des Arztes sein, wenn er endlich ein Geständnis ablegte. Vielleicht war der Pfad zwischen den Gräbern die Bay Road itself. Ja, Bay Road, Havensight, St. Thomas.

So auf den Weg gebracht, kam Frederik Hoppe in seinem blauen Dodge mit Kipper die Bay Road auf St. Thomas an einem frühen Abend im Jahre 1933 angefahren.

Bis sah es vor sich, wie es die alte Frau Helene Nielsen ihr kurz vor ihrem Tod im Jahre 1987 erzählt hatte. Sie hatte es von Nielsen selbst, der zehn Jahre zuvor gestorben war. Diese eigenartige Figur von damals, als alles in Schwarzweiß war – Hoppe, also – war wütend. Er gab Vollgas die Straße hinaus, die damals nichts anderes als Erde und Schotter war, die etwas fester als der Strand selbst gestampft war, und das Auto schlingerte ein wenig.

Hier endeten die hundert Prozent sicheren Verlautbarungen. Aber Nielsen war sich fast sicher, und so erzählte er es auch seiner Frau: Plötzlich erschien ein Auto hinter Hoppe, ein weitaus stärkerer Wagen, der schneller fuhr und ihn zur Seite zwang. Hoppe, der immer noch wütend war, sprang aus dem Wagen und schnauzte die Männer an, doch die gaben ihm ein paar harte Schläge mit den Schäften ihrer Pistolen, und dann fesselten sie ihn ans Steuer und setzten den Wagen in Gang.

Das letzte, was man von Hoppe sah, war, daß er bewußtlos an Steuer und Sitz gefesselt saß, während der Wagen von selbst in Richtung Hafenkai in Havensight beschleunigte. Immer schneller ging es, bis er mit der Nase über das Bollwerk stürzte, einen halben Salto machte und mit einem Zischen und Blubbern ins Wasser versank und in fünfzehn Meter Tiefe verschwand, ungefähr dort, wo Bis eines Nachts fünfundzwanzig Jahre später von Sehesteds Buick versenkte.

Die Kirchenglocke. Die Sonnenbrille. Eine dichte Dunkelheit, die die Angst verbarg. Die Angst davor, daß das Leben nicht das war, für was es sich ausgab, konkret die Angst eines fünfjährigen Kindes, dem es langsam dämmerte, daß die Mutter verrückt zu werden begann, die Kindheit bei den Großeltern, die Spaziergänge zur Grabstelle in Frederiksberg, Blumen im Nieselregen, ein kleiner Wurf, ein Halbbogen in der Novemberluft, lieber Papa, ich glaube, ich kann mich an deine Sommersprossen erinnern und das Brummen von deinem Kehlkopf spüren, aber ich weiß es nicht, ich habe darüber das ganze Leben nachgedacht, aber ich weiß nicht, an wieviel man sich erinnern kann im Alter von drei Jahren.

Es war ihr einmal geglückt, in einer Septembernacht in einer kalten Wohnung am Dalgas Boulevard in Frederiksberg, den ganzen Rest der Geschichte zusammenzustückeln. Sie hatte einen langen Brief von Herrn und Frau Nielsen erhalten, die alles erzählten, was sie wußten. Ihr Besuch bei ihnen, von Sehesteds Drohungen, alle Begebenheiten hatten ihnen Lust gemacht, ihre Herzen zu erleichtern, auch wenn sie sie baten, hoch und heilig zu versprechen, daß sie nicht ein Wort zu jemandem sagen würde, ehe sie beide tot waren. Nielsen war offenbar der Vertraute ihres Vaters gewesen, als er durchzudrehen begann. Alles hatte er ausgeplappert, selbst das, was ihm von Sehested im Vertrauen erzählt hatte, während er ihn noch als einen vernünftigen Geschäftspartner ansah.

Sie saß die halbe Nacht mit aufgerissenen Augen vor Nielsens Brief, während sie die großen hüpfenden Buchstaben und Sätze deutete, die in Raum und Zeit vor- und zurücksprangen. Jeder Satz begann mit »Dann sagte...« oder »Dann tat...« Auf den ersten Blick hatte das weder Hand noch Fuß, aber schließlich war klar, daß sie in Wirklichkeit einen einzigartigen lebendigen und nüchternen Bericht des Verlaufs, wie sie ihn sahen, in Händen hielt.

Sie selbst hatte auf dem Flug nach Hause Mary-Ann Hartmanns Bericht Wort für Wort niedergeschrieben und diesen mit der pathetischen Überschrift »Was das alte Kindermädchen erzählte« versehen, und auch der war detailliert gewesen, fing alle Geräusche und Stimmungen ein, die auf den ersten Blick unerheblich waren, die aber am Ende ein Rätsel zu lösen vermochten, das nicht aufzugehen schien.

Sie hatte lange und mehrere Male am Telefon mit Dr. Toussaint gesprochen, der beim Klang ihrer Stimme weich wurde und schließlich all das preisgab, was er jahrelang in sich hineingefressen hatte. Ebenso wie die Nielsens verlangte er von ihr ein feierliches Gelöbnis, daß sie keinem davon erzählte. Tatsächlich begann er die ganze Séance mit den Worten, daß er im Morgengrauen erschossen werden würde, wenn das, was er jetzt erzählte, herauskäme, was sie dazu gebracht hatte, einen Kloß im Hals zu verspüren und »ja« zu stammeln.

Frau Lillelund hatte sie dazu gebracht, mit allem vor einem surrenden Tonband herauszuplatzen, was die größte Überarbeitungsarbeit in der neueren dänischen Geschichtsschreibung beinhaltete. Endlose Wiederholungen von Erklärungen darüber, wie man am besten Flamboyant, Hibiskus, Agave und Gardenie in diesen Breitengraden zum Blühen brachte, mußten aussortiert werden. Jedes Mal, wenn sie fand, daß sie etwas hatte, kam ein Gedankensprung von Frau Lillelund an irgendeine Freundin, die sie einmal gehabt hatte und die sie an gerade diese Situation erinnerte. Darauf Bis: »Kommen Sie zur *Sache*, Frau Lillelund.« Aber es gab reine und seltene Blüten in diesem unwegsamen Beet. Präzise Beobachtungen, die sich in mehr als einem Zweifelsfall als entscheidend erwiesen. Und Frau Lillelund bat sie nicht, irgend etwas zurückzuhalten. Sie hatte nur aus Rücksicht auf einen einzigen geschwiegen, und der war jetzt tot, sie hatte vor, das zu erzählen, wozu sie Lust hatte, wem auch immer sie wollte, in den wenigen Jahren, die ihr noch verblieben.

Sie ermittelte einen älteren Archivmitarbeiter bei der St. Croix Avis und brachte ihn mittels einer beträchtlichen Anzahl Dollar dazu, ihr Artikel und vergilbte Schwarzweißfotos zu schicken.

Doch nicht zuletzt erhielt sie einen großen dicken Umschlag, der keinen anderen Absender verriet als den Hauptsitz eines großen dänischen Konsortiums im Zentrum der Stadt. Die Empfängeradresse war mit Kugelschreiber geschrieben, einem billigen, soweit sie das beurteilen konnte, und mit einer steilen, schülerhaften Schrift – von der Direktion kam es also auf jeden Fall nicht. Die Sendung enthielt mehr, als sie jemals zu träumen gewagt hätte. Ihr verging Hören und Sehen, und sie rief sich sofort eine hitzige Konversation mit einem Obersekretär in Erinnerung, als sie die Kopien der Buchhaltung ihres Vaters in jenen schicksalsschweren Jahren sah, vier Stück von der belastendsten Art insgesamt, zusammen mit Kopien der berichtigten Abrechnungen.

Sie schickte Blumen an Obersekretär Langer von ØK, hörte jedoch nie wieder etwas von ihm.

Alles war geordnet, die Geschichte endete, wie sie sollte, und dennoch war da etwas, was nicht paßte.

Sie besuchte ihre Mutter, bekam aber keine Antwort, die Mutter saß bloß da und starrte mit leeren Augen vor sich hin, was in gewisser Weise eine Form von Antwort war. Bis schaute sie lange an und verstand, was Frau Lillelund gemeint hatte, als sie von »diesem Ausdruck« gesprochen hatte. Schließlich hatte die Mutter mit ihrer üblichen Verrückten-Stimme das Personal gebeten, diesen Menschen zu entfernen, der sie immer wieder aufsuchte und sich als ihre Tochter ausgab.

Dann las Bis ihre Tagebücher wieder und wieder, hellsichtiger nun, und einen Augenblick hatte sie geradezu etwas Böses und Doppeldeutiges in dem ganzen Werk gesehen und hatte begonnen, jedes Wort zu entschlüsseln. Nüchterner betrachtet, wurde der Stil knapper, und es verging mehr Zeit zwischen den prachtvollen Tagen, deren Andenken die Schreiberin den Rest ihres Lebens in ihrem Herzen bewahren wollte.

Das Begräbnis war vorbei. Aus irgendeinem Grund hielt sie den Blick auf das Eisenkreuz der Kirche geheftet, das vom Dach des Turms in den Himmel hinaufragte.

Dann fühlte sie wieder nach dem Papier in ihrer Tasche, schaute auf ihre Uhr und hob die Augenbrauen, atmete tief durch und ging.

Sie schaute von ihrer Dachterrasse über die Stadt. Nippte unter dem Sonnenschirm an ihrem Cruzian-Rum und drehte sich um, um auf die Uhr zu schauen. Niemals euphorisierende Stoffe vor fünf Uhr.

Fünf Uhr war eine gute Zeit. Es war auch eine gefährliche Zeit... Der Nachmittag war vorbei, aber der Abend hatte noch nicht begonnen. Hier endete alles, ehe es wieder beginnen konnte. In diesem Niemandsland entstand die Leere und ohne die kein Inhalt.

Fünf Uhr war der Morgen für die, die den ganzen Tag gefaulenzt hatten und sich die Zähne für einen wilden Abend wetzten. Der Tag war alt, aber der Abend jung, und der Rum brachte, wie so viele Male zuvor, die Dächer zum Glühen.

Jetzt war diese ganze alte Geschichte bald vorbei.

Da unten war sie in den Flammen um ihr Leben gesprungen. Das ganze Gebäude war von einem reichen Dänen renoviert worden, der hier ab und zu wohnte. Die Dänen waren wieder da. Ihre alte Unterkunft war jetzt ein Siebtel einer Penthouse-Wohnung mit Dachterrasse und *view of the bay.*

Das schwarze Viertel war weiter nach draußen gerückt. Die Weißen saßen immer noch ganz oben und schauten auf sie herab. Die Touristenexplosion hatte das noch schlimmer gemacht. Vor ein paar Jahrzehnten waren es spanischsprechende Handwerker aus Costa Rica gewesen, die hierherkamen. Jetzt waren es wohlhabende weiße Amerikaner. Und Dänen, dänischer Adel, um dem Ganzen die Krone aufzusetzen. Alte Familienrechte auf Plantagenbesitzungen. Aufkauf von Ferienwohnungen auf St. Jan. Ein Industrieller hatte eine ganze Insel gekauft. Einer von St. Croix' größten Immobilienmaklern war einer dieser neuen Dänen. Eines der rentabelsten Geschäfte auf den Jungfrau-Inseln war immer noch die Westindische Kompagnie. Investierte jedes Jahr einen hübschen Überschuß in ... Kopenhagen. Die Kreuzfahrtschiffe legten an und wieder ab in immer dichterem Verkehr. Wo früher die Kohlenbunker lagen, waren jetzt Containerterminals. Wer nahm die Vertäuungen vor? Wer fuhr den Gabelstapler?

Dafür waren sich die neuen Schwarzen der Geschichte sehr viel mehr bewußt geworden. Viele von ihnen trieben ein wenig Ahnenforschung. Aber sie taten es mit eigenartig rechthaberischer Miene.

Die Türsprechanlage klingelte. Sie ließ es ein paarmal klingeln, wie um den entscheidenden Augenblick hinauszuzögern. Es konnte ja auch irgend so ein Idiot auf der Straße sein. Dann erhob sie sich langsam, nahm den Hörer von der Sprechanlage und sagte: »Hi, sweetheart.«

»Ob du deinen Freund mit reinbringen darfst? Nichts lieber als das. Ich habe gerade Lust auf ein paar Gäste.«

Während Mary-Anns Enkelin, das entzückende Mädchen Charlie, und ihr neuer Freund die Treppe hochstiegen, suchte sie zwei Gläser heraus und holte Fruchtsaft aus dem Kühlschrank.

Charlies Gesicht hellte sich zu einem großen weißen Lächeln auf, und sie fielen einander um den Hals, nicht lange, dann schob sie Charlie weg und trat bewundernd zurück, während sie sich die Brille und ein kleines Lächeln aufsetzte.

»Hallo ... was haben wir denn da ...?«

Der junge Mann stand in der Tür und schaute sie beide an.

»Ein Prachtexemplar, Charlie-Schätzchen, wo hast du denn den aufgetrieben?«

Ohne eine Antwort abzuwarten, ging sie zu dem jungen Mann, gab ihm die Hand und ein strahlendes Lächeln und ließ den Blick schamlos über seine Brust, seine Schultern und Arme, hinunter über die Hüften zu den Beinen gleiten. Sie forderte ihn auf, hereinzukommen, was er tat, ohne auf irgendeine Weise ihre Freundlichkeit zu erwidern.

»Ja, es ist schwer, heute jung zu sein«, seufzte sie und fragte, was sie trinken wollten. Das junge Mädchen bestellte etwas ohne Alkohol. Das tat er nicht. Hielt bloß die Hand vor das Glas, als sie einschenken wollte. Sie spürte die bekannte Wärme im Nacken, die vom Hals aufsteigt und auf der Kopfhaut endet.

Dennoch plauderte sie mit Charlie drauflos, diesem neunzehnjährigen College-Girl mit dem großen Selbstbewußtsein, während er bloß dasaß, ohne etwas zu sagen.

Sie bemerkte die mürrische Miene des jungen Mannes und spürte etwas anderes, was sie nicht gleich einordnen konnte. Dann wurde ihr plötzlich klar, daß er sie einfach nicht ansah, daß er versuchte, so zu tun, als ob sie nicht da wäre.

»Einen Augenblick, bitte.«

Ihre Stimme zitterte ein wenig, als sie Charlie unterbrach, die gerade von ihrem neuen Selbstverteidigungskurs erzählte. Dann erhob sie sich und legte eine Hand auf seinen Arm, was ihn ein kleines Stückchen zurückzucken ließ.

»Was ist es, das dich stört?«
Er schaute sie beleidigt an.
»Ist irgend etwas an der Wohnung, das du nicht magst? Meine Kleidung? Ich finde, du solltest es geradeheraus sagen, wenn dich irgend etwas plagt.«
Er sah immer noch genauso zornig wie vorher aus, doch diesmal mit einem Schuß Unsicherheit.
»Und jetzt will ich dir mal was sagen. Wenn du hier rumsitzen und den Beleidigten spielen willst, dann ruf das nächste Mal einfach vorher an, dann kann es nämlich sein, daß ich ein paar Stunden weg bin. Ich habe, zum Teufel noch mal, keine Lust, hier zu sitzen und jedes Wort auf die Waagschale zu legen, damit du nicht stinkbeleidigt bist.«
Charlie sah entsetzt aus. Ihre ältere Freundin setzte sich wieder.
»Entschuldige.«
Sie strich sich das Haar zurück.
»Entschuldige, ich habe in letzter Zeit so viel um die Ohren.«
Charlie schien einen Augenblick in ihrer Loyalität zu schwanken. Die eine Person ihr gegenüber war die Gastgeberin und der alte Liebling ihrer Mutter. Eine der gefeiertsten Persönlichkeiten der Insel, deren Bekanntschaft Prestige verlieh. Gegenüber saß ihr Boyfriend, schwarz wie sie selbst, ihr eigenes Alter, ihr Lover. Charlie sah seine Miene, die nach dem Anschiß, den er kassiert hatte, noch verbissener war, dann erhob sie sich resolut, ging und rief ihr in der Tür ein »Bis bald!« zu, und er folgte ihr.
Bis starrte auf die geschlossene Tür, als ob sie ihr befehlen wollte, sich wieder zu öffnen, dann klang Charlies Stimme wieder aus der Sprechanlage, und sie drückte auf den Knopf. Charlie kam die Treppe heraufgerannt, reichte ihr einen kleinen Umschlag, flüsterte ihr etwas zu, küßte sie leicht auf die Wange und sprang wieder die Treppe hinunter.

Bis saß allein auf der Terrasse und atmete durch. Sie war froh, wieder allein zu sein. Bedauerte nichts. Charlie würde schon wiederkommen. Vielleicht mit einem neuen Typen. Es würde wohl eine Weile dauern, bis dieser hier wieder einen Fuß hereinsetzen würde. Er würde auch nicht viele Einladungen bekommen.

Mein Gott! Er sah aus, als ob er die Verdrießlichkeiten von vier Generationen in seinem jungen Blick trüge. Sie schaute wieder über die Stadt. Diese neureichen Schwarzen. Eine neue Klasse, Afro-Americans. Noch schlimmer als die alte reiche Klasse der Weißen, falls das überhaupt möglich war. Sie nahm noch einen kleinen Schluck, und der Alkohol ließ ihre Gedanken schneller kreisen.

Man brauchte nur einen der jüngeren selbstbewußten Schwarzen einzuladen, am besten einen, der seine Ahnen bis zu den Tagen der Sklaverei zurückführen konnte, um eine Ahnung von ihrer Arroganz zu bekommen. Die richtig Feinen waren die, die hier auf der Insel unter der Knute gestanden hatten. Die Allerfeinsten waren die, die mit Totengräber-Miene und in einem Tempo, das jedes Partygeplauder zum Erliegen brachte, beweisen konnten, daß einst ihr Urgroßvater mit glühenden Zangen auf einer Zuckerplantage zweieinhalb miles from here gezwickt worden war.

Bei der geringsten Andeutung, daß man ihre Haut beachtete – sich etwa erdreistete, ihren Körperbau zu loben, wie im Falle des jungen Mannes gerade eben – wurden die Sechsläufer gezogen.

Was trugen sie eigentlich in ihrem Blick? Historische Gerechtigkeit? Sie pfiff und nippte wieder an ihrem Drink.

Die Inseln wurden in diesen Jahren von einer umgekehrten Diskriminierung heimgesucht, einer Abart der alten. Zum Beispiel drehte sich ihr der Magen um, wenn die eingeborene Bevölkerung die Westindische Kompagnie der Sklavenmethoden beschuldigte, weil sie Hotels in der Hafenbucht von St. Thomas bauen wollte. Diese eigenartige Mischung aus Selbstgerechtigkeit und Manipulation war kein Gramm besser als die Geschichtsfälschung der früheren Herren. Man nahm ein bißchen übertriebenes Umweltbewußtsein und fügte einen formidablen Drang, sich selbst zu produzieren, hinzu, und dann gebrauchte man seine Hautfarbe, um dem Argument Gewicht zu verleihen.

Sie bediente sich von beiden Stimulanzien, die vor ihr auf dem Tisch standen, während ihr die Mineralwasserflaschen und heiligen Kreuzzüge gegen den Tabak der neuen Generation vor Augen stand, und beschloß, sich niemals daran zu gewöhnen.

Sie beruhigte sich wieder. Immer noch ging das Temperament mit ihr durch.

Sie schaute auf ihre Uhr. Es konnte nicht viel länger hinausgezögert werden. Sie tat es trotzdem und ließ den Blick in die Ferne schweifen. Ganz draußen konnte sie an der Küste die Spitze des Carambola Beach Resort sehen. Sie konnte auch einen Mann sehen, der mit allen Mitteln um sein Leben kämpfte und Goldstaub aus seinem schlechten Gewissen schüttelte.

Feddersen, Nielsen, Toussaint und Mary-Ann sowie die Nachkommen von Hagensen und Hoppe – keiner von ihnen hatte Not gelitten. Die Beträge kamen in indexierter Form jeden Ersten im Monat für den Rest ihres Lebens. Automatisch von einem Konto überwiesen, dessen Inhalt einen immer kleineren Teil der Einkünfte aus großen Grundstücksgeschäften, einem Hotel mit immer höherem Umsatz und verschiedenen anderen kleinen Geschäften ausmachte.

Sie schaute in das Wohnzimmer, und ihr Blick blieb an dem Umschlag auf dem Sekretär hängen. Der war den ganzen Tag in ihrer Tasche gelegen und hatte gescheuert. Jetzt vibrierte er leicht in der Zugluft.

Dann streckte sie die Hand vor, nahm einen anderen Brief vom Tisch, betrachtete mit einem schmerzvollen Ausdruck die Handschrift darin und legte den Brief nach einem kurzen Augenblick zurück unter den Aschenbecher.

In letzter Zeit kam er nicht oft hierher. Fand sich auf die eine oder andere Weise auf Fünen zurecht.

Sie hatten seit damals nie mehr miteinander gesprochen.

Der Sohn Niels Sehested – er hatte aus irgendeinem Grund das »von« fallen lassen – war schon gar nicht interessant, dachte sie und freute sich darüber, daß die dritte Generation übernommen hatte.

Im Enkel steckte etwas. Noch einer in der Reihe unehelicher Sehested-Kinder, aber dieses Mal mit einem Glanz in den Augen, nie um eine Antwort verlegen und mit einem unbezahlbaren Humor, den er zum Großteil seiner Mutter zu verdanken hatte, einer großen westindischen, eingeborenen Frau mit einer seltsam ironischen Distanz zu all den Hochwohlgeborenen dieser Inseln.

Jetzt war der alte Witz und Biß wieder im Direktionsbüro auf Carambola Beach eingezogen, gemäßigt durch kreolischen Charme. Es war nicht Sentimentalität, die den Ausschlag gegeben hatte. Der Kerl kam als soziale Maßnahme ins Hotel in die Lehre, als er vierzehn war, und der Alte hatte innerhalb von drei Monaten entschieden, daß dieser illegitime Enkel den Kopf dazu hatte, seine Nachfolge anzutreten, und hatte ihm eine umfassende Ausbildung zuteil werden lassen, ohne daß der Sohn Niels etwas bemerkte. Danach war der Alte über seinen Schatten gesprungen und hatte ihn seinen Namen tragen lassen, aber nur, hatte er mahnend wiederholt, damit der junge Mann das Geschäft weiterführte.

Der hellhäutige Andreas von Arndt-Sehested der Jüngere und sie hatten sich in der Stadt getroffen, kurz nachdem sie für immer hierhergezogen war. Es war Liebe auf den ersten Blick. Der junge Mann flirtete mit ihr, hatte sie mit einem Erröten festgestellt, halbwegs geschmeichelt, als ältere Frau, bis er herausfand, was es mit ihr auf sich hatte – ob er alles wußte, wußte sie nicht, aber auf jeden Fall änderte er taktvoll sein Benehmen, und sie waren eher gute Bekannte geworden.

Niels Sehested starb wenige Jahre nach dem Vater bei einem Autounfall, im Rausch voll Karacho den North Side Drive hinunter.

Sie seufzte.

Jetzt mußte es sein.

Sie erhob sich, und die Beine fühlten sich plötzlich schwer an. Das Telefon klingelte. Sie stand kurze Zeit da und sah es an, dann nahm sie ab, und langsam breitete sich ein breites Lächeln auf ihrem Gesicht aus.

»Wann?«

Mit geschlossenen Augen hörte sie zu und freute sich bereits auf März kommenden Jahres.

»Wie kannst du nur fragen, ob du die Kinder mitnehmen darfst?«

Dann machte sie einen Kußlaut in den Hörer und legte auf, nahm den Umschlag und ging den kurzen Weg durch die Stadt. Es herrschte eine halbstündige Pause in Christiansteds hektischem Touristenleben. Das Leben in den Straßen war verhalten. Zu Hause und in den Hotels lagen sie und sammelten Kräfte für die Nacht. Tupften sich Parfüm hinter die Ohren, sagten »Paßt die Bluse zum Rock?« und drehten sich vor dem Spiegel. In den Küchen zählte der Küchenchef ab, auf der Polizeistation spitzte der Wachhabende seine Bleistifte, irgendwo wurde ein Instrument gestimmt.

Sie stand vor der Wache, drehte sich um, wie so viele Male zuvor, und schaute die Hauptstraße hinunter. Sah sich selbst in jungen Jahren nach beendeter Arbeit in einer

Restaurantküche die Seitenstraße hinaufhechten und in einem Auto von einem nervösen Arzt mitgenommen werden. Sah sich selbst neulich – o Gott, es war beinahe zwei Jahre her – den steinalten Dr. Toussaint besuchen, der, wie man sagte, damals in der guten alten Zeit Selbstmord versuchte, aber Angst bekam und Gegengift nahm, kurz bevor es zu spät war.

Neulich hatte sie ihre Hand auf seine gelegt und ihn gütlich um einen letzten Dienst gebeten. Dieses Mal jedoch ohne Gegenleistung, wie sie mit einem Ernst sagte, der ein bleiches Lächeln auf seinen Lippen hervorrief.

»Think it over, Dr. Toussaint!«

Sie legte ihre Hand auf den kühlen Griff und zögerte kurz. Dann öffnete sie und trat ein.

Der Ventilator an der Decke war neu. Er lief beinahe lautlos und stand im Kontrast zur sonstigen Einrichtung. Die gelbe Farbe war von den Wänden abgeblättert, das Holz des Tresens schwarz und narbig, die Archivschränke ähnelten Requisiten aus einem Film aus den Dreißigern. An der Wand hing ein Foto von Abraham Lincoln, und darunter stand, daß wir an Gott glauben.

»Glauben Sie auch an die Vergangenheit, Herr Polizist?«

Ein gut dreißigjähriger Polizist mit Schnurrbart rieb seine rosa Handfläche gegen den kohlrabenschwarzen Unterarm und beantwortete ihr Augenzwinkern mit einem freundlichen Lächeln. Er trug ein frisch gebügeltes hellblaues Uniformhemd, sie konnte sehen, wie sich seine Brust darunter hob und senkte und genoß den Anblick ungeniert.

»Schwierige Frage zu dieser Tageszeit, Ma'am«, sagte er und lächelte ein wenig unsicher. »Was kann ich für Sie tun, Ma'am?«

»Es handelt sich um einen Todesfall am achten Dezember, um zehn Uhr abends, 1932. Point Caye, Carambola Beach, St. Croix. Er ist...«

»Einen Augenblick. Was ist das hier? Worauf wollen Sie hinaus, Ma'am?«

»... er ist in den Archiven der Polizei als Badeunfall registriert. Dieser Brief ist eine Erklärung des Arztes, der die Leiche damals untersuchte.«

»Was für ein Arzt?«

»... es gab deutliche Fingerspuren am Hals der Leiche. Sowie Spuren von etwas Schwerem an der Schläfe. Das Dokument müssen Sie um dieses hier ergänzen. Es ist eine unterschriebene Aussage des einzigen Zeugen des Geschehens.«

Der Polizist kratzte sich im Nacken und schaute die Briefe an, zuerst den einen, dann den anderen, zitternde Handschrift in einer altmodischen Sprache, Namen, von denen er nie etwas gehört hatte. Er änderte die Haltung und las weiter.

»Oh«, sagte er und kratzte sich wieder im Nacken, »das wird offensichtlich einige Zeit dauern. Wollen Sie sich nicht setzen, ich muß den Kriminalbeamten holen. Wenn er noch da ist, es ist Freitag, wie Sie wissen.«

Sie setzte sich, er ging. In der Stille, die entstand, tauchte sie wieder in das Geschehen hinein. Sie versuchte in dieser Sekunde wieder, die Eifersucht zu verstehen, die sie selbst nie gekannt hatte.

Ingrid Hagensen lag auf den Knien zwischen den Steinen draußen vor der Hütte und sah, wie sich ihre Finger krümmten, und sie fragte sich, wer über ihre Finger bestimmte, sie selbst war es nicht, ein Dämon eher, er wurde aus ihrem Innern herbeigerufen, vom Mond herbeigerufen, der da unten lag und flegelhaft grinste. Aber die Tränen, die waren ihre, daran zweifelte sie nicht, während der Dämon die Finger in seiner Gewalt hatte und auch die Knie, die sie aufstehen ließen.

Sie wankte weiter, während sie weinte. Hagensen oder Sloth Nielsen, was war der Unterschied, war das Ganze denn etwas anderes als Betrug? fragte sie sich, während sie zwei Schatten verschwinden und einen am Strandsaum zurückbleiben sah.

Betrug, wiederholte der Dämon und ließ sie die Finger fest krümmen, so daß die Knöchel in der Nacht weiß hervorstanden, und sie erblickte den ganzen Betrug, bald verkleidet als Dampfer, der in Kopenhagen pfiff, bald als kleines neugeborenes Kind, das weinte, und dann als ein Ring, der ihrem Finger unter Myrten und Schleiern angesteckt wurde.

Dann war es weg, und es gab nur einen öden Sandstrand in einer heißen Dezembernacht und einen Dämon, der sie davontrieb. Die Tränen machten ihr Herz weich und ließen sie stehenbleiben, aber dann lief der Betrug wieder im Zickzack über den Nachthimmel, dieses Mal verkleidet als karibisches Abenteuer mit Entsendung in ein Weltunternehmen auf St. Thomas, Hand in Hand, Fingerring an Fingerring, und dann sah sie sich seine Tiefen erforschen, um schließlich das zu erblicken, was sie fürchtete, und schließlich dazuliegen und zu starren, um sich die Tropengeräusche vom Leib zu halten.

Gleichzeitig bekam sie Angst vor der Hitze der Nacht und den Geckos und den Schwarzen, die ihr böse hinterherblickten. Sie träumte, daß die Brosche, die er ihr geschenkt hatte, sich ihr in den Hals bohren und in der Luftröhre festsetzen würde. Sie bekam Angst vor sich selbst, ging in Gedanken all die Male durch, wo sie an eine Lüge geglaubt hatte, und an diesem Abend gebar der Rum den Dämon in ihr, einen *Killdevil,* der mit den Fingern schnippte und sie bat, kurzen Prozeß zu machen. Er lag hilflos da und hustete Wasser, nachdem er sich mit einem anderen geprügelt hatte, einem Mann, der sich wie gewöhnlich grob vergessen hatte und ihn in seiner unberechenbaren Wut beinahe erschlagen hatte. Schließlich lief sie zu ihm hinunter und küßte ihn, während sie sein Gesicht in ihren Händen hielt, und dann hob und senkte sie den Stein viermal.

Mary-Ann sah es.

Sie war mit dem kleinen Mädchen zurück zur Hütte gelaufen, um sie ins Bett zu bringen. Da bemerkte sie, daß das Zimmer leer war. Sie ging wieder hinunter zum Strand und wurde die einzig wahre Zeugin der Geschichte.

Sie brauchte dreißig Jahre, um mit dem, was sie wußte, herauszurücken, noch einmal zwanzig Jahre, um die Zeugenaussage niederzuschreiben. Die Zeugenaussage hatte die Klausel, daß sie Bis erst nach Mary-Anns Tod überbracht werden durfte und daß sie erst veröffentlicht werden durfte, wenn alle tot waren.

Der Polizist kam zurück, die Augen immer noch auf den Brief gerichtet.

»Wenn ich es also richtig verstehe, so sind sie alle miteinander tot?«

Sie sah ihn nicht an, schaute bloß in die Ferne, mit einem Blick, als säße sie am höchsten Punkt der Insel und blickte über den Atlantik.

»Ja«, sagte sie leise und hörte Lektor Møller sagen, daß er für lebende Quellen keinen Deut gäbe. Dann hörte sie sich selbst einen Vortrag halten über die Flüchtigkeit der Gegenwart gegenüber der Vergangenheit, die wie in Beton gegossen dastand, sie sah des Meeres klitzekleine Augenblicke aus Schaum entstehen und unter sich verschwinden.

Die Geschichte stimmte mit ihrer eigenen alten Theorie überein. Schrecklich hitzig war er. Ein tyrannischer und zorniger Mensch, ja. Aber Mörder?

Wer wußte was? Bis war sich darüber nie ganz klargeworden. Vielleicht hatte nach dem Unglück ein kollektives Verdrängen eingesetzt. Vielleicht glaubte von Sehested, daß er es getan hatte, vielleicht glaubten dies mehrere. Vielleicht verbargen sie die richtige Geschichte vor ihr, um sie zu schonen, vielleicht war das Verschweigen so umfassend, daß sogar Ehegatten zwei Theorien über den Verlauf hatten.

Vielleicht sprachen sie einfach nie davon, weil die Wahrheit sich in irgend etwas tief Kompliziertem verlor.

Wer erschlug Knud Hagensen? War es in Wirklichkeit eine Mischung aus Selbstmord, Schicksal und Mord?

Selbst Zeugen eines Verkehrsunfalls, der vor wenigen Augenblicken geschehen ist, waren sich manchmal uneins darüber, was eigentlich geschehen war. Manchmal konnte man mit sich selbst uneins sein, man konnte sich vielleicht sogar selbst bei einer Lüge ertappen.

Das waren die Bedingungen der Geschichte. Sie eigneten sich schlecht für einen Bericht. Sie strich sich das Haar aus der Stirn.

Er selbst hatte sich in den Betrug verwickelt. Er selbst hatte sich um den Verstand getrunken und war ins Wasser gegangen. Er selbst hatte die Gemahlin bis zum Wahnsinn gedemütigt, und er selbst hatte den Geschäftspartner bis zum Äußersten gereizt, einen Mann, von dem er wußte, daß er hitzig bis ins Unberechenbare war. Schluckte er auch willentlich Wasser? Wo begann der Wille, wo endete das Schicksal?

Wußte er, daß es vorbei war, und ließ bloß die anderen den Rest tun?

Bis sah, wie der Polizeibeamte die Finger leicht auf der Tischplatte bewegte.

»Und Sie erstatten also Anzeige«, fuhr der Polizist fort, »wenn ich es richtig verstehe, wegen Mordes an Knud Hagensen am achten Dezember 1932 um zehn Uhr abends bei Point Caye an der nordwestlichen Seite der Insel St. Croix ...«

Er ließ den Zeigefinger ernst die Linien entlangfahren,

zog beim Anblick der fremden altmodischen Namen ein wenig die Brauen zusammen, und plötzlich klang er feierlich, beinahe, als ob er begreifen würde, daß über den Worten, die er jetzt aussprechen würde, etwas Epochemachendes läge.

»... erstatten Sie Anzeige gegen Frau Ingrid Hagensen, geborene Sloth Nielsen? Habe ich das richtig verstanden, Ma'am?«

Bis antwortete nicht. Sie war ganz gefangengenommen von den Knöpfen, mit denen der Lederbezug auf dem Sessel vor ihr befestigt war. Sie betrachtete jeden einzelnen.

Dann bewegte sie die Lippen. Sie sprach so leise, daß er Schwierigkeiten hatte, es zu verstehen. Ihr letztes Wort reichte kaum die wenigen Meter über den Boden zum Tresen zwischen ihnen, erfüllte aber dennoch den ganzen Raum:

»Ja.«